ひまわり探偵局

濱岡稔
Hamaoka Minoru

文芸社文庫

目次

おとなのふりが苦手な子どもたちに

第一話　伝　言——さよなら、風雲児

1

透きとおった針葉樹の葉を散らすように、六月の雨がさらさらと鳴っている。

片手でほお杖をつきながら、わたしはその心地よい律動《リズム》に身をまかせた。

出窓のそばに引きよせた椅子。午後一番のわたしの指定席だ。

ジーンズの膝に置いた淹《い》れたての紅茶から、やわらかな香りが立ちのぼってくる。

梅雨《つゆ》――毎年本当に律儀《りちぎ》にやってくる雨の季節。今週はもう、これで三日連続の雨だ。

恵みの雨とはいえ、二日も続けばたいていの人は倦《う》むだろう。空を覆ってたれこめる雲は、そのまま人の心へと重くのしかかる。鬱々《うつうつ》とした気塞《きふさ》ぎに耐えながら、だれもが真夏の太陽を待ちわびる……。

けれど――なぜだろう、雨は、きらいではない。

雨がつれてくる季節のにおい、窓ガラスの向こうのいつもとちがう風景、世界を幾重にも包みこんでいく音――そんなささやかなものに、ふと気がつけば心を寄せている。

熱い紅茶をゆっくりと一口すする。ふうわりとした湯気が鼻腔をくすぐった。

味蕾《みらい》を転がっていくほのかな苦み。そして、口中に広がる豊かな香り。

「はあ……甘露《かんろ》ですねえ」

思わずもらすつぶやきに、間《かん》、髪《はつ》を容《い》れず、奥の台所からツッコミがくる。

「相変わらずの〝どっぷりオヤジモード〟ですねえ、さんきちさん」

「はい、はい、なんとでも言ってください。どうせわたしはオヤジですから」

笑いながら、眼鏡越しにたゆたう湯気をふっと吹いた。

「だいたい、こんなおいしい紅茶を淹れる先生がいけないんですよ」

「わかりましたか？ やっと手に入れたアッサムのセカンド・フラッシュなんですよ」

先生が、台所から顔をのぞかせた。ほんのりと甘いにおいがいっしょにやってくる。

実は今、先生がお得意のクッキイを焼いてくれているところなのだ。本当は、この紅茶もクッキイに合わせて先生が用意したものなのだけれど、どうしても待ちきれずに、紅茶だけを先にいただいている次第なのである。

それにしたって今、ギンガムチェックのエプロンを腰に巻き、オーブンの前で「ふんふんふん」と怪しい鼻歌をうたっているおじさんが、実は辣腕《らつわん》の私立探偵だなんて、ほとんどの人は信じてくれないだろう。そう、わたしだって信じなかった。

思いかえしてみるに、先生と出逢ったときの最初の印象は、「なんか丸い」だったと思う。かなり失礼なファースト・インプレッションである。

一応、先生の名誉（？）のためにことわっておくと、べつにでっぷりもさっと太っているわけではない。なんと言ったらいいのだろう。見ていると、つい、つんつん突《つつ》いて遊んでみたくなる、豆大福のようなぷよぷよ感が全身を包んでいるのだ。

中でも、しあわせを練って丸めてふくらませたみたいにぽよよんとした顔。その上に、やっぱり丸い小さな目が乗っている。その小さな目が、笑うとさらにきゅっと小さくなる。

から困ったものだ。

「そこがわたしのチャームポイントです」なんてことを、この先生、真顔でのたまうのだ

ずっと「先生はなにかに似ている」と思っていた。子豚……それも近いのだが、もっとそのものずばりのイメージ……最近、ようやくその答えらしきものにたどりついた。先生は、トーベ・ヤンソンのムーミン・シリーズに登場するムーミンパパにそっくりなのだ。

年齢は、四十歳をちょっと越したくらいのはずだが、実のところ、わたしにもよくわかっていない。とりあえず、「探偵は、若くてスマートでクールで美形じゃなきゃダメなの」という方におすすめできないことだけは、はっきりと断言できる。

……こんな言いかたをすると、いかにもわたしが先生を小バカにしているように思われるかもしれない。しかし、それはとんでもない誤解だ。当然のことながら、わたしは先生を尊敬している。尊敬しまくっている、と言ってもいい。ただ、その畏敬の念を、これ見よがしにひけらかしたりしないのである。わたしは、そういうことに関して、人一倍奥ゆかしい昔かたぎの人間なのだ。

そもそも、探偵という師を尊敬せずして、探偵助手なんぞつとまるわけがない。そう、わたしは名探偵・陽向万象《ひなたまんぞう》の信頼厚い一番弟子なのだ。今のところ、まだ二番弟子はいないけれど。

ちなみに「まんぞう」という名前は、先生に似あいすぎるくらい似あっているが、本当は、文学かぶれだった先生のお父上が、当時傾倒していたマンゾーニというイタリアの作家――よくは知らないが、きっとえらい作家さんなのだろう――にあやかって命名した

（らしい）という、格調高い由来をもっているのである。

告白してしまうと、私立探偵なんて、お話の中だけに住んでいる人だと、ずっと思っていた。いや、その虚構の世界に関してさえわたしは、シャーロック・ホームズとアルセーヌ・ルパンの区別すらロクにつかない、相当にトンチンカンな人間だったのである。そのわたしが、いつの間にやら探偵助手をしている。不思議といえばこれほどの不思議はない。そんなこと、わたしが想定した将来マニュアルには、一行だって書かれてはいなかった。

ほんの何ヶ月か前までわたしは、それなりに立派な会社員として、ちょっとくたびれたスーツに身を包み、満員の通勤電車に揺られる日々を過ごす、平々凡々の堅物人間にすぎなかった。レールの上で、ひたすら反復運動を繰りかえす毎日――うんざりはしていても、それが途中下車のできる電車なのだとは、考えもしなかった。もしあのころ、街の占い師百人にきいたとしても、「ふむふむ、あなたは数ヶ月後、探偵助手になっているぞよ」なんてことは、だれひとり教えてくれなかったにちがいない。

薫り高いストレート・アッサムをもう一度堪能《たんのう》し、ぐるりと部屋をながめる。

ここが探偵事務所ってのもふざけすぎだよなあ、とあらためて苦笑してしまう。部屋を囲む棚やサイドボード、さらには目の前の出窓にまでところ狭しと置かれているのは、こともあろうに、ロボットだの怪獣だののおもちゃやプラモデルなのだ。

今でも思いだす。緊張で身体をかたくしながら、初めてこの事務所を訪れたときのことを。この扉の向こうにどんな世界が待っていても、もう決してあともどりはしない――そう心に決め、深呼吸をしてドアを開いたわたしは、次の瞬間、あんぐりと口をあけて三歩うしろにさがっていた。

ガンダムとかマジンガーとかゲッターとか——たぶん、まちがってはいない——耳の端をかすめた記憶はあっても、一生お近づきになることはないと思っていた世界が、こうしてわたしをとりまく日常の一部と化した。探偵助手の特典にこんなものがついてくるということも、当然ながら、事前の想定からはみごとにこぼれおちていた。

ときどき、ひまをもてあました先生が、こっちの青いのがナニナニで、こっちにある赤いのがナントカ専用で、と教えてくれるのだが、どこがどうちがうのか——というより、こんなものを集めてなにが楽しいのか——いまだにわけがわからない（しかも、太陽の塔のオブジェとか水飲み鳥とか踊るガネーシャの置物とか、ヘンなものもまぎれている）。しかたがないので、こいつが甲斐性《かいしょう》なしの旦那で、こいつがそのおめかけさんで、こいつはその腐れ縁のヒモで……などと勝手に決めて、気が向くとストレス解消に遊んでいるのだが、もちろんそのことは先生にないしょである。

それは、まあいい。個人的な趣味についてとやかくは言うまい。わたしにだって趣味のひとつやふたつはある。こう見えても、人並み以上には本が好きだし、ひと昔前のマンガを語らせたら、ちょっとばかりうるさいつもりだ。

いい歳をしたおとなが、恥ずかしげもなくおもちゃ集めなんぞしてからに、なんて、それこそオヤジの小言みたいなことを、目上の人間に向かって言う立場にはない（言いたいけど）。

それを事務所に飾るのも、どうにか、かろうじてゆるすことができる（いやだけど）。わたしの静かなもの思いをぶち壊しにしてくれる、目の前の〈若旦那3号（仮称）〉や〈与太郎12号（仮称）〉だって、見ないふりをしようと思えばできないことはない。

――なんといったって、ここは先生の事務所なんだから。

だが、しかしである。「ひまわり探偵局」という名称だけはなんとかしてほしい。しかも玄関脇には、かわいいひまわりのイラストで囲まれた木彫りの看板が、しっかりぶらさがっているのである。パステルブルーの壁と相まってかもしだすそっぽいメルヘンな雰囲気は、まるで、怪しい無認可保育所だ。子どもを抱いたお母さんが訪ねてこないのが、いっそ不思議なくらいである。

しかも、略したら「ひま探」である。いや、べつに略す必要はないが……。

無論、「ねえ、この名前だけは変えましょうよ」と、何回か直談判《じかだんぱん》してはみた。でも、先生の答えはいつも同じ。「え？　だって、かわいいじゃないですか」……そこでわたしは脱力してしまって、「なんで探偵事務所が、かわいくなくちゃいけないんですか！」なんてことは、もう、きく気さえ起こらなくなってしまうのだった。

2

さて、この探偵事務所に出入りするようになったころ、一番気になったのは、こんな事務所に依頼人がくるのだろうか、ということだった。

ところが、である。依頼人はちゃんとくるのだ。それも、犬をさがしてくださいだの、浮気の現場を押さえてくださいだのという、ありがちな依頼ではない。

いや、そういう依頼もあることはある。ちっちゃな子どもが、自分で一生懸命描いた猫の絵を持って「うちのチャッピー、見つけてください」なんて言ってこようものなら、先生は、何日でも草と泥にまみれながら、嬉々《きき》として猫さがしをしてしまう。しかも、その報酬は、あめ玉一個だったりするのだから、これは、仕事というよりは完全に趣味の範《はん》疇《ちゅう》だろう。

そういう趣味なお仕事とはべつに、いわくありげな人たちが、いわくありげな依頼をもってくるのである。しかも、たいがいは、アポイントもなしにふらりと依頼主がやってくる。彼らが、どういう経緯でこのふざけた名前の探偵事務所を訪ねるにいたったのかは、まるで謎だ。

先生が、せっせと営業活動をしているような節《ふし》はない。なにしろ出歩かない人なのだ。確かにひまはたっぷりあるのだが、その時間にこっそり営業に励んでいるなんてことは、絶対ない。本を読んでいるか（先生の読書の守備範囲は、『絶滅哺乳類図鑑』から『和菓子　技とこつ』『うずらちゃんのかくれんぼ』『火ノ丸相撲』『昭和元禄落語心中』まで、実に幅広い）、鉢植えの花に水をやっているか、お茶を飲んでいるか、お菓子をつくっているか、おもちゃで遊んでいるか……まあ、そういう人なのである。

もしや、どこかに優秀なエージェントかマネジャーでもいるのでは、と考えたこともある。わたしの知らないところにそんな人がいるのだとすれば、それはそれでけっこうショックだ。でも、そんな気配があったら、ただのずうずうしい押しかけ助手（しまった、自分で言ってしまった）のわたしにだって、いくらなんでもわかるはず。

もしかしたら、思いもおよばぬ世界で、先生の名前は知れわたっているのかもしれない。探偵界のブラックジャック？　実は、法外な報酬で、やばめの仕事を請け負っているとか？　脳天気のかたまりみたいなふるまいは、世をあざむく仮の姿？　……と、あらぬ方向に妄想を拡大してみたけれど、いや、いくらなんでもそれはないよねえ、と先生のぽよよん顔を見て思う。

べつに先生の謎をさぐるために助手になったわけではないが、もしかしたら、それも半分くらいは目的化してしまっているかも……なんて考えてしまう今日このごろ。数ヶ月、この事務所に毎日せっせと通いながら、先生のことはわからないことだらけなのだった。そう、やっぱり先生は不思議な人だ。ムーミンパパは、若いころは大冒険家だったはずだけれど、目の前のムーミンパパにも、そんな冒険時代、まだだれにも語らない秘密の物語があるのかもしれない。いつか、パパにお話をねだるムーミンのように、わくわくしながら先生の冒険物語を聞かせてもらえる日がくるのだろうか……。

へんてこりんな探偵と、へんてこりんな探偵事務所。

わたしの頭の中では、毎日のように、新しい？《ハテナ》と！《ビックリ》が、にぎやかな楽譜をつくる。

これからのことは、まるでわからない。それでもいいと思っている。どうせなら、びっくり箱のように予測不能なこの毎日を楽しんでしまおう、そう決めたのだ。

それでも、確かだと思うことはちゃんとある。

この「へんてこりん」は、なんだかとても心地がいい。そして、わたしがここにいることをゆるしてくれる。「ここにいてもいいですか」なんてきく前にずうずうしく居すわってしまったし、いまだに一度もちゃんときいてはいないけれど……。

少しばかり気恥ずかしい言いかたをするなら、この場所そのものが、わたしにとっての〝ライナスの毛布〟になってしまった、そんな感じだろうか。そう、毛布は、子どもだけのためにあるわけじゃない。おとなにだって、あたたかい毛布が待つ場所は、あっていいはずだ。

……こんな益体《やくたい》もないことをいつになく、つらつら考えてしまったのも、この雨のせいなのかもしれない。それでなくても、歳《とし》を重ねるごと、もの思いの度合いはいやましていく。天気の移ろいひとつで、妙に感傷的になったりする。やばいですなあ、と自嘲まじりに笑ってみたりして。

焼きあがったぶんのクッキイをテーブルに運んできた先生が、台所へとってかえしながら「おや、さんきちさん、なにか楽しいことでもありましたか？」とたずねた。

「いえいえ、なんでも」

思わずぴょこんと立ちあがり、ごまかしついでに、窓のヴェネチアン・ブラインドを引きあげる。

雲は薄く、ところどころ陽射しがのぞく気配すらある。雨は、やわらかな光の針となって、向かいの植えこみに咲いた白い花を静かに揺らしている（くちなし、というなにかの歌にあった花の名を教えてくれたのも先生だ）。その先では、まどろむように並ぶ分譲住宅の屋根の上で、スペイン瓦のオレンジが、薄布《うすぬの》をまとったような不思議な明るさをたたえていた。

　そういえば……ずっと昔、空がまどろみ、その夢が雨になって降ってくるのだと、本気で信じていた少女がいたっけ……。とっくに忘れていたはずの、あどけない空の話。

　ふと我《われ》にかえると、景色に重なって、いささか冴えない顔が窓ガラスに映っている。二十五年、腐れ縁でつきあってきたおなじみの相棒だ。間の抜けた表情。ぱっとしない各パーツ。よれよれのシャツと寝ぐせだらけのぼさぼさ頭――こりゃあ、オヤジ呼ばわりされても反論のしようがないよなあ、と今さらながら得心してしまう。

　というか、ここにきて、オヤジ度にさらなる磨きがかかっているような気がする。世間なみの浮いた話なんぞ、ますますもって縁のない人間になりそうだ。まあ、それ以前に、女の子ってのがきらい、などとうそぶいてはばからない性格をなんとかしないかぎり、そっち方面での明るい展望は、未来永劫やってきそうにもないが……。

　ふむふむ、こりゃあ、大ざっぱに見えて実は小心者、という人間の典型的な顔ですな……なあんて、もっともらしく自己分析を加えてみる。そういえば、ちょっと前の〝こいつ〟は、〈他人から見た自分〉という影に追われ、やたらと神経をすり減らしてばかりいたっけ……。

　くしゃ、とひとつ頭をかいて、わたしはまた、椅子に腰を落とした。

自意識の檻に閉じこめられた人間は、鏡を見ることができなくなる。そこに映る自分の影と対峙するのが怖いからだ。わたしも、そうやって逃げてきた。ここではないどこかに、こんな自分じゃない〝本当のわたし〟がいる、そう信じこもうとしていた。

そのくせ、いつもまなじりを吊りあげ、目に入るものすべてに喧嘩を売るように、身体中の針を逆立てながら生きていた。弱い自分をさらしものにしないため、自然とそんな鎧《よろい》を身にまとうことをおぼえた。

では、あのころと今とで、自分がどれほど変わったのか——正直に言って、大したことは思いつかない。せいぜい、いつの間にか煙草との縁が切れたことと、時計を気にする癖がなくなったこと。中身のほうは、というと……たぶん、ほとんどそのままだろう。

人がそう便利に変われないことも、それほど自由な生き物でないことも、この歳になれば身に沁みて知っている。たった数ヶ月前の自分を、なんの痛みもなくどこかに追いやり、懐かしく笑って振りかえるなんて、とてもじゃないけれどまだまだ無理だ。

それでも、いいじゃないか。

優柔不断で根性なし。卑屈で小心者。打たれ弱くて立ちなおりが遅い。ささいなことにくよくよしてばかり——情けなくても、ぶざまでも、それが、まぎれもないわたしという人間。

そう、今ここでじたばた生きているわたし以外に、〝本当のわたし〟などいるはずがない。そう思えたとき、肩の上の荷物が、ほんの少しだけ軽くなった。

世間一般では、たぶんそれを開きなおりと呼びならわす。でも、そんなふうに開きなおれる〝ひとかけらの強さ〟を、わたしはここで拾ったのだ。

目の前でこちらを見ている相棒とは、おそらく、これからまだまだ何十年もつきあっていくことになるのだろう。ふむ……よくよく見ればこいつ、それほど悪いやつでもなさそうだ。〝よろしく頼むよ〟と笑いかけると、〝こちらこそ〟とばかりに相棒も笑いかえしてきた。

そのとき、すっと光をさえぎって、傘のシルエットが風景を横切った。シルエットは、そのまま、まっすぐに玄関のほうへと向かう。

あ、と思い、椅子から腰を浮かす間もなく——ドアのカウベルがカランと鳴った。

……もうひとつ言い忘れていた。この事務所の玄関のドアには、なんとカウベルがぶらさがっているのである。言うまでもなく先生のお遊びだ。これも「田舎の純喫茶じゃないんですから、やめましょうよ」と一度だけ進言してみたのだが、「田舎の純喫茶」という表現が、やたらと先生を喜ばせただけだった。それ以来、もうよけいなことはいっさい口にしないことにしている。

「どうやら、ティーパーティーのお客様が増えたようですね」

台所のほうから、ひときわ楽しそうな声が届いた。

3

玄関に現れたのは、かっちりとした藤色のスーツに身を包んだ初老のご婦人だった。ゆるやかに波打つ銀色の髪をきれいなひっつめにしている。たいがいの客人は、まずカウベルでたじろぎ、それから部屋を見わたしてあきれかえった顔をするのだが、ぴんと背筋を伸ばして正面を見すえる婦人の表情に、そんな動揺の影は微塵《みじん》もない。

婦人は、男物のようにそっけない灰色の傘をすっと傘立てに入れると、窓際に座っているわたしに視線をめぐらせた。部屋に流れていたユルい空気が、その一動作だけで、またたく間にひきしまる。わたしはあわてて立ちあがり、急ごしらえの営業スマイルで「いらっしゃいませ」と頭をさげた。

顔をあげると、婦人は、まだこちらをじっと見ている。慇懃《いんぎん》ではあるが、明らかにこちらを値踏みするような視線である。はっとして、つい寝ぐせを押さえてしまう小心者のわたし……。

端然《たんぜん》としてたたずむ婦人の胸もとには、輝くバッジがあった。あれは、ひまわり……もしや〈ひまわり探偵局ＦＣ《ファンクラブ》〉の会員バッジ……のわけはない。そう、弁護士バッジだ！

「こちらは、陽向先生の事務所ですね」

張りのある声が朗々と響いた。

「あ、ああ、はい。そうです」と、わたしが答えるよりも早く、先生の声が届いた。

「ぼくが陽向です。ようこそ、ひまわり探偵局へ」

振りむくと先生は、にこにこしながらすぐそこに立っている。颯爽《さっそう》と登場した名探偵は、シャツやらズボンの膝やら——なぜか口のまわりまで——小麦粉だらけだった。

通された応接コーナーのソファに、婦人は腰を落ちつけた。その物腰、所作《しょさ》、居住まい、どれもこれもまったくといっていいほどに隙がない。

新しく先生が淹れた紅茶——お客様専用、とっておきのダージリンＦＴＧＦＯＰ——を先生と婦人の前に置き、わたしも先生の隣に腰をおろした。

「こちらは、菊野《きくの》くん。ぼくの助手、というより、保護者のような方です」

い、いつ保護者に……。先生、変な紹介のしかたをしないでくださいよ。

「申し遅れました。私《わたくし》、弁護士の宮地笙子《みやちしょうこ》と申します」

宮地さんは、すっと名刺を差しだした。

「楽しいお部屋ですわね」

そういう宮地さんの顔は、少しも楽しそうに見えない。

「この部屋を見てまったく驚かれなかった方は、あなたで三人目です」

「私の父も、ブリキのおもちゃのようなものを道楽で集めていましたから。たぶん男の人って、皆そういうところがあるんでしょう」

悠揚《ゆうよう》として迫らぬ受け答え。これは、久々に強敵現る、という感じだ。

先生はというと、なにやらうれしくてしかたないようす。

「それに、私も仕事柄、ひととおりの情報は得たうえで、ここへ参ったつもりですので」

宮地さんは、またちらりとわたしを見た。

「こんなにお若いワトスン博士がいらっしゃることまでは、存じあげませんでしたが」

ワトスン博士——それってわたしのことだろうか。そうか、宮地さんがいぶかしそうにわたしを見ていたのは、当方が事前の情報からこぼれおちた存在だったからだ。

ほ、ほ、と先生が笑った。

「情報というのは、買い物かごに入れたときにはもう賞味期限が切れている、特売品の卵みたいなものですよ。でも、そのことを承知で使う分には、それなりの役に立ってくれます」

初めて、おや、という表情で宮地さんが先生を見る。

先生は、その視線も鷹揚《おうよう》に受け流すと、おもむろにテーブルの上で手を組み、ゲームの最初のカードを切るように、「さて」と言った。

「それでは……雨の中、こんな田舎にまで足を運んでいただいたご用件をお聞かせ願えますか」

田舎って……確かに郊外だけど、一応は東京だし、駅だって私鉄の各駅停車しかとまらないけれどちゃんとあるし、商店街もそれなりににぎやかだし、と心の中でぶつぶつ文句をいうわたし。

「加賀美喬生《かがみたかお》をご存じですか?」

宮地さんは、特に答えを期待するふうでもなくそう言うと、目の前の紅茶に口をつけた。

「かがみ……たかお……?」

考えこむ先生の脇で、わたしが代わりに答えた。

「かがみきょうせい……バブル前に株の仕手戦で風雲児と呼ばれた男ですね。北海道から身体ひとつで上京、うしろ盾のいっさいない一投資家から身を起こし、いつしか兜町《かぶとちょう》のオオカミと言われるまでになった。しかも、バブルが崩壊する前に投機から足を洗い、ごく健全な実業の経営に転じてこちらでも成功。バブルのおいしいところだけをかっさらった伝説の人物でしょう」

週刊誌やテレヴィから得られる下世話かつ紋切り型の知識で、加賀美喬生という人物像を二百字以内にまとめるなら、おそらくそういうことになる。

「そのとおりです」宮地さんが、初めて口の端《は》に薄い笑いを浮かべた。「私は、その加賀美の顧問弁護士をしております。いえ……しておりました、というべきですね」

「亡くなられたんですよね」と、わたしは小さくうなずく。先日、新聞の訃報《ふほう》記事で知った。それなりに大きく扱われていたので記憶に残っている。

「ええ。今日でちょうど十日になります」

通夜、葬儀といった世間向けの儀礼がひととおり終わり、初七日《しょなのか》を過ぎたところ。だが、顧問弁護士としては、一息つくどころではないはず。むしろ、あとに残った膨大な事務処理をかかえ、いよいよ多忙をきわめているにちがいない。それをさしおいて、こんな田舎、じゃなくて郊外の探偵事務所に、みずから足を運ぶほどの用件とはなんだろうか。

「……これは、参考程度にお持ちしました。加賀美にとって、結果的には最後の写真らしい写真となってしまったものです」

宮地さんは、一冊の雑誌をバッグから引きだし、テーブルの上でページを開いた。

半年ほど前の経済専門誌だった。当たり障《さわ》りのないインタヴュー記事に、写りの悪い写真が添えられている。書斎か応接間か、ソファに身を投げる加賀美喬生のバストアップだ。

背後に、帆船や豪華客船の模型らしきものがところ狭しと並んでいる。

死の半年前、最後の写真などと言われると、つい意識的にその予兆をさがしてしまうものだが、そういう翳《かげ》りは、少なくともこの写真の上にはない。いかにもくつろいだ表情なのに「オオカミ」と呼ばれた往年の精悍《せいかん》さがまったく失われていないのはさすがだった。

「この部屋は、加賀美さんの自室ですか」

「はい。正確にいうなら、オフィスのプライヴェート・ルームです」

「ずいぶん船が好きだった方のようですね」

「船というより海が好きでした。北の港町で育った人ですから……そういう点では加賀美も、妙に子どもじみているというか、いつまでも半可くさいところの抜けない人でした」

宮地さんは、また薄く笑うと、ふたたび紅茶を口に含んだ。

「その死になにか疑問があるのですか？」

黙って写真を見ていた先生がたずねた。

「いいえ。死因は報じられているとおり、数年来患《わずら》っていた持病の悪化によるものです。それも、昏睡状態からの文字どおり眠るような死で、闘病の悲壮さなどとはまったく無縁の、他人《ひと》に弱ったところを見せない、いかにも加賀美らしい往生でした。それ自体になんの疑問もありません。ただ、ひとつだけ……加賀美は、やっかいないたずらを残してくれました」

「いたずら？」

宮地さんが黙ってバッグから取りだし、雑誌の上に重ねて置いたのは、古い洋書だった。

「加賀美が息をひきとったとき、枕もとに置かれていた本です」

条件反射的に、作者とタイトルを確認する。

O. Henry　Strictly business

「オー・ヘンリーの短編集、ですか」

Strictly business――無理やり直訳すると、〝厳しく商売〟か。兜町の風雲児・加賀美喬生の枕もとに置かれていた最後の本としては、あまりにできすぎている。

「最初は、その本のことなどだれも気にとめていませんでした。ところが、何気なく本を手にした役員のひとりが、間にはさまれている封筒を見つけたのです。封筒のおもてには、加賀美の字でこう書かれていました――『我が友アヌビスの天秤《てんびん》定まりしとき、この鍵をもって扉の鎖を解くべし』」

「アヌビス……確か、エジプトの神様でしたっけ」

「ええ、そうです」

あ、うんの呼吸ともいうべき連携で、先生がすぐさまフォローに入る。

「アヌビス神は、通常、黒いジャッカルの顔を持った半獣の神として描かれます。古代エジプトで埋葬儀礼に用いられた『死者の書』によれば、死者の心臓を天秤にかけ、そのかたむきによって生前の罪を裁断する、審判者の役目をもつ神とされています」

「じゃあ、その天秤が定まったとき、というのは……」

今度は、宮地さんがわたしの言葉を引きとった。

「おそらく、自分の死が決まったとき封を開け、という意味でしょう。ですが、些末《さまつ》な解釈論など、はっきり言ってどうでもいいことでした。問題は、封筒を見て浮き足だったとりまきたちが、今どういう場にいるかもわきまえずに、ざわつきはじめたことです。私は、病室にいた人間全員をいったん表に出し――この封筒のあつかいに関しては、いっさいの責任を私が負うことを宣言して――その場で封筒を開かせました」

適切な処置というべきだろう。さすがは、加賀美喬生の信頼を得た弁護士だ。

「ところが――そこから出てきたのは、謎かけ歌のような奇妙なメモだったのです」

そこで言葉を切り、宮地さんは軽く眉根を寄せた。どうやら問題の核心に近づいたようだ。

「そのメモも、加賀美さんみずからの手になるものと考えてよろしいのですね」

「はい。筆跡から見てまちがいはありません」

「じゃあ、加賀美喬生の遺言《ゆいごん》……」言いかけてわたしは、はっと口をつぐんだ。「す、すみませんでした。軽々しいことを口走ってしまって……」

宮地さんの表情は、少しも変わらなかった。

「かまいませんよ。ただし、相続、財産処理その他いっさいに関する加賀美の遺言《いごん》については、公正証書としたものを、顧問弁護士である私が責任をもって管理してまいりました。署名もないただの走り書き程度のものに、遺言としての法的効力はありません。しかも、そこに書かれている文章というのが、意味のわからない謎かけ歌のようなものとなれば、なおさらです。ところが、逆にそのことが、一部の人たちの興味を引いてしまって……」

先生は少し顔を上向け、ふう、と長い息を鼻腔から吹きだした。

「要するに、欲に目がくらんだ親戚縁者のたぐいや、提灯持ち、太鼓持ち、茶坊主、金棒引きといった有象無象《うぞうむぞう》が、隠し遺産の暗号にでもなってるんじゃないかなどと騒ぎだした。あなたとしては、遺産がどうとかいうより、心ないその騒ぎに胸を痛めているのですね」

張りつめていた宮地さんの顔が、一瞬ぽかんとした。

「……どうやら、私がここにきたことは、まちがいではなかったようですね」

「もちろんです」

先生が、にっこりと笑った。

4

「隠し遺産なんて、それこそ荒唐無稽のきわみでお話にもなりません。そもそも、加賀美に申告外の資産があったなどということになれば、顧問弁護士として、財産の整理以前の大問題です」

言われてみれば、確かにそのとおりである。

「加賀美が、私利私欲のない清廉潔白の士だったなどと、なんの名誉にもならない擁護をするつもりは毛頭ありません。ただ、世間がいかに剛直なワンマン経営者と見なそうと、加賀美が自企業の利益をほしいままに私してきた事実などいっさいないことは、だれよりもこの私が承知しています。そう……少なくとも、これだけは、はっきりと申せます。私《わたくし》の知っている加賀美は、おおやけの目が届かないところでこそこそと蓄財に励むような、いじましい人間では決してなかったと」

「その点については、加賀美喬生という人物を信頼している、ということですね」

宮地さんは、すっと首を振る。

「それは逆ですわ。私には、十年をかけて、加賀美喬生の信頼を得てきたという自負があります。その信頼を信じとおすことができないなら、顧問弁護士の資格などない、ということです」

か……かっこいい――身もふたもなく感動に打たれてしまうわたしだった。

先生も、「よくわかりました」と深くうなずいた。

「これは、念のための確認ですが、加賀美さんは、問題のメモ、あるいはそれに類するようなことについて、生前になにか示唆するようなことをおっしゃってはいらっしゃらなかったでしょうか」

「いいえ」と答えたあとで、宮地さんは「ただ――」とつぶやいた。

「このインタヴューの中で、加賀美が奇妙なことを言っているのです」

宮地さんが指さしたのは、例の雑誌の記事だった。あらためて記事全体を流し読みすると、なるほど、少し不思議なやりとりがある。

記　者　あなたがこれまでの生涯で得たものとは、つまり、なんだったのでしょう。
加賀美　また、ずいぶんと難しい質問ですね（笑）。そう……テンプレート、でしょうか。
記　者　テンプレート？
加賀美　ええ。わたしが死んで、あとに残るものがあるとすれば、たぶん、それだけでしょう。

わたしは、何気なく加賀美氏の口からこぼれた〝死〟という言葉にはっとした。やはり、このころにはもう、彼は、おのれの死期が近いことを悟っていたのだろうか。

「先生、テンプレートって、確か、丸とか三角の……」

そうです、と先生がうなずく。

「型板、ひな形――具体的には、菊野くんが今言いかけたとおり、図形や模式図などを描くときに使う製図用具、もしくは、プログラム上の定型的なコードをさすコンピュータ用語としても使われます」

「おそらくは、前者だと思います」と宮地さんが言った。

「加賀美は、他人の過去に拘泥《こうでい》しないかわりに、自分の過去もほとんど語らない人間でしたが、高校卒業後、設計関係の仕事をしていたらしいのです。そのことは、本人もときおり口にしています。株をやろうと、会社を興《おこ》そうと、おれの性根《しょうね》はずっと技術屋のままだと……」

それに——と宮地さんは、つけ加えた。

「事実、加賀美は、驚くほど手先が器用で、緻密な作業の好きな人間でした」

「だとして、問題は、この〝テンプレート〟という言葉がなにをさしているのか、ですね。宮地さんには、お心当たりがありますか？」

「いいえ。皆目、見当もつきません。もちろん、問題のメモと、なにか結びつきがあるのかどうかもわかりません」

あっさりとした口調で、宮地さんは首を振った。彼女の中では、考えてわかることとわからないことの線引きが、すでにしっかりとなされているらしい。つまり、頭のいい女性なのだ。

「いずれにせよ、ことを静めるには、メモの意味を明らかにする以外にない——ということですね」

宮地さんは、うなずきを返す代わりに、率直な笑《え》みで肯定の意をしめした。

「ええ。それが、私からの依頼のすべてです」

宮地さんの白い指が、ゆっくりと本の小口《こぐち》をたぐり、封筒のカラーコピイとふたつ折りになったメモを抜きだした。開かれた本のページには、A Municipal Report（市の報告?）という短編のタイトルらしき文字があった。

「原本の封筒とメモは、念のためべつに管理していますので、これはその写しです」

宮地さんが紙を開こうとすると、先生は、おもむろに手のひらで制した。

「その前に、もうひとつ、念のためにお聞かせください。加賀美さんはオー・ヘンリーという作家をお好きだったのですか」

「いいえ。私の知るかぎりでは……。ただ、洋書に関しては、かなりの蔵書がありますので、その中にオー・ヘンリーが含まれていたとしても、特に不思議はないと思います」

「では、べつの質問ですが、宮地さんは、ミステリイを好まれますか」

「え？　いえ、私は……」

矢継ぎ早の、しかも意想外な問いかけに、宮地さんは明らかにとまどっていた。

「宮地さん、先ほど〝ワトスン博士〟とおっしゃったでしょう。もちろん、名探偵ホームズの相棒だった医師、ワトスン氏のことですね。菊野くんを見て、ごく自然にその名が出た」

「ええ、そうですが、しかしそれは……」

「つまり――宮地さんご自身は、特段ミステリイに興味があるわけではないが、加賀美さんがよくその名を口にするので、あなたも自然にその名をおぼえてしまった、そういうことですね」

宮地さんの顔に驚きの表情が浮かんだ。

「加賀美さんは、ミステリイの愛好家だったのでしょう？　それも、かなり本格的な」

「どうして、それが……」

「ホームズの相棒といえば、一般的には〝ワトソン〟です。〝ワトスン〟という表記にこだわるのは、どちらかといえば、古くからのミステリイ・ファンと言っていいでしょう。あなたがミステリイにさほど関心のない方なのだとすれば、あなたの身近にそういうミステリイ・ファンがいらっしゃったということになる。その人物はだれか。この場合は、ほかでもない加賀美さんがその人だった、と考えるのが、一番自然な結論です」

宮地さんは、感嘆措《お》くあたわず、という面もちで先生を見つめた。

「話をオー・ヘンリーにもどしましょう。オー・ヘンリーの短編の魅力にも、上質なミステリイの妙味と相通じるものがありますから、加賀美さんがオー・ヘンリーをひそかに愛読していたとしても、少しもおかしくはない。いずれにせよ、この本は、これから見せていただくメッセージが、ただの酔狂なしゃれではない、という宣言でもある、とぼくは考えています」

「なぜ、そう思われるのでしょうか」

「Strictly business には、〝大まじめに〟という意味があるのですよ。オー・ヘンリーも、そういう意味でこの言葉を使っています」

宮地さんが、あきれたように小さな息をもらす。

「なるほど……大まじめに……いかにもあの人——加賀美らしいですわ」

何気ないつぶやき——〝加賀美らしい〟というたったひと言が、宮地さんの口から発せられると、わたしたちには計りしれないような、ずっしりとした重みを帯びる。

「前置きが長くなりましたね。では、件《くだん》のメモを拝見させていただきましょう」

「はい」とうなずき、宮地さんは、手にしたメモ（これもカラーコピイだった）をテーブルの上でていねいに広げた。現れたのは、想像していたよりもかなり長い文章だ。黄色い用箋《ようせん》に緑色のペンで、やや癖のある金釘《かなくぎ》文字がぎっしりと書きこまれている。

黄昏《たそがれ》に梟《ふくろう》は告ぐ

卑しき株式仲買人の死を悼《いた》め。黄金の羽根の鳥は、緑野の果てにて挽歌をうたい、格子に囚《とら》われし僧侶は、古《いにしえ》の紋章に弔いを刻む。我は犬のごとく眠り、龍のごとく空に逝く。いざ、狂騒の輪の回転を止めよ。荒れ果つる庭に、拐《かどわ》かされし影どもが踊り、人生の喜劇役者にも冬は疾《と》く訪《おとな》う。見よ楽園の東、ユダを縛《いまし》め裁きの椅子を。砕け散る卵の笑いとともに我は消ゆ。


わたしは「なんなんですか、これは……」となった。

まさしく、正真正銘の暗号ではないか。

「フクロウ——確かに加賀美さんは、平成の梟雄《きょうゆう》なんて呼ばれることもあったような気がしますけど」

「私の記憶では——生前に、一度だけ、オオカミよりはフクロウのほうが好きだ、と加賀美自身が口にするのを聞いたことがあります」と宮地さんが答えた。

「それって、ちょっと意外だなあ。オオカミとフクロウ——どちらも北をイメージさせる動物にはちがいないけれど、さっき言った梟雄なんて言葉も、乱暴者というか、それほどいい意味で使われないような……」

「西洋では、フクロウは、文明の神であるアテナ＝ミネルヴァの使いとされていますよ。ヘーゲルは『法の哲学』の中で、ミネルヴァのフクロウは黄昏になって飛びたつ、という有名な言葉を残しています。もっとも、アテナ＝ミネルヴァは、戦《いくさ》の神ともされているわけですが」

へえ、と言いながら、わたしは、もう一度メモを読みとおした。

「ううん……最初の〈卑しき株式仲買人〉は加賀美さん本人のことだとしても、あとはもう、ちんぷんかんぷんですよ。さっぱりわかりませんね」

「そうなんです。私にも、なにひとつ思いあたるような節《ふし》がなくて……」

いかにやり手の弁護士といえども、暗号の解読となれば専門外。途方《とほう》にくれて当然だろう。

「ううん……あ、もしかしたら」

「なにかおわかりになったんですか」

明らかに、さほど期待はしていない目で、宮地さんがわたしを見る。

「例の〝テンプレート〟ですよ。この暗号に当てる板みたいなものがあって、穴があいた箇所に浮かんだ文字だけを読みとると、そこに言葉が浮かんでくるんです」

「では、ここに書かれている言葉そのものには、意味がないと？」

「ええ。逆転の発想というやつです」

この場合は、だったら楽だな、という願望のほうが強い。

「だとすると——そのテンプレートは、どこにあるのでしょう」

鋭い、というか、当然の疑問にわたしは身じろぐ。「ええと、つまり……その秘密は、きっとこの暗号の中に……だめですね、あはは」……ほんとにだめだ、こりゃ。

ううむ。きっと全体を見てしまうから、わけがわからない、という思考停止状態に陥ってしまうのだ。どこかに、とっかかりとなるような言葉があるはず。パズル、謎かけときて、まっさきに思い浮かぶもの、といえば……。

「あ……『鏡の国のアリス』と関係があるとか」

先生が、ほお、という顔をわたしに向けた。

「なぜ、そう思われるのです？」

「最後の〈砕け散る卵の笑いとともに我は消ゆ〉――というフレーズが、もしかしたら、ハンプティ・ダンプティのことなんじゃないかと……ほんとにそこだけの思いつきなんですけど。あとは、ぜんぜん『アリス』と結びつかないし……」

「なんだ。入り口と出口のとっかかりは見えてるじゃありませんか。あとは、順番に並んだビーズ玉に、まっすぐ糸を通せばいいんです。簡単なことですよ」

「ええ⁉」

わたしは、バネ人形のように飛びはね、先生の顔を見た。

「あの……もうこの暗号の意味が、すべておわかりになったのですか」

確かめるような宮地さんの問いに、先生は浅く息をついてから答えた。

「さすが、技術畑だったというだけのことはある、というべきでしょうか。加賀美さんという人は、実に几帳面《きちょうめん》な方だったんですねえ」

「そんなことまでわかるのですか？」

「ええ。だって、こんなにきっちりと、わかりやすく、ほんとに順番どおりに――」

宮地さんが目を丸くした。うそでしょう、という表情だ。いや、驚きということなら、わたしだって負けてはいない。いくら先生でも、この暗号がぱっと見ただけで解けるなんて……。

「これ、実は暗号でもなんでもないと思うんですけどねえ」

「先生！　もったいぶらずに教えてくださいよ！」

「ははは、困った人ですねえ。それじゃあ、ヴァン・ダインという作家を知っているでしょう」

わたしは、きっぱりと言いきった。

「いいえ、ぜんぜん。聞いたこともないです」

宮地さんも首を振る。

「私も……まったく存じません」

「なんたることか、哀れ、ヴァン・ダインよ。これでは、加賀美さんの謎かけが通じなくても、むべなるかな、というところですねえ」

先生は、天井を仰ぎ、それからほっぺたに手をあてて、ふうむ、と考えこんだ。

「さてさて、では、どう説明しましょうか……。ヴァン・ダインという人物に関しては、いわゆる〈ヴァン・ダインの二十則〉とか、いろいろおもしろい話があるのですが——それはすべて置いておきましょう。肝心なことだけを申します。この人には、おおやけに発表された長編ミステリイが十二作あるのですよ。すべて、鼻持ちならない皮肉屋にして、シガレットと古典音楽とスコッチテリア好きの名探偵ファイロ・ヴァンスが活躍するシリーズで、〈マーダーケース〉――〈～殺人事件〉というタイトルになっているのが特徴です。順番に『ベンスン殺人事件』『カナリヤ殺人事件』『グリーン家殺人事件』『僧正殺人事件』『カブト虫殺人事件』『ケンネル殺人事件』『ドラゴン殺人事件』『カシノ殺人事件』『ガーデン殺人事件』『誘拐殺人事件』『グレイシー・アレン殺人事件』『ウィンター殺人事件』……このうちでは、特に『グリーン家殺人事件』と『僧正殺人事件』の二作が、ミステリイ黄金期を代表する双璧ともいうべき傑作として今も広く読まれています。……ね？　もうわかったでしょう？」

「ね？　と言われてもぜんぜんわかりませんが」

宮地さんもまた、無言でうなずいた。

「ええ？　どうしてなんです。だって、こんなにぴったりと符合するじゃないですか。……いいですか、まず、ベンスンという人は、株式仲買人なんですよ」

「あ！　そうか！　加賀美さんのことをさしていたわけではなかったんですね！」

「むしろ、株式仲買人という言葉に、二重の暗示をかぶせているのです。ダブル・ミーニングというやつですね。だからこそのStrictly businessであり、A Municipal Reportなのですよ」

「それは、どういう……」

「あなたのことだから、メモがはさまれていたページを変えてはいないのでしょう？」

先生に問われ、宮地さんはすぐさまうなずいた。

「はい、もちろんです」

「『ベンスン殺人事件』の被害者、アルヴィン・ベンスンは、読みさしの本に指をはさんだまま、ひたいを拳銃で打ち抜かれ、ことされていました。その本がStrictly businessであり、指がかかっていた、つまりベンスンが最後に読みかけていた小説が、A Municipal Report――『都市通信』という短編なのですよ。作品の脚注に、そう書かれています」

「脚注、ですか……」

尋常《じんじょう》ではないその徹底ぶり。わたしも宮地さんも、ちょっと言葉を失う。

「加賀美さんは、こうした道具立てによって、自らの死を、ベンスンのそれに擬し、そのこと自体をひとつのメッセージにしたのです。少しばかり、ものものしい言いかたをするなら、これは〝死者自身による見立て〟ということになるかもしれません」

「しかし……そこまでやりますか、ふつう」

「現時点でぼくに言えるのは、加賀美喬生という人が、かけ値なしで大まじめに――つまり、本気で遊ぼうとしているらしい、ということくらいですよ」

これを〝遊び〟と言っていいのだろうか……それすら、わたしにはおぼつかない。はっきり言えるのは、加賀美喬生という人物が、並みの人間ではなかった、というそのことだけだ。

「さてさて、この調子で、あとのメッセージも見ていきましょうか。〈黄金の羽根の鳥〉というのは、――もうおわかりですね？」

「カナリヤ、でしょうか」と、宮地さんが答えた。

「そう。〈緑野〉はグリーン。〈格子に囚われし僧侶〉は、チェスのビショップ、すなわち僧正です。次の〈古の紋章〉は、古代エジプトのスカラべをさしています。『カブト虫殺人事件』のカブト虫とは、ずばりスカラべのことですから。封筒のメッセージにあった〝我が友アヌビス〟という言葉も、ちゃんとここでつながる。『カブト虫——』においてアヌビス神は、死んでいく人間、または死んでしまった人間の唯一の友、と紹介されていますからね。ちなみに、黄色いメモ用紙と緑のインクという組みあわせも『カブト虫——』にちなんでいます。どうやら加賀美さんは、『カブト虫——』がお気に入りだったようです。それから……次の〈犬のごとく眠り〉は——」

「あ、わかりました。ケンネル！」

「はい。ご明察。ケンネルには犬舎、あるいは犬小屋という意味がありますから、〝犬の眠る場所〟と解しても、決してまちがいではないところがミソです」

「〈龍のごとく〉……これは、ドラゴンですわね」

「そうです。次の〈狂騒の輪の回転〉——これは、ルーレット、つまり、カシノの暗示ですね。続く〈荒れ果つる庭〉は、もちろんガーデン。〈拐かされし〉は誘拐。〈喜劇役者〉というのは、グレイシー・アレンをさしています。彼女は、当時実在したボードビリアン出身のコメディ女優ですから。そして、締めくくりの〈冬〉は、言うまでもなく……」

「ウィンター、ってわけですね」

「そうです。ね？　きれいなもんでしょう？　ちなみに最後の〈卵〉は、菊野くんの推理どおりでよろしいと思います」

「え！　ほんとですか」

つい身を乗りだすわたし。当てずっぽうでも、ちょっとうれしい。

『僧正殺人事件』は、童謡を道具立てに使った、いわゆる〝童謡殺人〟のはしりと言われているのですよ。菊野くん、〝誰がコマドリを殺したか〟――〝Who killed Cock Robin?〟という歌を知っているでしょう」

「あ、知ってます。〈クックロビン音頭〉ですよね」

先生が、〝やれやれ〟というように、小さなため息をつく。

「菊野くん、そういうことには、くわしいんですねえ」

「だてに学生時代から〝ひとまわり歳をごまかしてる〟だの〝あんたのまわりだけ時空がずれてる〟だのと言われてきたわけじゃありません。……て、なに言わせるんです。ほっといてください」

「あのね、ぼくが言っているのは、その原典のほうですよ」

「それなら、ええと、確か『ポーの一族』の……そうだ！　『小鳥の巣』！」

「……さて、と。宮地さん、いかがですか？」

そ、そんな……ひどい。ほんとにほっとかないで……先生。

「マザーグース、でしょうか」

宮地さんが答えると、先生は、にこやかに「そうです」とうなずいた。

「一般に、マザーグースと総称される、ナーサリイ・ライム――イギリス童謡のひとつですね。〈コマドリ〉の歌も〈ハンプティ・ダンプティ〉の歌も、実は、マザーグースからの引用として『僧正――』の中に使われているのですよ。

ハンプティ・ダンプティ　へいにすわった
ハンプティ・ダンプティ　ころがりおちた
おうさまのおうまをみんな　あつめても
おうさまのけらいをみんな　あつめても
ハンプティを　もとにはもどせない

ハンプティ・ダンプティとはだれなのか。無論、答えは〝卵〟ですが、イギリス国王リチャード三世に由来するという説もあります。また、破壊や死など、時間をめぐる不可逆性の暗喩をこの詞に見てとることも、決して深読みのこじつけとは言いきれません」

そういえば、『鏡の国――』では、ハンプティ・ダンプティに年齢を問われ、アリスが「七歳半」と答えると、ハンプティは、「もう手遅れだな」と冷たく言い放つのだっけ……。

「いずれにせよ、わざわざマザーグース――しかも、ハンプティ・ダンプティの歌で締めくくるあたりに、謎かけ歌に対する加賀美さんのこだわりが感じられて、心憎いといえば心憎い」

「こだわりすぎですよ。素人《しろうと》にやさしくない」

わたしは、まだ半分すねたように、ぶつぶつとつぶやいた。

「いや、メッセージをヒエログリフで書くところまでこだわらなかった分、まだ親切と言えるかもしれませんよ。実際、『カブト虫――』には、ヒエログリフの手紙が登場しますからね」

「そこまでやったら、ほんとにただのいやがらせですって」

それに、解読依頼が、陽向先生ではなく、吉村作治先生にいってしまうではないか。

「推理小説のタイトルでつながっていたなんて……わからなくて当然でした」

宮地さんが、たとえようもなく深いため息をついた。

「でも、先生。加賀美さんは、結局のところなにが言いたかったんでしょうか」

「そうですね。どうやら加賀美さんのねらいは、一種の入れ子構造の謎かけであるようです」

「入れ子構造？」

「まず、オー・ヘンリーという本自体に謎かけがあり、そこにはさまれた封筒にも、また謎がしめされている。その中には、まさに謎そのものである奇妙な歌があり、その〝答え〟であるらしいヴァン・ダインというキイワードもまた、なにやら謎の暗示になっているらしい。そして、それぞれの謎は、複雑な関係性でからみながら、統一された意匠をほどこされている。いわば、謎の中に謎があり、その中にまた新たな謎がある。これは、そういう精密な設計図にもとづいてしかけられたパズルなのです」

「あ、ロシアの民芸細工にそんなのがありましたよね。……なんていったっけ」

「マトリョーシカ、ですね」と、これは宮地さんのフォロー。

「それです、それです。人形のふたを開けると、ひとまわり小さな人形が入ってて、その人形のふたを開くと、もうひとまわり小さな人形が入っているっていう――」

「そのイメージを頭に置いていただければグッド。ちなみに、マトリョーシカは、日本のこけしや姫だるまがルーツだとも、箱根細工の入れ子人形がルーツだともいわれています。つまり、日本の民芸品が明治期にロシアに渡って独特の工芸品になった、ということだけは確からしいのですね。ついでにおぼえておいていただけると、さらにグッドです」

「へえ……そうなんですか」

先生のそばにいると、自動的に物知りになれる。その点は実にお得である。ただし、ときどき大まじめな顔をして冗談を吹きこむので、そこだけは注意が必要だ。

「それで――陽向さんにはもう、ヴァン・ダインという〝答え〟がさししめす〝ふたの中身〟も、おわかりになっていらっしゃるのですか」

一番肝心の疑問にあらためてもどり、宮地さんがたずねた。

「なんとなく思いつくことはありますが……先ほど、その写真は、加賀美さんのオフィスにあるプライヴェート・ルームで撮ったものとおっしゃっていましたね」

「はい、そうです。加賀美は家族がありませんでしたから、晩年はオフィスのこの部屋が、そのまま自宅のようなものだったのです」

「では、明日にでも一度、そのオフィスにこちらからお邪魔しましょう。ぼくの考えがまちがっていなければ、とびきりユニークな宝物を見つけられると思います」

「宝物⁉　本当にそんなものがあるんですか！　先生」

「まあまあ、あせらないでください。短気は損気。急がばまわれ。楽しいことは、できるだけあとにとっておきましょう。ね、ジム・ホウキンスくん」

「え？　ジム……」

あ、『宝島』か……。例によって、一瞬で煙に巻かれた。

宮地さんの表情は、明らかに気鬱《きうつ》の度合いを深めている。当然だろう。宝物など出てきてもらっては困る、というのが彼女のいつわらざる本音なのだ。

わたしは「むしろ、ジョン・シルバーのアジトに乗りこむ気分ですよ」とぼやく。

しかし、先生のほうは、そんなふたりに頓着する気配すらもない。とまどいと疑問符の名刺交換のように視線をかわすわたしと宮地さんの脇で、我が太っちょ船長《キャプテン》は、自慢の紅茶を口に運びながら、まるでいたずらっ子のように「むほほ」と笑った。

5

「いやあ、それにしても隙のない方でしたねえ」

先生が、台所でクッキイをつまみながら、わたしに話しかける。

「うん――上出来、上出来。もう少し早くできていたら、彼女にも召しあがっていただけたのになあ。ちょっと残念です」

わたしは、先生の横でティーカップを洗っている最中。

「……その彼女を、最後はたじたじさせたんですから、先生もすごい方ですよ」

「いやいや、人間としての基本がちがいますよ。ああいう芯の通った強さを持つ女性が、ぼくはとても好きです。ご苦労もあったでしょう。たいへん尊敬できる生きかたをされてきた女性ですね」

「わたしは、なんというか……臈《ろう》たけた、という言葉を思いだしました」

「相変わらず、おもしろいところで古風になる人ですねえ。でも、わかりますよ。臈たけた……美しい日本語ですね」

「その美しい日本語が、ぴったりとなじむ人でした」

「まさしく。でもぼくは、なぜかロッテンマイヤーさんを思い浮かべてしまいました」

「ロッテンマイヤーさん？ ……誰でしたっけ」

「ははは、いいんですよ。どうか気になさらずに」

それから先生は、急に楽しいことを思いついた顔になり、小さな声で「あなたとかセバスチャン」とつぶやいた。しかも、それが大いに気にいったらしく、ひとりでくすくすと笑っている。

やれやれ……こういうときのこの人は、本当にその辺のガキンチョである。

そう言うと、先生はいつも「あなたが分別くさすぎるんです」と反論する。そんなとき、わたしが返す言葉も決まっている。「人間には、歳相応の分別が必要なんです」

こんな調子だから、保護者なんて言われてしまうのだろうか。べつに四十男の保護者になりたくて探偵助手になったわけじゃないのだが。

「……でも、もし彼女をまたこの家にご招待する機会があったら、今度は、紅茶以外ものをご用意しなければいけませんんね」

「え？　どうしてですか」

わたしは、カップを洗う手をとめてたずねた。

「だって、彼女、紅茶に二回しか口をつけなかったでしょう。それも、あまりおいしそうではありませんでした」

「ええ⁉　回数まで数えてたんですか？」

「いや、数えていたってわけではありませんが、自分のもてなしがお客様のお気に召していただけたかどうかは、やはり気になるものでしょう」

えらくていねいな言いかたをしているが、要するに、自分では最高のもてなしであったはずの秘蔵ダージリンを無下《むげ》に扱われて、ちょっとふてているらしい。そういえば、少しだけ目がすわっているような……。

ブラックジャック説は却下したものの、この先生、実はものすごく怖い人なんじゃないかと思うことは、やっぱりある。味方にしていれば、恵比寿さまを抱いているように心強いことこのうえないが、敵にまわしたらこれほど怖い人はいないのかも。いやあ、先生の弟子で本当に良かった。

不意に、クッキイをつまむ先生の手がとまった。ふてていた顔がぷにゅっとゆるむ。またぞろ妙なことを考えついたときの顔だ。紅茶のことなどたぶん、はるか遠い記憶の彼方だろう。

「今気づいたんですが、ヴァン・ダインとダンバインって似てますよねえ」

「ダンバ……？　なんですか、それは」

「なに言ってるんです。あなた、切られ与三《よざ》とか、やくざのヒモとか、美人局《つつもたせ》とか呼んで、いつも遊んでるじゃないですか」

げ、気づいていたのか。くうう、この先生、しれっとした顔で人をいたぶるのだ。

「はいはい。どーせわたしは、ここに遊びにきているだけの、役に立たない押しかけ助手ですよ」

「どうして、すねるんですか。先ほど、さんきちさんが、暗号を解読するテンプレートがあるのではないか、とおっしゃったとき、ぼくはとても感心したのですよ」

「だって、あれ、ぜんぜん見当ちがいだったじゃなかったですか」

「でも、なんの予備知識もなく、そのことを思いついたのでしょう？　さんきちさんのおっしゃった方法は、カルダングリルといって、古典的な暗号作成・解読法のひとつなのですよ」

「そうなんですか……。知りませんでした」

先生とすれば、せめてものフォローをしてくれているつもりなのだろう。しかし、的はずれの発想だったことには、なんら変わりがない。それに――

「古典的な知識を、さも機転の利いた思いつきみたいに、臆面もなく講釈していたわけで……お恥ずかしいかぎりです」

「だれにも教えられず思いついたのなら、それは立派な〝発見〟ですよ」

いや、お願いだから先生、これ以上、傷口に塩を塗りこまないで……。

「それよりも今日は、さんきちさんに感謝です」

「感謝……されるようなことしましたっけ」

「加賀美さんのことですよ。よくご存じでしたねえ。さんきちさんに隣にいていただいて、実に助かりました。ぼくは、世間一般の事情にまったく疎《うと》い人間ですからねえ」

「それじゃまるでわたしが、妙に世故《せこ》にたけた、こすっからい人間みたいじゃないですか。……そうじゃないんです。わたしが長らくお世話になった会社がですね……加賀美喬生の会社、カガミ・コーポレーションの系列企業だったんですよ」

「おや……それじゃ」

「あ、そんなことで加賀美喬生に悪感情をもってるなんてことは、もちろんこれっぽっちもないです。最終的に退職願をたたきつけて飛びだしてきたのはこっちですし、だいたい、系列企業のさらに末端で起こった人事のごたごたなんて、彼のまったくあずかり知らないことでしょうから」

それに――加賀美喬生は、三年前、カガミ・コーポレーションの名誉会長職にしりぞき、会社経営の第一線から遠ざかっていた。幹部グループの反乱を受けての、実質的な失脚だったといわれている。グループ企業内の雰囲気が、自由でオープンなものから、たがいを監視しあうような重苦しいものに変わったのもそれからだ、と酒の席で先輩がもらしたのをおぼえている。

「訃報にいたるこの数年、わたしが知る範囲で、加賀美喬生の名がマスコミをにぎわすことは、ほとんどなかったと思います。さっき見せられた経済誌のインタヴューも、目を通したかぎりでは、結局は彼を、時代から葬られた転落者――過去の寵児《ちょうじ》としてしか扱っていませんでした」

例の〝生涯で得たものはなにか〟という質問にしてからが、その事実を前提にした、相当に底意地の悪いものなのだ。

「転落……」とつぶやき、そのまま黙りこんだ先生に、わたしはうなずきを返す。

「たぶん、先生とわたしは、今、同じことを考えていると思います」

玉座から転げ落ちた王さま。つまり――ハンプティ・ダンプティ。

塀から落ちてしまったハンプティ・ダンプティは、決してもとにはもどせない。

「ともかく……会社とはいろいろありましたけど、それは、加賀美喬生という人間とはなんの関係もないことです。結果的には、これでよかったと思ってますし。すべては、恩《おん》讐《しゅう》の彼方ですよ」

「いやあ、すばらしい。立派なおとなになりましたねえ」

先生は、市松模様のアイスボックス・クッキイをほおばりながら、うんうんとうなずいた。

「そんな、べつに……自然な心境ですよ。これでもわたしは、先生とちがって正直者ですから。職場ではいつも『あなたみたいに正直な人はいない』って言われてたくらいです」

「なんだか、ぼくが千に三つの大ぼら一代男みたいなんですが」

「ちがうんですか？」

「人をミュンヒハウゼン男爵やタルタラン・ド・タラスコンみたいに言わないでください。ぼくみたいな、ほんとのことしか口にできない人間をつかまえて……」

「ミュンヘンビールだかタルタルソースだかタラコスパだか知りませんけど、そういう言いぐさが、すでに舌先三寸、太平楽の巻物だっていうんです。なるほど、人には舌が十枚くらいあるらしい、ってことを、ここで初めて先生に教えていただきましたよ」

「ひどいですねえ。妖怪やまタンじゃないんですから。でも——そうすると、やはり加賀美さんとは少なからぬご縁があるわけですよね。となれば、ぼくとしても彼には大いに感謝しなければなりません」

「え? なぜです」

「だってそのおかげで、まわりまわって、さんきちさんに出逢えたわけではないですか」

思わず、カップをシンクに落としそうになる。

「せ、先生……不意打ちでそういう恥ずかしいことを言うのはやめてください」

「べつに恥ずかしくはないですけどねえ」

むう、このリアルムーミンパパ男め……。

「恥ずかしいのは、先生じゃなくてこっちですよ。……さっきだって、宮地さんに紹介するときだけ『菊野くん』なんて名前で呼んじゃって。ほんと、白々しいったらありゃしない」

「なあんだ、『さんきちさん』と呼んでほしいのなら、そう言えばいいのに」

「だれもそんなことは言ってませんから。都合よく翻訳をしないでください。だいたい、どこの世の中に『さんきち』なんて呼ばれて喜ぶ女性がいるんですか。浪速《なにわ》の将棋さしじゃあるまいし」

そう、わたしの名は、三吉菊野《みよしきくの》。まちがっても菊野さんきちではない。根っからのオヤジ気質であろうと、〝女の子〟と呼ばれるのがきらいであろうと、それでも一応は女性の端くれなのである。

ところが、このお方は、わたしが最初に差しだした「三吉菊野」という名刺を見て、いきなり「さんきちさん、ですか？」とのたまった。

いくらなんでも、そんな間の抜けた名前で呼ばれたのが生まれてはじめてだったわたしは、不覚にも爆笑してしまったのだ（……決して喜んだわけではない）。かくしてわたしは、二十五歳、花の独身でありながら、「さんきち」と呼ばれる身になってしまった。

ちなみに、先ほど宮地さんから「ワトスン博士」と呼ばれたことが気になって、先生にそっときいてみたら、ワトスンというのは、正真正銘のおじさんだという。その瞬間は、さすがにショックだった。初対面の方にそこまで言いきられるほど、わたしは、リアル・オヤジ化してしまったのか……。

それで、彼女の帰り際、失礼とは思いながら、そのことを言ってみた。すると、「え？ワトスンって女性ではないのですか？」とびっくりされて、こちらもまたびっくりしてしまった。あらためて先生にきいたところ、ワトスン女性説というのが本当にあると判明。なにかの折にもっともらしく加賀美氏がそれを話したのを、宮地さんはすっかりそのとおりに信じこんでしまっていたのだ。

ホッとはしたものの、そもそもは自分がオヤジだという自覚ゆえのショックだったわけで、そういう気分というのは、けっこうずるずると引きずってしまうものだ。でも、隣を見れば、そんなことにはおかまいなしの太平楽な笑顔。

まったく……いつだってそうなのだ。

人の気も知らないで、と小憎らしく思いながらおバカな会話をしていると、いつの間にやら、プチ鬱状態の薄い雲を割って、ひょっこりと晴れ間がのぞいている。

「あーあ、なんなんです。小麦粉まみれで真っ白になっちゃって……。どういうクッキイのつくりかたをしたらそうなるのか、教えてもらいたいですよ。まんま、人間大福じゃないですか」

「どうせなら、かわいく、人間いちご大福とか言ってもらいたいところです」

「……拒否いたします。だいたいにおいて、わたしは、いちご大福とか生クリーム大福とかチーズ饅頭とかチョコレートどら焼きとか、和菓子だか洋菓子だかはっきりしない曖昧《あいまい》模糊《もこ》とした食べ物は、基本的に認めておりません」

「そんなにくわしいのに……」と小さくつぶやいたあと、先生は「ちなみにぼくは、おいしければ、なんだってかまいません」と笑い、三個まとめてクッキイをほおばる。

「あ、ちゃんと残しといてくださいよ。ほとんどひとりで食べてるじゃないですか」

「はいはい、わかってますよ」

そう言いながら先生は、早くも次のクッキイを口に放りこんだ。

6

「本当に、この部屋に加賀美の残した〝宝〟のようなものがあるのでしょうか」

宮地さんは、憂いを含んだ目で先生にたずねた。早くも、その〝宝〟が現れたあとの親類縁者の泥仕合《どろじあい》を思い浮かべている、という風情《ふぜい》だ。

「まあまあ、宝さがしは、あせらずじっくりが基本です」

先生は、相変わらずにこにことして答えた。

そう――ここは、カガミ・コーポレーションの最上階にある加賀美喬生のオフィス。そのプライヴェート・ルームだ。天井を見あげると、大きなガラス張りの採光窓。ちぎれた雲が、ゆっくりと動いているのが見える。ここは、地上よりも少しだけ空に近い場所なのだ、と思った。

それから唐突に〝最上階のステッペンウルフ〟略して〝てっぺんウルフ〟という、まったくこの場にそぐわないダジャレを思いついたが、もちろん口にはしない。

実は、目の前の状況に対し、いまだ現実感がうまく伴ってこないのだった。まさか、あの加賀美喬生のプライヴェート・ルームに足を踏み入れる日がくるなんて……。

晩年はオフィスがそのまま自宅のようなものだった、と宮地さんは言った。しかし、会社に出てきても、加賀美には、決済事項の形式的な承認以上の仕事は残されていなかっただろう。このオフィスに足を運ぶことは、事実上の蟄居《ちっきょ》でしかなかったはずだ。

中央に目をやると、ひどくそっけないデスクと椅子が場所を占めている。わたしにはそれが、帰ることのない主《あるじ》の不在を守る頑固な家令のように思えた。拭き清められた天板の隅に、真っ白なくちなしの花を一輪挿しにしたガラスの花瓶が置かれ、淡く揺れる空の光を映していた。

「この花は、宮地さんが？」

「ええ。加賀美は、花など柄ではないという人間でしたが……なにもない机なんて寂しすぎるでしょう？　ここはまだ、加賀美の場所なのですから」

それから、宮地さんは、自嘲気味の笑いを口の端に浮かべた。

「こういうことで、自分にも人並みの感傷があったのだ、と気づかされるのですね」

右手の壁には、例の写真で見た帆船や客船の模型が、腰棚をいっぱいに使って陳列されている。同じコレクションでも、先生のカオスなおもちゃ集めとは、なんというか、ただよう雰囲気からして別ものだ。

「この模型って、加賀美さんがつくられたものなんですか？」

「ほとんどがそうだと聞いています」

なるほど、すごい。手先が器用だったことは当然として、これだけ精密な模型をつくるとなれば、それ以上に、かなりの集中力が求められる。大ざっぱなうえに根気もない人間の典型であるわたしは、それだけでも絶対的に尊敬してしまう。

模型の棚と向かいあわせになった左手の壁は、一面、天井までの書架になっていた。一《いち》瞥《べっ》して、古い洋書の類が並んでいるのがわかる。ほかに目立った飾り物や調度は見あたらない。

「思っていたより、ずっとシンプルな部屋ですね……」

「加賀美は、放埒《ほうらつ》ではあったかもしれませんが、およそ驕奢《きょうしゃ》という言葉からかけ離れた人間でした。本当に好きなものがそばにあれば、それだけで満足している人間だったのです」

宮地さんの答えには、なにも知らないくせに、という、言外の非難が含まれていた。

わたしは、素直に得心する。自社ビルの最上階、大切なものだけで埋め尽くされた部屋。ここは、風雲児と呼ばれ、オオカミとも梟雄とも呼ばれた男、加賀美喬生が守りとおした最後の城だったのだ。

船の模型が並んだ棚を、感心しきりといった顔でひとわたりながめたあと、先生は、くるりと半回転して、つかつかと書架に寄った。その口もとが、ふにっとゆるむ。

「なんだか、『グリーン家殺人事件』で、トバイアス・グリーンの書斎をファイロ・ヴァンスたちが探索する場面を思いだしてわくわくしますねえ、さんきちさん」

「そう言われても、知らないんですってば……」

先生は、実に楽しそうに目を輝かせている。まるっきり、探検ごっこで〈秘密基地〉の前にやってきた子どもだ（正真正銘の探偵なのに……）。残念ながら、書架をながめるだけで胸を躍らせるほどの書痴《しょち》ではない当方は、棚の全面をびっしりと埋め尽くした本の量にただただ圧倒され、声にならない嘆声《たんせい》をもらすばかりである。

「ううむ、すばらしい。特に黄金期のミステリイが充実しています。おお、古典期のものもすごいなあ。ガボリオ、オルツィ夫人、フットレル、オースチン・フリーマン。……むしろこれは、『ケンネル――』に登場するブリスベーン・コーの書棚を彷彿とさせますねえ。ひがな一日ながめていても飽きませんよ」

先生のはしゃぎ声に冗談ではないものを感じとったのだろう、宮地さんがピシリとたしなめるように言った。

「陽向さん、それはちょっと困ります」

「ほっほっほ。失敬、失敬。そうそう、ヴァン・ダインでしたね。ふむ、ヴァン・ダイン、ヴァン・ダイン……と。ああ、あった。ちゃんと取りやすいところにあってよかったなあ。加賀美さんは、気配りのゆきとどいた方だったんですねえ」

「ええ、そうです。豪腕と野心だけで成功できる世界ではありませんわ」

「なるほど、納得しました。さてと……うん、やはりちゃんときれいに並んでいる。すべてスクリブナー社版の原書、たぶん初版本でしょう。そうすると……ああ！　あった！　いやはや、まさかほんとにねえ！」

先生は、すっと一冊の本を抜き出した。かすかに埃《ほこり》が舞い、古い紙のにおいが、ぷんと鼻をつく。

「え？　もう見つかったんですか？　そんなにあっさり？」

あまりに簡単な成りゆきに拍子抜けする。宮地さんもまた、同様の表情だ。

「そ……それで、いったいなんなのですか、その本は……」

先生は、にっこりと笑って答えた。

「ヴァン・ダインの十三番目の小説ですよ」

ソファに腰を落ちつけると、先生はその本の解説をはじめた。わたしと宮地さんは、依然として狐につままれたような顔をしながらその前に座っている。

「これは、ヴァン・ダインの幻のミステリイ、The Powwow Murder Caseです」

「The Powwow Murder Caseは、ヴァン・ダインがタイトルのみを予告したミステリイで、実際には出版されることがなかったのです。しかも、まず簡単なプロットを書きあげ、徐々《じょじょ》にディテールを肉づけして雑誌に掲載、出版の段階で完成形にもっていくというのがヴァン・ダインの基本的な執筆スタイルなのに、The Powwow Murder Caseには、そういう草稿や第一稿のたぐいがない。出版にいたらなかった経緯も含めて、その存在自体が謎に包まれたミステリイなのですよ」

「え？　え？　出版されなかった本？」

わたしは、混乱のあまり頭をかかえた。

「まあまあ、待ってください。ヴァン・ダインは、『グレイシー・アレン殺人事件』のカバー見返しでThe Powwow Murder Caseの出版予告をしているのですが、実際にその後出版されたのは『ウィンター殺人事件』でした。ふつうに考えれば、ヴァン・ダイン最後の長編となってしまった『ウィンター殺人事件』こそが、The Powwow Murder Caseなのだということになります。予告に際してダミー・タイトルを付すことは、ファイロ・ヴアンス・シリーズでも、いくつか前例がありますから。ところが、です。The Powwow Murder Caseというタイトルをもった本が、『ウィンター殺人事件』とはべつにちゃんと存在していたのです。ただその本は、肝心の本文が四ページしかないという、とんでもない珍品なのですよ」

「本文が四ページ？ どうしてそんな本が……」

宮地さんが不思議そうにたずねた。

「束見本《つかみほん》というのをご存じですか」

「いいえ……存じません」

「本の仕上がり具合を確かめるためにつくる見本のことです。白紙が閉じられているだけという場合もありますが、宣伝用見本としてつくる場合などは、本文の装丁や段組をしめすため最初の数ページだけが印刷してある場合も多い」

「つまり、陽向さんがおっしゃったその珍品というのは……」

「そう。The Powwow Murder Caseの束見本です」

「それじゃあ、もしかしてこの本が⁉」

あわてて、テーブルの上の本をのぞきこむ。黒を基調にした飾り気のないジャケット。上段に大きくしるされたタイトルは、確かにThe Powwow Murder Case……。

先生は、その本を取りあげると、ぱらぱらとめくってみせた。

確かに、文字らしきものが見えたのは、最初の数ページだけ。あとはただ、なにも印刷されていない黄ばんだページが続くばかりだった。

宮地さんは、あまりに意想外の展開に放心していた。

「……陽向さんはどうしてこのことに……」

「加賀美さんのメッセージが、たとえば単にヴァン・ダインの名前を伝えようとするものにしては、あまりにも念入りにすぎること。そして、引っかかるのが、やや唐突に現れた感のある〈ユダを縛《いまし》めし裁きの椅子〉というフレーズです。〈ユダ〉という言葉は、キリストの磔刑《たっけい》につながり、端的に十三という数字を呼び起こす。十三……この悪魔的な魅惑に満ちた数字の登場は、単なる文字遊び以上の啓示をぼくにもたらしました。十二冊の書名をすべて順番に並べた目的は、実は〝不在の強調〟ではないか。つまりは、もうひとつの空席──〝十三番目の椅子〟がそこにあることを暗にしめすためではないか──ぼくは、そう推測したのです。つまり、この謎かけ歌は、実はがらんどうで、そこにべつのイメージを引き入れるための〝入れもの〟にすぎないのじゃないか、とね」

がらんどうの入れ物……なるほど、マトリョーシカだ。

「ヴァン・ダインにとっての〈ユダの椅子〉……すなわち十三番目の椅子とはなにか。そこまで考えたとき、ごく自然にひとつの結論が生まれ落ちていました。それでも、実際この書棚を前にするまでは、さすがに半信半疑でしたが」

先生は、パタンと本を閉じ、テーブルにもどした。

不意に、そういえばここって十三階だったな、と思いだす。そんなところにまで、加賀美さんのこだわりがあったのかどうかは、わからないけれど……。

幻の本──わたしはふたたびその表紙を見つめる。確かに、ミステリイファンの加賀美さんにとってなら、この本は、なににも換えがたい宝物だったにちがいない。

だが、たとえば歴史的美術品や骨董品が持つような資産的価値が、どれだけこの本にあるかといわれれば、首をかしげざるを得ないのも事実だ。

「先生、この本の価値って……」

「二十年以上も前にオークションに出されたときは、確か二千五百ドルで落札された、というような話を聞いたことがあります」

二千五百ドル……稀覯本《きこうぼん》とはいえ、コレクターが限定されてしまっているアイテムの相場としては、そのくらいが妥当なのかもしれない。

もちろん、時代が変われば取引の相場も変わるだろう。だが、二千五百ドルがたとえ数倍になったとしても、親類縁者が血眼《ちまなこ》になって奪いあうような価値をもつ財産とは到底思えない。念入りな暗号まで残してこの本のことを伝えようとした加賀美氏の真意が、どうしても完全には飲みこめなかった。

「……でも、この本は、お金さえ積めば手に入るような、金額で価値がはかれるようなそんな本ではないはずです。その程度のことは、なんの知識もない私にさえわかります。いったい、加賀美はどうやってこの本を手に入れたのでしょうか」

宮地さんの率直な問いに、先生はしばし考えこんだ。

「そうですね……。少なくとも、ただの偶然や幸運の積み重ねだけでなしうることではありません。しかし、その答えの道筋は、完璧なコレクションである、この十三冊揃いのヴァン・ダイン全集が、みずから語ってくれている、とぼくは思います」

「つまり……どういうことなのでしょう」

つかみどころがない先生の答えに、さすがの宮地さんも、もどかしさを隠しきれない。

「そうですよ、先生。万人にわかる言いかたで説明してください」

「あまりにも完璧であるものは、その完璧さによって、それがまがいものであることを証明している、これは『カナリヤ殺人事件』などで、ファイロ・ヴァンスが開陳している持論です。つまり、その論に従うなら――このヴァン・ダイン全集は、あまりに完璧で、あまりにきれいすぎる。その完璧さ、美しさは、おのずからその出自をしめしている、ということです」

まだ禅問答の続きという感じで、わたしには、先生が語ろうとしている真の結論がどうにも判然としない。だが、宮地さんは、今の先生の言葉から、明らかになにかの答えを得たようだった。

「加賀美という人間の考えかたに寄りそってみれば」と宮地さんは言った。「答えは、そう難しいものではなかった、ということですね。私としたことが、すっかりだまされるところでした」

「あなたなら、そうお答えになると思いました」

先生がにこにことほほえみ、本をひっくりかえして、テーブルに置きなおす。

なんの変哲もない裏表紙。すみっこには、おなじみのバーコード。

……え？　ばーこーど？

「先生！　なんで何十年も前の本にバーコードがあるんですか！」

「もちろん、加賀美さんのしゃれですよ」

ことなげに先生が答え、宮地さんもまた、そっけなくうなずく。

「簡単な理屈ですわ。ふつうの方法では、まず手に入らないコレクションがある。でも、どうしてもそれを手もとに置きたい。それを実現するもっとも確実で合理的な方法とはなにか。私が知っている加賀美喬生なら——まっさきに考えるのは、集められるだけの資料を集め、寸分たがわぬものをつくってしまうことでしょう」

驚きのあまり、左右の安全確認のように、宮地さんと先生の顔を交互に見るわたし。だがふたりの表情は、もはやそれが動かぬ事実であるかのように泰然としていた。

先生は、ふたたびThe Powwow Murder Caseを手にとった。

ノンブルもない空白のページが、先生の指の間でぱらぱらと繰られていく。ほとんどのページが片側に寄り、あとは奥付《おくづけ》にあたる数ページを残すだけとなったところで、その指がとまった。

差しはさまれた黄色いメモ用紙。そこには——緑色のペンで書かれた金釘文字。

〈楽しんでもらえたかな?〉

「そんな……」開いた口が、瞬間冷凍された魚のようにかたまった。

視線だけを横に送ると、宮地さんは、緑の文字を見つめながら、ほほえむように目を細めていた。

7

「これも、まちがいなく加賀美さんの文字ですね」

メモ用紙を指さしながら先生がたずねると、宮地さんは、少し長い沈黙を置き、小さな声で「はい……まちがいありません」とうなずいた。

「先生、あの……つまり……これ、贋物《がんぶつ》、ってことですか?」

すべては、加賀美氏のジョーク。傷《いた》んだジャケットも、染みの浮いた紙も、かすれぎみの文字も、そのすべてが〝それらしく〟再現されたイミテーション……。

「十二冊までのヴァン・ダインを揃えたとき、加賀美さんは、その隣にもう一冊、幻の十三冊目の本まで加えた完璧なヴァン・ダイン全集をつくることを思いついた。そして、その楽しい夢想に心を躍らせたにちがいありません。しかし、加賀美さんは、一級のコレクターではあっても、手に入らない一冊の本に血道をあげるような人ではなかった。手に入らないなら、そっくり同じものをつくればいい、見本の見本というのもなかなかおもしろいではないか――加賀美さんはそう考えたのだと思います」

見本の見本……聞いてしまえば、なんということもない機転のようだけれど、どう言ったらいいのだろう、なんでもないだけにすごい、という気がする。なによりすごいのは、本当にそれを実行してしまった、ということだ。

加賀美氏は本気で遊ぼうとしている――先生の言葉が、今ようやく腑に落ちた。

「ううん……なんともはや、すさまじい遊び心ですねえ」

我知らず声をもらすと、先生が、「ええ、まさしく」と笑《え》んだ。

「大いなる遊び心とは、すなわち、大いなる合理精神でもある、ということですよ。夢や遊びを忘れない心、なんて口にするのは簡単ですが、得てしてぼくのように、ただの夢想家で終わってしまうものなのです。その夢に、現実としてのかたちを与える徹底的な合理精神――本当の意味での遊び心をもった人物。加賀美喬生とは、たぶん、そういう人だったのでしょう」

そうなのだ。本物がないから同じものをつくって並べてしまえ、という発想は、とんでもない遊び心であるとともに、実に明解な合理的思考法なのである。

「晩年のヴァン・ダインは、もはや自己模倣的な再生産というかたちでしか、作品をつくりだせなくなっていました。読み物として相応のレヴェルを保ち、往年の生彩がときに見いだされはしても、初期作品の充実がふたたびそこに宿ることは、ついになかったのです。かつての人気も潮が引くように衰え、あげくのはてに、『グレイシー・アレン――』のようなB級タイアップ作品に手を染めざるをえなくなって、ヴァン・ダインは、彼の唯一の財産だった過去の名声までも、むなしく遣《つか》いはたしてしまいました。教条主義的ともいわれるミステリイの二十則をつくった男は、〈人気作家の末路《まつろ》〉というあまりにも陳腐な物語を、最後まで律儀なほど型どおりに演じきって、ひっそりと世を去ったのです」

先生は、ゆっくりと書棚を見わたし、それからまた言葉を続けた。

「ヴァン・ダインが、エラリイ・クイーンやディクスン・カーに先がけ、アメリカ本格ミステリイ黄金期の嚆矢《こうし》をなす作家として残した仕事の価値には、はかりしれないものがあります。しかし、クイーンやカーの膨大な著作が、今も多くのミステリイ・ファンに愛され、さらには、多くの作家に影響を与えつづけているのにくらべ、ヴァン・ダインの名は、『グリーン家――』と『僧正――』の二作にその栄光をとどめてはいるものの、現実には、時代遅れの大家、遠い昔日《せきじつ》の寵児という程度にしか、かえりみられていないことも確かです」

「要するに、過去の作家ってことですか……」

「完全に過去の作家と切り捨ててしまうには、その存在が大きすぎ、それゆえミステリイ史のなかで、あつかいに困る作家にされてしまっている――ヴァン・ダインに関しては、そういう不幸な面も否定できないと思います。ヴァン・ダイン作品には、単純な評価の枠にすんなりとはおさまらない、ある種のアンビヴァレンス――すわりの悪さが常につきまとっているのです。なかんずく、多くの人が評価に苦慮する後半六作品のうち、第九作『ガーデン殺人事件』をもってヴァン・ダイン最後の光芒《こうぼう》とする意見に、ぼく自身、与《くみ》しないわけではありません。でもね……」

静かに押し寄せる想いを飲みこむように、先生はそこで一度黙った。

「ヴァン・ダインにまだ往年の誇りと意欲があり、自由な作品執筆をゆるす環境があったなら、The Powwow Murder Case こそは、ヴァン・ダイン・ミステリイを飾る最後の輝きとなっていたかもしれない……ときおり、そんな夢想じみたことを――ありえないからこその夢であることを承知しながら――考えてしまうのです。……今、この書棚をあらためて見わたし、ふっと思ったのですよ。加賀美さんもやはり、この十三冊揃いのヴァン・ダイン全集をながめ、旅立ちの近づいた我が身をそこに重ねながら、同じ夢を見ていたのではないか、とね」

先生は、書棚に向かい、小さな目をさらに細める。

不思議な手品に虚を突かれた観客のようなまなざしで、宮地さんは先生を見つめた。

「陽向さん、加賀美を知らないなんて、うそをおっしゃったのですね」

「お言葉ですが、宮地さん、ぼくは死んだ祖母に『うそをつくとお釈迦さまにおへそをとられるぞい』と聞かされて以来、うそというものをついたことがないのです」

「やだなあ。それをいうなら、『お釈迦さまに舌を抜かれる』でしょう、先生。すでにうそです」

「ブブー。『閻魔《えんま》さまに舌を抜かれる』ですよ、菊野くん」

「え……」し、しまった。「罠《わな》だったんですね。助手をたばかるとは、なんと卑劣な」

「これは言いがかりを。べつにあなたを引っかけようとしたわけじゃありませんよ。ぼくは、宮地さんとお話をしてただけじゃないですか」

「じゃあ、宮地さんを引っかけようとしたんでしょう！」

「あのねえ」ふう――とため息をつく先生。「こんな単純な引っかけに乗ってくるのは、日本広しといえども、菊野くんくらいのものですよ」

「ああ！　やっぱりわたしを引っかけたんじゃないですかぁ！」

ぽかんとしながら、このやりとりを聞いていた宮地さんが、とうとうこらえきれなくなったように、「ぷっ」と吹きだした。

「あ……」自分の顔が、ゆでだこのようにみるみる赤くなっていくのがわかる。ああ……なぜこんなところで、クライアントにへっぽこ漫才を見せなければならないのだ。

「あの……お話をもどしてもよろしいかしら」

なおも手のひらで口もとを押さえつつ、宮地さんは先生に顔を向けた。

「はい、どうぞ」

わたしの消沈などまったく気にもかけずに、先生、にこっとうなずく。

「本当に、陽向さんは、生前の加賀美を知らなかったと？　この本のお遊びを見ただけで、加賀美がどんな人間だったかを見ぬいたというのですか？」

「その人物の本質をずばり言いあてる、などというのは、十中八九、探偵のハッタリですよ。ぼくはただ、ここで感じ、思ったことをそのまま口にしたまでです」

宮地さんは、全身の力を抜くように深く息を吐いた。

「私、謝らなければなりませんわね」

「え？　謝るって、先生にですか？」思わず口をはさむわたし。

「噂には聞いていましたが……それでも、ずっと半信半疑だったのです。あなたが本当に信頼に足る探偵なのかどうか」

「信頼をしていただけた、ということですね」

「ええ」迷いのかけらを振りはらった人の面《おも》ざしで、宮地さんが答える。

それにしても——やはり先生の噂というのは、やっぱりちゃんと存在するのだ。わたしは、今さらながら感動した。そう、わたしの思ったとおり先生はすごい人なのだ。

「だれよりも加賀美さんを近くで見てきたあなたです。彼の残したメッセージが、なにか悪ふざけめいたしかけであることにも、おおよその察しをつけていらっしゃいましたね。だから最初に、はっきり〝いたずら〟とおっしゃった」

「はい、そのとおりです」

「ただ、あなたは、そのいたずらを自分の手にあまるものと感じた。だから、わたしにその謎解きを依頼した。あなたが求めたのは、自分の推測がまちがっていないことをしめす、第三者の視点による確かなエビデンスを見つけること。そうですね」

「えび……ダンス？」

首をひねるわたしに、宮地さんが説明してくれた。

「根拠、証明……医療や経済の分野では、よく使われる言葉です」

クライアントに言葉を教えてもらう探偵助手……ちょっと情けない。

「陽向さんには、その下心までしっかり見ぬかれていたわけですね」

「依頼者の真意を汲みとることは、探偵としてむしろ当然のことです」

「脱帽、と申しあげておきましょう。まさか、これほどの方とは……」

宮地さんは、自然に相好《そうごう》をくずした。初めて見るような、とてもやわらかなほほえみ。毅然とした人は、笑顔もまたきれいなのだ、とわたしは知った。

宮地さんは、テーブルの上の本を両手にとり、見つめた。

「いかにも意味ありげなメッセージにより、当然起こるだろう大騒ぎや詮索を予想して、私たちにしかけた、大まじめないたずら……きっと、それが〝正解〟なのだと思っていました。あの人らしいお遊びです」

「そう、大山鳴動のあげく、出てきたのは、まがいものの本が一冊。財産の分配にしか興味のない連中に対しては、充分すぎるしっぺがえしと言えるでしょう。嬉々として宝さがしを買って出たぼくなども、畢竟《ひっきょう》同じ穴のムジナにちがいない」

　小さく間を置いて、先生はふっと笑った。

「そして……不可解なメッセージに色めきたったその人たちへの説明責任ということなら、これ以上のものを加える必要は、もうないと思います。つまり、あなたから依頼された件に関する公的な調査は、これで終了ということです」

「公的な……？　あの、それはどういう……」

「プロのトレジャー・ハンターは、行き止まりに突きあたったからといって、決してそこで引きかえしたりはしません。隠し部屋に通じる扉がどこかにないか、髪の毛一本ほどの隙間も見のがさずにチェックするものです。むしろ、そこからが仕事のはじまりといっていいでしょう」

「隠し部屋？」

　声が重なり、わたしと宮地さんは、顔を見あわせた。

「宮地さん、あなたはまだ、心の底からは納得していらっしゃらないのでしょう？」

「――え？」宮地さんの口もとが、今度こそまちがいなくかたまった。

「宮地さんの知っている加賀美喬生とこの奇妙ないたずらの意図は、あなたの中でまだぴったりとは重なっていない。そこには、どうしてもぬぐえない違和感、受け入れることのできないずれがある。ちがいますか」

「どうして……そんなふうにお考えになるのでしょう」

「それが、ぼく自身の違和感だからですよ。なるほど、このいたずらには遊び心が満ちています。でも、ぼくはそこに、加賀美喬生という人間の〝器《うつわ》〟までは感じない」

宮地さんの肩が、ほんの一瞬、なにかに突かれたように小さく揺れた。

「いたずらとは、突きつめれば〝悪意〟の発露です。それはまちがいない。しかし、悪意にも、おのずと生じる質や格のちがいというものがある。先ほど、とりあえずの答えとしたこのいたずらの意図――すなわち〝悪意〟とは、要するに〈意趣がえし〉です。見かたによっては痛快といえなくもありません。しかし、加賀美喬生という人間のスケールを考えると、正直申しあげていささか卑屈、矮小に堕《だ》した感がある。もっとはっきり言わせてもらえば、ケツの穴が小さい」

ちょ、ちょっと先生……女性ふたりを前にして、なんてお下品な言葉を……。

ところがその一言で、こわばっていた宮地さんの表情が、あっという間にくずれた。ひとしきり愉快そうに笑ったあと、彼女の顔には、あのキリリとした強さがもどっていた。

「そのとおりです。加賀美は、そんなケツの穴の小さな人間ではありません」

その瞬間、わたしは自分の耳を疑った。よもや、宮地さんの口からそんな言葉が発せられることがあろうとは。しかも、それがまた、実にかっこよく決まってるなんて。

先生もまた、実に愉快そうに、ほ、ほ、と笑った。

「入れ子構造、という謎のしかけ自体が、一種のミス・ディレクションなのですよ」

ミス・ディレクション？　つまり……引っかけ？

「ヴァン・ダインから、The Powwow Murder Case にたどりつく程度の知恵と知識を備え、このパズルの構造を見ぬける人間ならば、当然先まわりをして、加賀美さんの真の意図はなにか、ということに考えをめぐらせる。そして、そういう目端《めはし》の利《き》く人間がまず目をつけるのは、入れ子構造とはどういう構造なのかということです。べつに難しいことではありません。タマネギの皮むき――あるいは、それこそ素直にマトリョーシカを思い浮かべてみればいい。入れ子になった人形を順番に開いていったとき、最後に残るものはいったいなにか……。菊野くん、いかがですか」

「え？　最後は……」人形をぜんぶ取り出したら……「なんにもないです」

「そう、なにもない空間――つまり、からっぽです。がらんどうの人形を次々と開き、最後に現れるのは、やっぱりがらんどうなのです。しかも、念の入ったことに、謎かけ歌をしめくくる主人公は、ハンプティ・ダンプティ。割れてしまった卵です。これも、否応なしに〝からっぽ〟の暗示へとぼくたちをさそう。なにもない――その結論は、この良くできたパズルにふさわしい、皮肉と冷笑に満ちたみごとな〝答え〟になっています。すなわちそれは、傲慢《ごうまん》な経営者にして転落したカリスマ、という鋳型《いがた》の中の加賀美喬生しか知らない人間を充分に満足させてくれる、とても美しい〝答え〟なのです」

つまり、その〝美しさ〟そのものが、人をあざむくまがいもの……。

「加賀美さんは、彼を見くびっている連中のために、彼らが満足する程度の結論を用意しておいたのですよ。要するに、自分も彼らと同レヴェルの人間と思わせておけばいい、そう考えていたのでしょう。宮地さん、あなたは、そのことをちゃんと感じながら、それが加賀美さんの意図であるならばそれでいい、むしろ、忠実にその意図を汲みとり、従うことこそ、自分に課せられた最後の仕事だとお考えになっていましたね。見えないふり、気づかぬふり、愚か者の仲間のふりをしてことが収まるのなら、それは、真実に固執するよりも賢明な処置であると」

宮地さんは、先生の言葉をじっと聞いている。それはつまり、先生の言葉が、しっかりと真実の的を射ているということにほかならない。

「ここまでは、ぼくもまた、あなたからの依頼に忠実に従いました。申しあげましたね、依頼者の真意を汲み、それにかなった成果をしめすことこそ、探偵の本務だと」

「感謝しています。あなたの仕事は、完璧でした」

宮地さんはうなずき、威儀《いぎ》を正すように背筋をすっと伸ばした。けれど、おだやかに引き結んだ口もとに、ふたたび深い沈思がこもっていくのを、わたしはすぐに見てとった。

「でも、ぼく個人の想いとしては、扉があるなら、その先へ行ってみたい。からっぽの箱をもらって喜ぶ手あいと自分をいっしょにされるのは、いささか気にくわない。このまま仁和寺《にんなじ》の法師を決めこむのもしゃくに障《さわ》ります。こう見えて、根はけっこう意地っ張りですから」

「にんなじ……」って、どんな字？　すがるように宮地さんの顔を見てしまうわたし。

「すこしのことにも、先達はあらまほしき事なり――『徒然草《つれづれぐさ》』でしょう。念願の石清水《いわしみず》八幡宮参拝を果たそうと出立《しゅったつ》したのに、ふもとの寺や神社を石清水の本宮《ほんぐう》と思いこみ、ありがたがって帰ってきてしまった法師の話です」

「ああ、そうなんですか……」

ひとりだけ、完全にこの場の知的レヴェルから脱落した存在であることを、再認識する。特定の知識に関してなら、自他ともに認める古典派なんだけどなあ……。

先生が、すっと顔を宮地さんに向ける。

「最後に、もう一度だけおたずねします。ここまでぼくたちが追ってきた加賀美さんは、あなたの知っている加賀美喬生ですか。あなたを信頼し、あなたが信頼してきた加賀美さんですか。――加賀美喬生は、〝からっぽ〟な人でしたか？」

「いいえ」わずかな躊躇《ちゅうちょ》もなく、宮地さんは、ただ一言《いちごん》で答えた。彼女のまっすぐな視線が、そのまま先生を見すえる。「……加賀美のいたずらは、まだ終わっていないのですね」

先生もまた、彼女をまっすぐに見てうなずく。

「ここから先はもう、あなたからの依頼とは別件。ぼくの趣味の範疇です。でも、ここまで彼のいたずらにつきあったのです。あとちょっと、この風変わりな宝さがしを続けてみませんか」

宮地さんは、もう一度「いいえ」と首を振った。

やっぱり……。予期しないでもなかった答えに、それでもわたしは、ちょっとがっかりする。

「別件ではありません。依頼した調査の続行を正式にお願いします」

え？　ソファから身を起こしたわたしは、テーブルの端に、思いきり膝を打ちつけ、「ぎょあっ！」という情けない声をあげた。

次の瞬間、先生の右目が、ぽち、と小さくなった。

それがウィンクだったと気づいたのは、ずっとあとのことだ。

8

「正直に申しあげて、私にはまだ、なにひとつわかってはいません。あなたのおっしゃる、その〈扉の先〉になにがあるのか、本当に、そんなものがあるのかさえ」

静かに揺りもどしてきた困惑を、言葉の力で押しかえすように、宮地さんが言った。

「それでも、あなたの洞察力を信じてみたくなりました」

「光栄です」

先生は、いつもの〝のほほんスマイル〟でぺこりと頭をさげた。

「しかたありませんわ。こんなことになるなんて、思ってもみませんでしたよ。あなたが、事前の情報で把握していた以上の名探偵だったことが、わたしの誤算です」

宮地さんは、冗談めかすように、軽く肩をそびやかす。

「情報なんて、賞味期限切れの卵——本当ですわね」

それから、宮地さんは、テーブルの上の本を取りあげ、また、小さく息をついた。

「でも……一番の誤算は、私まで〈扉の先〉を見てみたくなってしまったこと、でしょうか」

「ねえ、先生」わたしは、おずおずと教えを請う。「先生は、その〈扉の先〉になにがあるのかも、もうわかってるんですか？」

「ええ。そこには、ぼくたちがさがしていた、見本でもレプリカでもない、本物の〝世界に一冊しかない本〟があるはずです」

「じゃあ、加賀美さんが隠した宝って、やっぱり本なんですか？」

「もちろんです。だって、ぼくたちは、最初からずっとその〝本〟をさがしてきたんですからね」

「……へ？　そうなんですか？」

わたしは、目をオセロの駒のように白黒させた。

そのやりとりを聞いていた宮地さんの顔に、微苦笑が浮かぶ。

「私、なんだかもう道に迷いかけている気分ですよ、陽向さん」

「ご安心ください。もう、それほど長い旅ではありませんよ。だって、最重要ヒントも、最後の扉の鍵も、とっくにしめされているのですから」

「最重要ヒント？　そんなもの、いったいどこに──」

「なに言ってるんです。決まってるじゃないですか。加賀美さんが、雑誌のインタヴューで答えた〝テンプレート〟という言葉ですよ」

「やはり、あの言葉は、この加賀美のいたずらと無関係ではないのですね……」

宮地さんが、ふたたび覚悟を決めた人の表情で、感じ入ったようにつぶやく。

「もしかしたら、株取引をはじめる前の、技術者だったという加賀美さんの過去に、そのヒントがあるってことでしょうか、先生」

「加賀美さんの、詳細に語られない過去の中に秘密があることは、確かでしょう」

「宝物は、加賀美さんが愛用した、純金とダイヤでできたテンプレートだった――」口走ってしまったあとで〝なんじゃい、そりゃ〟と自分にツッこむ。発想の貧困さを通り越した、あまりのバカっぽさにあきれかえるが、例によってあとの祭りである。

「……なんてことはないですよね」

「ありません」

そこまで容赦なく言いきらなくたっていいのに……。気をとりなおして、もう一度考えてみる。そういえば、先生は、さっきなんと言っただろうか。確か、最重要ヒントと、最後の扉の鍵。

「最後の扉の鍵って……え！」

ゆっくりと動く先生の視線にうながされ、わたしは、宮地さんが手にした本に目をこらす。

「先生、もしかして、この本がその……扉の鍵なんですか⁉」

「今ごろそんなこと言ってるなんて、いくらなんでも鈍すぎですよ。百点満点中、せいぜい四十点というところですね」

本を鍵にして扉を開くと、その先にまた本がある？　まだ入れ子は続いているのか……。

「じゃあ、宝物の本って……ま、まさか、十四番目のヴァン・ダイン？」

「ほ、ほ、ほ。その発想も、ちょっと短絡的すぎますねえ」

宮地さんはまだ、本を見つめたまま、きょとんとしている。

「どうしたらこの本が鍵になるんでしょう。私には、まるで見当がつきません」

「加賀美さんのメッセージで、ひとつだけ、これまでずっと触れないままになっているフレーズがあることにお気づきですか」

「――え？」わずかに首をかしげて考えこみ、宮地さんは、あ、と言った。「もしかすると――〈見よ楽園の東〉……ですか？」

「ええ、そうです」

わたしもまた、虚を突かれる思いがした。先生がまるで触れようとしないものだから、その部分は、たぶん〝ユダ〟にかかる枕詞《まくらことば》みたいなもの、くらいに解してスルーしていたのだ。

わざと触れずにおいたなんて、ちょっとひどいじゃないですか、と抗議のポーズをつくりかけたら、先生の顔が、くるりとこちらを向いた。

「菊野くん、楽園《エデン》の東――アダムとイヴの末裔《まつえい》がたどりついた土地の名を知っていますか？」

「あ……ちょ、ちょっと待ってください」

わたしは、振りあげた手を、あわてて〝タンマ〟のポーズに変える。

「この前、読んだ本の中に出てきたような……ええと、確か、ノド……」

「そのとおり。ノドの地ですね。正解の賞品は、イエス・ノー枕です」

「いりませんよ」と言いつつ、とりあえず、ほっと胸をなでおろす。「でも……それと、この本と、どう結びつくのかが、まるでわからないんですけど」

「本があって、〝ノド〟という言葉があれば、それがさすものは、ひとつですよ。本の綴じ側に近い部分を、〝のど〟というでしょう」

でしょう……と言われても、まったくの初耳だった。なにしろ初耳が多すぎる。わたしが二十五年もかけて蓄積してきた知識の貧しさを、つくづく思いしらされるトホホな瞬間だ。

「宮地さん、もう一度その本のページをゆっくり追ってみてください」

「あ、はい」

宮地さんは、先生にうながされるまま、本を開いた。四ページの本文に続く空白のページを、ていねいに繰っていく。

ページの半ばを過ぎたところで、宮地さんは、あ、と声をあげた。

本の綴じ側――〝のど〟の真ん中あたりに、ぽつんと小さな文字が現れたのだ。

――それは、アルファベットの大文字「H」だった。

わたしは、あわてて手帳をとり出し、その文字を書きとめた。

ページをたぐる宮地さんの手も、少しだけ早くなる。何ページか進んだところで、また同じように文字が現れた。今度も「H」。さらに何ページか先に現れたのは「E」。

L、I、B、E……数ページごとに、新たな文字がぱっと目に飛びこんでくるたび、少しずつスリリングな気分が高まる。文字を書きとる手も、静かな興奮を帯びてくる。
数分後、ふたたび〈楽しんでもらえたかな?〉のメモに突き当たって、作業は終わった。

まさか、空白のページのほうにしかけがあるなんて……。しかも、そうと思って注意深く見ないかぎり、〝のど〟にぽつんと書かれた文字に気づくことなど、まずないはずだ。

「ほとほと感心させられますね、この人には……」

「東見本の空白ページを使ったトリック——前例がないわけではありませんが、もしそれにぱっと思いあたるようなら、その人は、筋金入りのミステリイ・マニアと言っていいでしょうね」

わたしは、書きだした文字をひとつのページにまとめ、あらためてながめた。

H H E L I B E B C N O F N E
「なんですか、これ……。やっぱり意味不明ですよ。いったいこれのどこが鍵だっていうんですか」

「私……わかります」

宮地さんが、ぽつりと言った。

でぇえ⁉　わたしは、驚きのあまり宮地さんの顔を見つめた。

「そんな……あの……先生も当然わかってるんですよね」

「はい、もちろん」

ああ、なんてこったい。またもや、この場で事態がわかっていないのはわたしだけってことなのか。名探偵の第一助手であるはずのわたしだけが……。

宮地さんの口もとが、すっとゆるんだ。

「水兵リーベ、ぼくの船――ですわね」

「はい、そうです」先生が大きくうなずく。

「水兵……？　うーん、なんとなく聞いたことがあるような……」

「元素の周期表ですよ。H He Li Be B C N O F Ne……いけませんねえ、そんなことじゃ。この中で一番現役に近いのに」

「あ……周期表」――ってなんでしたっけ？　とまではさすがにきけない。記憶の彼方にうっすらとそんな言葉があるのは確かなのだが……。

「で、でもでも、その水兵さんが、いったいなんだというんです」

「あれあれ、まだわかりませんか。〈水兵リーベ、ぼくの船〉……この部屋で、〈ぼくの船〉といえば、もう決まってるじゃないですか」

「……え？　それじゃ！」

わたしと宮地さんは、ほとんど同時に振りかえった。

そう、そこには、加賀美氏のもうひとつのコレクション――模型の船たちが並んでいた。

「この模型船の中に、その……最後の本があるんですか」

ほんとにもう、ここまできても、さっぱりわけがわからない。宮地さんの表情も同様だ。それはそうだろう。宮地さんは、ここにいるだれよりも、この部屋に精通している人なのだから。

「どう考えたって、ここは本の隠し場所に適さないと思うんですけど……」

「そんなことはありませんよ。もしこれが、ミイラや中国陶器のコレクションだったら、ちょっと考えものですけどね」

「はあ……ミイラ……」スズメの涙のようなわたしの脳細胞は、さらに混乱する。「あ！　もしかしたら、どれかの船の胴体がぱかっと割れて、中がマトリョーシカみたいな隠し場所になってる……なんてことはないですよねえ」

「おお！　なるほど。その発想は思いつきませんでしたが……まあ、たぶん大丈夫でしょう」

「へ？　たぶん大丈夫って……そんな程度なんですか、先生」

先生は、わたしの心配に頓着するようすもなく、「ノーノー・プロブレム」と指を振り、船の模型群につかつか歩み寄った。しばらくの間、左右に視線をめぐらせていた先生の顔が、ぱっとほころぶ。

「ブラボー」

「もう見つかったんですか⁉　そんな簡単に？」

「簡単なんてことはありませんでしたよ。長い道のりでした。でも……ようやくたどりついたようです。ぼくたちがさがし求めていた、たった一冊の〝本〟――最後の、そして、最初の物語に」

伸ばした手が、ひょい、となにかをつかみあげる。

先生は、振りむきながらその手をかざして見せた。

「これが、加賀美さんの宝物です」

「あ！」と声をあげ、宮地さんが、その口もとを両手で覆った。

それを見て、先生は、また大きくうなずいた。

「やはり、そうでしたか」

「そんな……それは……」

「そう……遠い昔、あなたが加賀美さんに差しあげたものですね」

先生が右手にかかげたそれは、古いブリキの蒸気船だった。

9

「先生、この船が、その……世界に一冊の本――最初の物語って、どういう意味なんですか」

テーブルに置かれた素朴なブリキの船は、何十年も前のものとは思えないほどきれいで、持ち主によってずっと大事にされてきたことが、だれの目にもわかった。ころっとしたデザイン、大きな一本煙突と、星の形のファンネル・マークがとてもかわいらしい。

「加賀美さんが提示した謎かけは、いわば、初稿の上に何度も重ね書きをし、つくりなおされた物語でした。ぼくたちに課せられた仕事は、上塗りされた絵の下から最初の絵を発見するように、重ね書きの下に隠された最初の本、つまり、はじまりの物語を見つけることだったのです」

つまり、この愛らしい船が、その〝はじまりの物語〟……。

「ぼくの念頭には、事件の見せかけの謎をはぎとっていくことは、物語が書きなおされる以前の真実の姿――初版本を復元することなのだ、という『カブト虫殺人事件』でのファイロ・ヴァンスの言葉が、常にありました。『カブト虫――』の意匠に特別なこだわりを見せた加賀美さんの発想の根幹にも、きっと同じ言葉があったにちがいない。その確信から、ぼくは、〝最初の本〟さがしをはじめたのです」

わたしは、ようやくたどりついた慎ましく愛らしい〝答え〟を見つめ、あらためて感嘆した。

「このブリキの船こそが、レプリカとフェイクとギミックだらけの迷路じみた物語の中に隠された、たったひとつのオリジナル……世界に一冊しかない、その〝最初の本〟だったってことなんですね」

宮地さんは、まだ目の前の現実との距離をつかみかねているようだった。ずっと船を見つめたまま、茫然自失としている。

「……陽向さんは、いつごろからおわかりになっていたのですか？　私が、子どもの時分から加賀美を知っていたということを」

「そうですね。いくつか理由があります。まず、あなたが『半可くさい』という言葉を使われたこと。この言葉は、実は北海道の人たちがよく使う言葉です。それで、もしかしたら、あなたも加賀美さんと同じ北海道の人なのかと思った。それから、あなたは最初に加賀美さんを『たかお』とお読みになりましたね。そのあと、菊野くんが『きょうせい』という言いかたをしたので、おや、と思った。これは、一般に有職《ゆうそく》読みと呼ばれているものです。……たとえば、伊藤博文の博文を『はくぶん』と読んだりしますね。こういう呼びかたが慣例化してしまうと、本人もそれで通すようになる。あなたの場合、顧問弁護士としての公的な立場から、正式な呼び名に忠実なのかとも思いました。しかし、それもあまりすっきりした考えではない。そこで、もしかしたらあなたは、今でも『きょうせい』という読みになじめない、彼が『たかお』であったころに親しみを感じている人なのではないか、とそう考えたのですよ」

「……それでは、ほとんど最初からわかっていた、ということなのですね」

「ええ。なによりぼくには、あなたが加賀美さんに対し、単なる顧問弁護士の立場を超えて、深い親愛の情を寄せてらっしゃるのがわかりましたよ」

「そんな……どうして……」

「あなたは、大切なものについて話をするとき、わざと自分の気をそらすような仕草をしますね。……たとえば、飲みたくもない飲み物を口にしたり」

「え⁉」宮地さんの顔が、一瞬で紅く染まった。「そんなことまで……おわかりになってしまっていたのですか……」

にっこり微笑《わら》ってから、先生は言った。

「もちろん。探偵ですから」

「じゃあ、先生、どうして加賀美さんの〝はじまりの物語〟――本物の宝物が、あのブリキの船だってことが、わかったんですか」

わたしは、さっきから知りたくてしかたなかった疑問を切りだした。

「だって、ヴァン・ダインじゃないですか」

「だから……こっちはヴァン・ダインのヴァの字も知らないんですってば」

「そうでしたっけ。……つまりですね、ヴァン・ダイン、すなわちウィラード・ハンティントン・ライトの正式なペンネームには、S・Sという文字がつくのです。S・S・ヴァン・ダイン――このS・Sというのはね、スティームシップの略なのですよ」

「スティームシップ――つまり、蒸気船……」

「もうひとつのヒントが、例の〝テンプレート〟という言葉です」

「あの……それって結局どういう意味だったんですか」

それこそは、わたしの頭の一角をずっと占め続けている謎の言葉なのだ。

「あれは、記者の先入観による聞きちがいなのです。おそらく、加賀美さんは、わざと聞きちがいをさそう言いかたをしたのでしょう――加賀美さんはね、Tin plate と言ったのですよ」

「ティンプレートって……あ、ブリキ……ですね！」

わたしは、手のひらで思いきり膝を打った。とたん、脛骨《けいこつ》から全身に電流が駆けぬけ、目の前に火花が飛び散る。さっき、テーブルに膝をぶつけたことをすっかり忘れていた……。

「そうです。ぼくは、あのコレクションから、ブリキの蒸気船をさがせばよかった。そして、たったひとつ、その条件にかなう船、豪華な船群に埋もれるようにして置かれていたこの小さな船を確認した瞬間、ぼくの中ですべてがかっちりとつながったのです」

「私の父がブリキのおもちゃを集めていたという話も、ちゃんとおぼえておいでだったのですね」

「ええ。ですから、この船の贈り主を想像したとき、そこに少女だったころのあなたを重ねあわせるのは、ぼくにとってあまりに自然な成りゆきでした」

「あれだけの時間で……本当にすべてを見ぬかれていたんですね」

宮地さんは、ひときわ深く嘆息した。まるで、一生分の息を、今この場所ですべて吐きだしてしまおうとするかのように。

「すべては、根拠薄弱な妄想推理です。ぼくがそうであってほしい、と思ったおとぎ話をそこに当てはめてみた、というだけのことですよ。探偵なんて、結局はただの夢想家なのです」

「もしかしたら、もしかしたらですよ、先生。雑誌の写真を見て、次に例のメモをヴァン・ダインの作品名で解読したあたりから、ここになにかある、ということをもう見ぬいてたんじゃないですか」

膝をこすりながら涙目でたずねると、先生は、にやっと笑った。

「さあ、どうでしょう。なんにしても、ものごとには順序というものがあります。これは、加賀美喬生という人物が、持てる時間のすべてを費やしてつくりあげた、組木細工のように精巧なパズル――最高のガシェットなのです。挑むからには、当然、その労にふさわしい敬意をはらい、踏まえるべき手順を踏むことが必要なのですよ。それが、パズルマンシップというものです」

「パズルマンシップ……知りませんでした。そんな言葉があるんですか」

「今、考えました」

「ああ、そうですか……」

要するに、加賀美喬生という人物には、名探偵・陽向万象をして、特別な敬意をはらわせるだけのなにかがある、ということなのだろう。

よくよく考えてみるとこのふたり、確かにいろいろと相通じるものがある。そう、ゴーイング・マイウェイで、振りまわされる側の人間のことなんてまるで考えていないあたり、本当にそっくりだ……。

10

それから、宮地さんは、自分と加賀美氏のことを、訥々《とつとつ》と、ひとつひとつの言葉を確かめるようにして語ってくれた。

宮地さん（ちなみに、彼女の本来の姓は園田《そのだ》、というのだそうだ）と加賀美氏が、知りあいでいたのは、実は、中学一年の二学期はじめから、二年の冬までの間だけだったのだという。

父親の転勤で、彼女は、港町の中学に通うことになった。新しいクラスで、緊張しながら自己紹介を終え、席に着いた彼女に、いきなり立ちあがって「よろしくな！」と声をかけた男子生徒がいた。それが加賀美喬生《たかお》だった。

「その、最初のビックリした印象があって、ちょっと怖い人かな、と思っていました。でも、話をするようになって感じたんです。ああ、なまらまっすぐな人だなあ、って。そのまっすぐさにあこがれつづけた一年半でした」

少しずつ会話をかわすうち、家が意外に近かったり、親の郷里が同じだったり、ふたりとも夏の生まれだとわかったりして、加賀美氏に対する最初のとまどいは、ごく自然に、特別な親近感へと変わっていった。でも、恋愛にいたるようなやりとりは、いっさいなかったという。

「たかおちゃんは、園田笙子を縮めて、私をソノコと呼びました。いつでも私のことを子どもあつかいして、そのことで文句を言っても、『泣きべそ虫のソノコがなにを言うか』って切りかえされておしまい。あのころの私ときたら、本当に泣き虫でしたから……」

記憶の糸玉を解きほぐしながら、宮地さんは、時間をかけて言葉をつむぐ。それに合わせるようにして、表情の全体が、ゆっくり、おだやかに澄んでいく。

「今でも忘れられないことがあります。クラスメイトの会話の中に、何気なく私をよそ者あつかいする言葉があって、とても傷ついたんです。仲がいいと思っていた人でしたから、なおのことでした。でも私は、その人といっしょに、楽しそうに笑いつづけました。今泣いたりしたら、本当によそ者になってしまう。それだけはいやだ——そう思いながら、必死に笑っていたんです。

放課後、ぼんやりしながら昇降口に向かうと、たかおちゃんが立っていました。たかおちゃんは、私の顔を見ると、たったひと言『海、行こうぜ』と言って、すたすた歩きだしました。あわてて靴を履きかえ、校門を出たところでやっと追いつくと、たかおちゃんはすっと振りむいて、ぶっきらぼうな顔で『泣きたいのに笑ったりするな、半可くさい』って言ったんです。

『なんで……』私は、消え入るような声でたずねました。なんでわかったの、と。たかおちゃんは、夕陽の影になった背中を私に向けたまま、こう言いました——『友だちだからな』と。

そのあとは本当にもう、わんわん泣いてしまって……。生まれて初めて、人はうれしくても涙がとまらなくなるんだ、ということを知りました」

宮地さんのまなざしが、まるでそのころのふたりを慈しみ、見守るようにやさしくなる。

「……工作や絵が得意で、海が好きで、いたずらが好きで、本当に〝たくらんけ〟って言葉そのままの人だった」

たくら……？　条件反射のように顔を向けてしまうわたしに、先生はすかさず答えてくれた。

「たくらんけ——ばかたれ、悪ガキ。そんな意味ですよ」

「あの人に対する淡い恋心のようなものがまったくなかった、といえば、たぶんうそになってしまうでしょう。でも、私は、たかおちゃんに『友だち』と言ってもらえたことが、本当にうれしかったんです。それからずっと、その言葉が私の宝物だった。……結局のところ、ただ幼かったというだけのことかもしれません。でも、あのころの私は、かけがえのない宝物を大切に守りとおすことにただ夢中で、一生懸命でした。ほかに望むものなど、なにひとつなかったのです」

二年生の三学期がはじまってすぐ、今度は加賀美氏のほうが転校することになった。父親の事業の失敗による突然の転居。行く先は、旭川と聞いた。

海から遠いな……そう思った宮地さんは、別れの間際、ブリキの船のおもちゃを彼に手わたした。実を言うとそれは、彼女の父親のコレクションから、こっそりと持ちだしてきたものだった。

「あとで気づいた父からは激しく叱責され、問い詰められました。あの船は、父にとってもお気に入りのものだったのです。それでも、もちろん本当のことは言いませんでした。ふざけて持ちだして川に落としたなんて、それこそ、まるで小学生のような言いわけをして……」

それから半年後、聞いていた転居先に出した暑中見舞いは、一週間たって宛先不明でもどってきた。加賀美家の消息は、ふっつりと途絶えた。おそらくは意図的に消されたのだろうその足どりを、中学生の少女が追うことなどできるはずもなかった。〝元気ですか〟——葉書にただひと言したためた言葉は、宮地さんの中で、そのままたどりつく場所を失った。

——そして、気の遠くなるような歳月が流れ、それぞれが歩みつづけた道の先で、ふたたびふたりはめぐり逢ったのだ。

「消息知れずになってから、再会するまでの加賀美の境遇について、私の知るところは多くありません。わかっているのは、二十歳《はたち》前に家を飛びだしてから、ずっと、たったひとりで生きてきた、ただそのことだけです」

淡々とした宮地さんの言葉に、淡い翳《かげ》りが宿る。

「私が加賀美の顧問弁護士になったのは、本当にただの偶然でした。神さまのちょっとしたいたずらだったのかもしれません。もちろん私には、飛ぶ鳥を落とす勢いの怪物、加賀美喬生が、海が大好きで、いたずらが大好きで、泣き虫の私をいつも笑わせようと必死になっていた、あの〝たくらんけ〟のたかおちゃんだということがわかっていました。だから、彼に再会することがうれしくてたまらないと同時に、怖くもあったのです。もし彼が、私のまったく知らない人間に変わってしまっていたら——そう思うと、怖くてたまらなかったのです」

確かに、加賀美喬生は、強面《こわもて》の連中や企業幹部が、下心丸出しで顔色うかがいに日参するような男になっていた。そして、世間は彼を、貧しい境遇からはいあがってきた、典型的な成りあがり型の野心家と見なしていた。

「でも、私はすぐに気づきました。加賀美が、あのころのまま少しも変わっていないということに。加賀美喬生《かがみたかお》は、ずっと変わらず、私の知っている加賀美喬生《かがみたかお》のままだった。冗談といたずらが大好きで、海が大好きで、弱いものいじめが大きらいで、他人のために本気で怒ったり泣いたりする、あのたかおちゃんのままだった」

宮地さんは、ただそのことがうれしかった、という。

「結局……宮地さんは、自分が中学時代の友人であることを、加賀美さんに話さないままだったんですか？ 打ち明けようとは思わなかったんですか？」

わたしの問いに、彼女は首を振った。

「加賀美と向かいあう直前まで、『ねえ、私のことおぼえてる？』と、彼に切りだすときの自分を想像して、年甲斐もなくどぎまぎしていたのは確かです。でも、その数分後、私たちはこの部屋で、『はじめまして』と言いながら握手をかわしていました」

そのシーンを思いだすように、宮地さんはほほえむ。

「そのようにして、私と加賀美の新しい結びつきは、はじまったのです。加賀美は、私が中学の同級生だったことなどまったく気づいていないようでした。それも当然だろう、と思いました。そもそも加賀美は、雇い人の過去や履歴というものにまったく関心のない人間でしたし、私は十数年来、宮地という、亡くなった夫の姓を通していましたから。そして——それでいい、と思ってきました。一方的な懐旧の情を彼に押しつける気など、私にはもうありませんでした」

「そんな……一方的だなんて……。そのくらいのわがままは、ゆるされても——」

つい、異議申したてのような口調になってしまうわたしをたしなめるように、宮地さんはにべもなくかぶりを振った。

「加賀美は、家や家族というものにいっさい夢を見ないかわり、自分のわがままに他人を巻きこむこともしない、天涯孤独こそが自分の身の丈に合っている、そう決めてしまっているような人間でした。もともと私などより、ずっとさびしがり屋のくせに、そのさびしさを他人には見せまいとする人でしたけれど……加賀美にとっての孤独が、だれであっても立ちいることをゆるされない、固陋《ころう》な城のようなものであることに、私は、ときを置かず気づきました。そして私は、その孤独に自分の孤独を重ねることで彼を癒《いや》すことができる――そう信じられるほどの無邪気な傲慢《ごうまん》さを、すでにもちあわせてはいなかったのです。私が決めたのは、加賀美のそばで、自分に与えられた責務をまっとうすること。それだけでした」

「それで、よかったんですか」

やわらかな笑みをたたえたまま、彼女は、ええ、とうなずいた。

「偽善といわれようともかまいません。プロフェッショナルとして、たがいの職責を通じた厳しい関係を保つこと。それが、この十年間、私が自分に課し、望んだことのすべてだったのです。……なぜなら、加賀美喬生《かがみたかお》は、私の誇りだったから。あの人が少しも変わらず加賀美喬生《かがみたかお》のままで生きてきたこと――そして今、自分がその人のそばにいるということ――それが、私にとって、どんなものよりも貴い、私自身の誇りだったから」

宮地さんは、テーブルの上へ静かに目を落とすと、そこに置かれていたブリキの船に触れた。

「本当に、弱音を吐かない人でした。数年前にたった一度だけ、夕暮れの闇に沈んでいくこの部屋で、電灯もつけないまま椅子に身を投げだし、『わやになったな……』と笑うようにつぶやいたのをおぼえています。あの人の口からそんな言葉を聞いたのは、それが最初で最後でした。

そのときのことです。私の気配に気づいた加賀美が振りむいたため、私は考えもなく『暗い部屋で、なんだかまるでフクロウですよ』と笑いました。すると加賀美は、『きみは、フクロウは好きか』とたずねてきたのです。私が『そうですね……きらいではありません』と答えると、加賀美は、今までオフィスでは見せたことのないおだやかな顔で、『そうか、よかった。おれもきらいじゃない。オオカミなんかより、ずっと好きだよ』と笑いました。会話はそれきりです。私たちは、しばらくの間、ブラインドを染める夕焼けを見ながら笑いあっていました。

この数年、敗北者の烙印を押された加賀美のそばにいることが、まったくつらくなかったといえば、うそになります。自分の無力を呪ったことさえありました。でも、今日はっきりとわかりました。あの人は、最後まで変わらなかった。最後の最後まで、いたずら坊主のたかおちゃんのままだった。それがわかったから、もう……」

宮地さんの言葉がとぎれた。深い深い時間が流れる。

「でも……やっぱり、たかおちゃんは、いじわるだわ」

ブリキの船の甲板を、宮地さんの指がこつんとはじく。

「今ごろになって、泣きべそ虫のソノコにもどすなんて……」

凛としたまなじりから、光のしずくが生まれ、静かにほおを伝っていく。

その美しい光を、わたしは、これからもずっと忘れないだろう。

「……それで、この船はどうすべきなんでしょうか」

宮地さんが、先生にたずねた。

「当然、あなたにもっていてもらうべきだと思います。加賀美さんが、それ以外のことを望んだなんて、ぼくには思えませんから」

「ありがとうございます」

宮地さんは、そっと両手で包むようにして船を胸にかかえた。

「私……十年もこの部屋に通ってきていたんですよ。なのに、まるで気づかなかった……こんなそばに、ずっと宝物があったのに……」

船を抱いたまま、宮地さんは静かに目を閉じる。

「木の葉は森に隠せ――ミステリイの鉄則を、加賀美さんはここでも忠実に守ったのですよ。おまけに、いったん見慣れてしまった〝ただそこにある風景〟に対して、人間は特別の注意を払わなくなる。精通することで、見えなくなるものがあるのです」

それに、と先生は言った。

「宮地さん、あなたは、あの模型の一群を、じっくり時間をかけてながめたことがありますか」

宮地さんは、軽く息をつき、いいえ、と言った。

「精巧な模型が、すきまもないほど並んでいて、それが加賀美喬生の大事なコレクションだとわかっていれば、よほど興味のある人か、相当の怖いもの知らずでなければ、おいそれと近寄ったりはしない。唯一、そこに気安く近づける立場にいるあなたは、加賀美さんの個人的な趣味の範疇には立ち入るまい、分《ぶ》を超えた干渉はするまい、と心に決めているような人です。加賀美さんは、そういう心理的バリアの効果もすべて考えていたのですよ。気づかなくても当然だったのです」

そうか……あの堂々と居並んだ船たちは、この小さな愛らしいブリキの船をそのふところに隠し、ずっと守りつづけてきた、屈強なナイトたちだったのだ。

「……水兵リーベ、ぼくの船」

小さくつぶやいてから、ゆっくりと目を開き、彼女は、くすっと笑った。

「あの人の口ぐせだったんですよ。化学なんて教科書を開くのもきらいなくせに……船とか海という言葉が出てくれば、もうそれだけで気に入ってしまって。あきれるでしょう？本当に、ねえ……」

「……さて、ではぼくたちはこれで失礼いたします」

宮地さんの見送りをことわって、わたしたちはオフィスをあとにした。

一度だけ振りかえると、開いたままのドアの向こうで、宮地さんが深々と頭を下げつづけていた。わたしは、ぺこりとお辞儀を返し、急ぎ足で先生を追いかけた。

エレヴェーターに向かう途中、鼻歌まじりにスキップを踏む先生のあとをついていきながら、ついつい釣られてスキップをしそうになる自分がちょっと恥ずかしかった。

11

「あのブリキの船が、加賀美喬生の〝ライナスの毛布〟だったのかな……」

いつもの出窓。ルールコンドラのBOPFで淹れたミルクティー――先生が、本当に気が向いたときにだけつくってくれる本式のチャイだ――のやわらかな香りに包まれながら、わたしはしみじみとつぶやいた。

「それとも、〈薔薇《ばら》のつぼみ〉……」

先生は、テーブルの向こうですっかりくつろいでいる。久しぶりにオー・ヘンリーを読みかえしてみたくなったとかで、さっきから古い文庫本を熱心に読んでいた。かたわらには、遅い昼食として先生がこしらえたクロック・ムッシュ。その最後のひときれから、チーズのいいにおいがただよってくる。

オー・ヘンリーではじまった物語を、オー・ヘンリーで閉じる。それがたぶん、先生流の締めくくりなのだと思う。どこからとりだしてきたのか、懐かしい旺文社文庫。先生いわく、大久保博さんの訳によるこの『O・ヘンリー短編集』が翻訳の中では一番好き、なのだそうだ。

「おやおや、〈薔薇のつぼみ〉とは、いつもながらの古典的趣味ですねえ」

「いいですよ、いつもみたいに、はっきりオヤジ趣味と言っていただいて」

間、髪を容れずに切りかえす。この数ヶ月、こんなやりとりを連日繰りかえしているおかげで、少なくとも精神面は、前年同月比で十倍くらいに図太くなった。

「あのおもちゃの船、何十年もかけて……長い長い旅をして、贈り主のもとにもどったんですね」

開いた文庫本をテーブルに置いて、先生は、ゆっくりとうなずいた。

「ええ……不思議な、長い旅でした」

そして、その不思議な旅が、今日終わったのだ。

「ねえ……先生、加賀美さんは、宮地さんのこと、気づいていたんですよね」

わたしには、〝水兵リーベ、ぼくの船〟のメッセージだって、加賀美喬生が彼女に向けて残したものだとしか思われない。

「もちろんです。だって……」

「だって？」

わたしは、ソファから大きく身を乗り出した。

「だって、S・Sは彼女の本名、園田笙子のイニシャルじゃないですか」

「ああ！」

「宮地さんにとって、加賀美喬生《かがみきょうせい》がいつまでも中学のころの加賀美喬生《かがみたかお》であったように、加賀美さんにとっての彼女も、ずっと変わらぬ園田笙子のままだったのですよ」

「そうか……そうだったんですね」

先生の推理は、なんだかあたたかな陽だまりに似ている、と思った。

いろいろなものを、こんなふうにひとつひとつ照らしては解かしていく。

ひまわり探偵局、っていう名前も、考えてみるとそんなに悪くない……かな?

「先生……実はわたし、宮地さんが〝プロとしての責務を通じた厳しい関係を保つことが、自分に課し、望んだことのすべてだった〟っておっしゃったとき、思わずはっとしたんです」

先生は、もうわたしの言いたいことがわかってしまっているのだろうか。その先の言葉をうながすように、静かにほほえんでいる。

「加賀美喬生も、宮地さんと同じ思いを抱きつづけてきたんじゃないか。だって、例の本のタイトル Strictly business ——これ、〝厳しくビジネスに徹する〟って意味にとるなら、そのまま宮地さんと加賀美さんの関係を表しているように思えませんか。たがいに自己を律しながら、信頼を貫きとおしたふたりの十年間への、誇りをこめたメッセージ。それが Strictly business なんじゃないか……なんて、こじつけにすぎますか」

「ぼくも、あの場所でまったく同じことを考えていたのですよ」

よい答えを出した生徒をほめてくれるみたいに、先生はにこにこと笑った。

「もともとぼくは、Strictly business という言葉には、加賀美喬生という人の、強烈な自負がこめられているのではないかと思っていました。しかし、一連の謎かけを追ううち、考えが変わったのです。もし、この言葉に〝誇り〟と呼べるものがこめられているとすれば、それは、加賀美喬生というひとりの人間のものではなく、加賀美さんと宮地さん、ふたりの生きかたに向けた誇り、たがいを認め、厳しい関係の中で同志として結びあってきた、強い絆への誇りにほかならないのではないか、とね」

またひとつ、わたしの中に小さな陽だまりが生まれる。わたしごときのつたない直感が、先生の考えと重なった――それだけのことが、ただ素直にうれしい。

でも――どうしても解けない雪のかけらのような疑問が、まだわたしの中に残っていた。

先生は、いともあっさりと加賀美喬生が残したメッセージの真意を解読してしまった。けれどそれは、先生の知識と洞察力があったからこそだ。そうでなければ、先生が言ったとおり、それなりの知識と機転を備えた人間が、The Powwow Murder Caseから〈楽しんでもらえたかな？〉の黄色いメモにたどりついて、そこでおしまい。そうなっていた確率は、限りなく高い。

「加賀美さんは、本当にそれでもよかったんですか？」

「そう……暗号めいたメッセージそのものが、言ってみれば、アンビヴァレントなものですからね。だれかに気づいてほしいからメッセージを残す。でも、もしだれひとりその真意に気づかなかったとしても、それはそれでかまわない」

それでも――

加賀美氏は、気づいてほしかったはずだ。少なくとも、彼女にだけは。

あのブリキの船を彼女の手に届けること――すべての謎は、ただひたすらその一点に向かっていたのだから。そう、それこそが……。

「それこそが、加賀美喬生の最後の願いだった。彼は、あの部屋に散りばめた謎の数々に、そのささやかな最後の願いを託した。そうですね――先生」

先生は、ええ、とうなずいた。

「加賀美さんは、ただ彼女だけに、あのメッセージを受けとめてもらいたかった。だからこそ、Strictly business がその入り口だったのです。彼女をおぼえているということ――彼もまた、そんな簡単なことが、ずっと言えないままだった。あのメッセージの最後にあった〈ユダ〉という言葉、あの言葉には、そんな彼の悔恨までもこめられている――ぼくは、そう感じています」

つまり――加賀美喬生は、その悔恨すら、暗号めいた言葉に託さざるを得なかったのだ。

宮地さんが、顧問弁護士という領域に踏みとどまり、〈楽しんでもらえたかな?〉という皮肉なメッセージのみを暗号の〝正解〟として受けとめ、そこですべてを収束させてしまったなら、そのもうひとつ先の扉に隠された真のメッセージは、永遠に封印されてしまったかもしれない。

だから、あのとき先生は、まるで誘導尋問のようなやりとりを宮地さんにしかけた。

企業家と顧問弁護士という厳しい関係の中で、課せられた責務を誠実に果たすこと――十年間、守りとおし、みずからの誇りとしてきたそのルールを、宮地さん自身の意志で破る。

それが、暗号解読――いわば、セキュリティ解除の最後の条件だったのだ。

「最後の扉を開く本当の鍵は、宮地さんの心だったんですね」

やっとわかった。最後の扉の鍵、と言ったあと、先生が視線でわたしにさししめしたのは、The Powwow Murder Case の本ではなく、宮地さんその人だったのだ。

「そのとおりです。今度こそ、百点満点の花丸を差しあげましょう」

最後の扉を開くには、宮地さんがそれを望むことが必要だった。

そう、加賀美氏は、踏み越えてほしかったのだ。有能無比の顧問弁護士・宮地笙子ではなく、泣き虫だった同級生のソノコに、最後の扉をあけてほしかった。自分の宝物を見つけてほしかった。

それが、加賀美喬生が望んだ最後のわがままだったのではないか。ひねくれ者のハンプティ・ダンプティが、アリスにかけた謎――宮地さんは、彼女自身の意志でその謎かけに応え、扉を押した。

必要だったのは、想いという名のひとかけらの強さ。

わたしは、はっとして顔をあげた。ハンプティ・ダンプティとアリス。名前や年齢をめぐる奇妙な問答。

加賀美氏と宮地さんは、ともに夏の生まれ。だとすれば――。

一年生の二学期に出逢ったとき、ふたりは十三歳になったばかりだったはず。

もしかしたら――それが、十三という数字の本当の意味だったのではないか。

「ねえ、先生……。リーべって、〝いとしい〟っていう意味ですよね」

「はい、そうです」

加賀美喬生が、終生その胸に宿しつづけた、なによりもいとしい場所。いとしい時間。

そして――

「加賀美さんは、やっぱり――」

宮地さんのことを、ずっと……。

「さあ……でも、もういいのではないですか」

先生は、クロック・ムッシュの最後のかけらを、ぱくっと口に放った。

「ええ、そうですね」

これは、最初から最後まで、加賀美喬生が、宮地さんのために——彼女に読んでもらうために——書きあげた物語だったのだ。わたしたちは、その物語に、たまたまエキストラで参加した通行人A・Bにすぎない。

思えば、この二日間、たどりつく場所のない問いが、何度もわたしの中で繰りかえされてきた。わたしたちは、加賀美喬生という人間のいったいなにを知っていたのだろう。そして、今回の件を通じて、彼のなにを知り、なにを知らないままでいるのだろう……。

彼の心の丈《たけ》のすべてを推し量ることは、もはや難しい。

けれど、きっとそれでいいのだ。

わたしたちは、あのブリキの船にたどりついた。それ以上の答えをさがす必要など、たぶんもうないのだから。

わたしは、心に染みわたっていくミルクティーのぬくもりに、静かに身をまかせた。

もうひと粒、ひまわりの種

「先生って……やっぱりすごい人ですよね」

今度の件で、わたしは、名探偵・陽向万象の実力をあらためて知ることとなった。

「ぼくは、ごく当たり前に考えをめぐらせただけですよ」

それでは、なんだかわたしが、ものすごく鈍い人間みたいではないか。確かに今回わたしは、事実のあと追いだけで精いっぱい、クライアントにさえ教えを請うてばかりという、きわめて情けない状態にあったわけなのだが。

「先生の当たり前と世間一般の当たり前は、レヴェルがちがうんですよ。世の中は、先生みたいに千里眼みたいな人ばっかりじゃないんですから」

「ぼくは、千里眼なんかじゃありません。今回だって、あの部屋でいろいろ確かめるまでは、ほとんど当てずっぽうの状態でした。でも、推理の筋道とそのさししめす先は見えていましたから、いざとなれば、たとえでっちあげてでもなにかを宝物にしたてるつもりでした」

「え⁉ そうだったんですか？」

「偽善者だと思いますか？　けっこう、けっこう。だってぼく、偽善者ですから」

……なんとなく、先生がメフィストフェレスに見えてきた。

「ファイロ・ヴァンスは、人間がやることに謎はない、あるのは問題だけだ、なんてことを、いかにももっともらしく言ったかと思えば、のちには、人の心が完全に読みとれるものなら全宇宙が理解できてしまう、なんてこともノンシャランと言っている。しかし、どちらのヴァンスがより正直者なのか、という問いには、ほとんど意味がありません。なぜなら、ヴァンスはここで、同じコインの表と裏をひっくりかえしにして語っているにすぎないからです。ぼくに言わせれば、ここにこそ、人間という謎のありかをしめすヴァンス流の逆説があります。どれほど明快に謎を解き明かそうと、最後には人間という謎がぽつんと残る。いつだって、人間という謎だけが、探偵にとっての問題なのですよ」

「ファイロ・ヴァンス……」これまで、何度となくその名が先生の口から語られた。「ヴァン・ダインの生んだ名探偵、ですよね」

「そう。ミステリイのファンなら、だれもがファイロ・ヴァンスの名を知っている。ところがその名が、作中において、あくまでも〝仮名〟というあつかいを受けていることは、案外忘れられているのです。そもそも彼は、警察の公的な記録からは、完全に抹消された存在ということになっている。名探偵ファイロ・ヴァンスは、実はだれもその真の名を知らない、本当に存在したのかどうかさえもわからない、いわばその存在自体が逆説めいた、幻のような探偵なのです」

「へえ……そうなんですか」

まぼろし探偵、というのがあったような気がしたが、もちろん口には出さない。

「ファイロ・ヴァンスに少し遅れ、同様の意匠を凝らして登場したエラリイ・クイーンという探偵がいます。ただ、その後、ふたりの探偵がたどった道筋は、ある意味で対照的なものでした。最後まで神のごとく超然とした探偵でありつづけたヴァンスに対し、エラリイは、時を経るとともに、探偵であるがゆえの苦悩をその顔にきざんでいったのです。しかし、それをもってヴァンスを、人間的な奥ゆきを欠いた大時代な超人探偵の典型と断じる論は、彼の前に横たわる深い孤絶も、その孤絶こそが名探偵ファイロ・ヴァンスの存在の定義であることも見ていない」

心から敬愛してやまないわが名探偵は、目の前で淡々と語りつづけた。

「ヴァン・ダインは、自己の分身に、〝ヴァンスはふつうの意味で決して幸福な人間ではなかった〟と、作中で述懐させています。それは、ヴァンスのアンビヴァレントな存在性の定義であると同時に、ヴァンスという人間が、つまりは名探偵そのものであったことの定義でもあるのですよ。ぼくの尊敬する、ある名探偵は、〝名探偵とは、なるものではなく、存在であり意志である〟と言いました。ヴァンスもまた、名探偵でしかあり得ない存在＝意志としてこの世界に顕現した。ファイロ・ヴァンスとは、その意志に与えられたかりそめの名にすぎない。ぼくたちは、ヴァンスの本当の顔も名前も知りません。でも、彼が名探偵だということだけは知っている。名探偵とは、そもそもがそういう存在なのです。

――ぼくは、ふと思う。すべての探偵が、畢竟《ひっきょう》、鏡の世界から生まれくる存在なのだとすれば、ファイロ・ヴァンスこそは、鏡の国の探偵そのものだった、と」

その言葉で、今までの先生の話だけでは、今ひとつよくわからなかったファイロ・ヴァンスという探偵に、初めてある種の不思議な親しさをおぼえた。

「つまり――鼻もちならない皮肉屋の名探偵ファイロ・ヴァンスは、やっぱりハンプティ・ダンプティのよき友だった、ってことですか」

先生の眼《まなこ》が、一瞬大きく見開かれた。「ええ……まさしく」その眼がまた、テディ・ベアのビーズ目のように小さくなる。

「〈砕け散る卵の笑い〉というフレーズからハンプティ・ダンプティへ――さんきちさんが連想をつむいでくれたとき、ルイス・キャロルことチャールズ・ラトウィッジ・ドッドソンが描きだした『鏡の国』と、S・S・ヴァン・ダインことウィラード・ハンティントン・ライトが産んだ探偵世界は、ひとつにつながっていたのですよ」

　先生は、そのままソファに深く身を沈めた。

「そうであれば、奇妙な名探偵ファイロ・ヴァンスの創造主たるヴァン・ダインその人もまた、ハンプティ・ダンプティやジャバウォックのよき友だった、そう考えていけない道理はありません。ヴァン・ダインがデビュー時に本名を隠したのは、美術評論家として築いてきた名声にこだわったためとも言われるし、それ自体がヴァン・ダインのパフォーマンス、ハッタリにすぎないと断じる人もいる。しかし、彼の芝居がかったふるまいにぼくが感じるのは、こっけいな虚像と引きかえに、自分自身を含めたすべての存在をはぐらかし、不確かな幻――まがいものの世界に帰してしまおうとするような、一種独特のねじれなのです。

……そう考えると、彼の作品に塗りたくられた過剰な空虚——安っぽいだけのペダントリイやディレッタント、自縄自縛《じじょうじばく》じみた二十則でさえ、なにかべつのものに見えてくるのですよ。そのねじれた意匠こそが、ヴァン・ダインという作家のありようであり、誠意だったのではないか。そして、絶筆となった『ウィンター殺人事件』にいたるまで、ヴァン・ダインは、愚直なまでの誠実さで、その意匠を貫いたのではないか、とね」

そのねじれた意匠とは、たとえば、かつてのわたしが身にまとっていた〝鎧〟と同じようなものだろうか。鎧が実体化すれば、いつしか人は、それこそが真の姿であると疑わなくなる。その裏側に隠したものは、誰にも知られないまま闇の底に封じられ、いわば、自分自身の鬼子となる。

身を起こしながら、先生は、ふっとわたしを見た。

「『ウィンター——』で、心やさしい少女エラ・ガンサーに、慈愛に満ちた庇護を与える白髪《しらが》まじりのファイロ・ヴァンス。その横顔に、『鏡の国のアリス』に登場する〝白の騎士《ナイト》〟のおもかげを重ねてみたらどうだろう——そんなことを、ふと思いつきました。今まで、考えたこともありませんでしたが……いわば、さんきちさんが運んできた『鏡の国——』のイメージからの、思いがけない連鎖反応ですよ」

「白の騎士って……作者ルイス・キャロル自身の投影、とされているんですよね」

ええ、そうです、と先生がうなずいた。

「ぼくは『ウィンター——』を、あるいは、最低の駄作とも言われる『グレイシー・アレン——』でさえ、どうしてもきらいになることができない人間なのです。『グリーン家

――』や『僧正――』のすごみを知っている読者が、『グレイシー・アレン――』を読んで、目を覆いたくなってしまう気持ちはよくわかります。しかし、愛憎相なかばしながらヴァン・ダイン作品につきあってきた読者なら、〝グレイシー・アレン事件こそは、ファイロ・ヴァンスにとって、もっともお気に入りの事件だった〟という作品冒頭の弁に、皮肉や自嘲を超えた、作者の真実の声を聞きとることもできるはずです。

脳天気な少女アレンとのたわいのない掛けあい。冗談のように弛緩《しかん》した事件。その浮《うわ》ついた表層を不意によぎる陰影。死を予期したギャングのボスとの虚無をめぐる問答。犯罪者を前にしての、ヴァンスの冷酷な慈悲。それらの混淆《こんこう》物――いびつにゆがんだアマルガムとして『グレイシー・アレン殺人事件』は、存在しています。そこから放たれる気まぐれな反射光に、価値などないのかもしれない。それでもぼくは、その無価値な、まがいもの・・・の輝きをこそ、愛さずにはいられないのですよ。そして……加賀美さんもそうだったらいい、いや、そうだったにちがいない、とずっと思っているのです」

「それは――どうしてですか」

「死を目前にしたギャングのボスの通り名はね、〝ふくろう〟というのです」

「じゃあ、メモにあった〝梟〟も、宮地さんに言った〝フクロウが好きだ〟という言葉も

……」

「その人物を意識してのことだろう、とぼくは思っています」

「その……死を間近にした〝ふくろう〟という人は、もしかして、ずっとファイロ・ヴァンスがやってくるのを待っていたんですか」

「ええ。まさしく、そのような描写のされかたをしています。よくわかりましたね」

「あ、いえ……ただ、なんとなくそう思ったんです」

もしかしたら、加賀美喬生も、いつかあの部屋に、ファイロ・ヴァンスのような人間が訪れてくる日を――自分の秘密と孤独を解放してくれる人間がやってくる日を、ずっと待っていたのではないか……ふと、そう思ったのだ。

「ヴァン・ダインって、なんともやっかいな作家ですね」

加賀美喬生や先生が惹かれるのもわかる。いわば、やっかいな野郎どものそろい踏みだ、というのは、わたしの心の中だけのつぶやき。

先生は、ええ、本当にね、と屈託なく笑う。

「ヴァン・ダインは、〝人間はひとつの真実に対して九十九のうそをつく〟なんて、いかにもなこともヴァンスに言わせていますが、もしかしたら、ヴァン・ダインという作家は、なにひとつとして本当のことを語ろうとしなかった作家なのかもしれません。S・S＝スティームシップという話にしたところで、どこまでが本当なのやら、煙ならぬ蒸気のめくらましに、まんまと引っかかっている感がある。実は意味などまるでないのかもしれないし、べつに隠された意味がある、と考えたっておかしくはないのです。もしかしたら、スーパースターとかサニイサイドとかシークレット・サーヴィスとかスモール・サイズとかだったのかもしれないし、ストロベリイ・サンデー、あるいは、ストロベリイ・ショートケーキだったかもしれない」

「はあ？　すとろべりぃい？」

シリアスな話から、急に別方向にシフト・チェンジしてますけど、先生……。

「ははは、いや、実を言うとですね、三丁目のケーキ屋さんにおいしいストロベリイ・ショートケーキがあるのを発見したんですよ。今からそのお店に行こうかな、なんて思ってたんです」

「なあんだ……やっぱり、そっちの路線なんですね」

わたしは、はふう……と大げさに吐息をもらした。

「せっかく馥郁《ふくいく》とした豊かな気分になっていたのに……あーあ、先生ったらどうしていつも、そういう方向に行っちゃうのかなあ」

「おや、ばかをいっちゃいけません。舌をかみそうな名前と目の飛びでるような値段の高級ケーキばかり売っているお店より、本当においしいストロベリイ・ショートケーキを食べさせてくれる良心的なお店をさがすことこそ、現代の日本における最大の困難事なんですよ！」

「はいはい、よーくわかりましたから。いい歳したおとなが、そういう話であんまり力みかえらないでくださいな」

「かわいくないですねえ。あなたも女の子なんですから、甘露だの馥郁だのと言ってないで、たまにはケーキ屋さんめぐりにでも行くべきです」

「ええ、ええ。そうですとも。どーせ、わたしはかわいくない女ですよ。先生みたいな自慢のチャームポイントだって、ひとっつもありませんしね」

「そんなことないですよ。さんきちさんにも、すてきなチャームポイントがあります」

「そ——」思いもよらない先生の言葉に、罠の予感をおぼえつつ、ついうっかりと気をゆるめてしまうわたし。「そんな、心にもないことを言って、おだてようったってそうはいきませんからね」

「ほっほ。もちろん、そんなつもりはありません」

「じゃあ、な、なんなんですか、わたしのチャームポイントって」

「ずばり、毎日場所とかたちを変幻自在に変える、その寝ぐせです」

へ……？　思わず頭に手をやってしまったそのあとで、わたしの理性の糸がぷちっと切れた。

「いったいどこの世界に、寝ぐせがチャームポイントなんて人間がいるんですか！　そもそもですね、〝かわいい〟とか〝女の子なら〟とか、そういう言葉をわたしがきらいなこと、先生、知ってるじゃないですか！　その時点でもう、言いのがれのできないセクシュアル・ハラスメントですよ！　おまけにこの場合はパワー・ハラスメントです。先生がそんな、日経新聞さえ読んでりゃビジネスマンだと思ってる、酒やけした中間管理職みたいなもの言いをする方だなんて、思ってもみませんでした！」

「いい歳したおとなが、ショートケーキについて語ってはいけない、というのも、充分に偏見だと思うのですけどねえ。それと……この探偵局での力関係からすると、パワー・ハラスメントという言いかたは、ちょっと当たらないのではないかと……」

「なんですって」

「あ、いえ。なんでも」先生は、海亀モドキのように首をちぢこめ、それから恐るおそるというふうにつけ加えた。「せっかくほめたのになあ……さんきちさん、と呼んでも怒らないくせに」

「べつに容認してるわけじゃありません。ややこしくなるので、今その話はしないでください。だいたい、先生はセクシュアル・ハラスメントに対する認識が甘すぎるんです。女性ならみんな、ケーキだのパフェだの、そういうものが好きだろうというその考え自体が――」

女のくせに、などと言いたげな表情を相手の顔に読みとると、わざわざ盛大に煙草を吹かしてみせる――わたしは、そういうバカなところが、勤め人になってからも直せない女だった。

女の子、という呼ばれかたもきらいなら、たとえば、ＯＬという言葉もきらいだった。わたしがそんなふうに言うと、「かわいい女の子」で通っている同僚は、バージニア・エス・ロゼの煙をぽわんと吐きだしながら、「え？　なんでえ？　べつにいいじゃん」「変わってるねえ」と、首をひねって笑った。どうせ、わたしのいない更衣室やパウダールームでは「バッカじゃないの、あのコ」「自意識過剰で痛すぎ」などと、おあつらえ向きの小ネタにされていたにちがいない。

こういうところに、組織人としての寿命を思いきり短命なものにした理由があったのだろう。……「正直な人」というのが自分の通り名であることに、薄々勘づいてはいた。それが、「歳相応の分別もなく、身の処しかたすらわきまえない欠陥社員」という揶揄《やゆ》であることにも。自分が正直な人間ではないことくらい、ほかのだれよりも、わたし自身が一番よく知っていたけれど――。

「そろそろ、ごきげんを直していただきたいのですが。わが探偵局のワトスンさん」

「ああ！　ここでそれを言いますか！」

「宮地さんに悪気はなかったのですから、いいではないですか」

「今の先生の言葉は、明らかに悪気です。どうせ先生は、宮地さんの勘ちがいにちゃんと気づいていながら、わたしにそれを教えないでおもしろがってたんでしょう」

「おお、さすがはワトスンさん……」

「あ！　やっぱりそうだったんですね！」

思わず立ちあがったわたしは、そのままずんずんと先生に詰めよった。

「……先生、今度一度、じっくり膝をまじえて、おたがい忌憚《きたん》のないところを、腹蔵《ふくぞう》なく、歯に衣《きぬ》を着せず、得心のいくまで、虚心坦懐《きょしんたんかい》に、とことんまで話しあおうじゃありませんか」

先生は、ひょええ、とソファに身を縮めてから、やおらむっくりと身を起こした。

「あ！　そうだった！」

「きゅ、急にどうしたんです、先生。起きあがり小坊師《こぼし》みたいに」

「今日、六月二十八日は、パフェの日でした」

「はあ？」

「パフェの語源は、フランス語の parfait ＝パルフェで、英語の perfect ＝パーフェクトにあたる言葉です。そこで、昭和二十五年、巨人の藤本英雄投手が、日本プロ野球史上初のパーフェクトゲームを達成したことにちなんで、この日をパフェの日とすることになったのです」

……歩く『今日はなんの日？』ですか、あなたは。

わたしは、両肩をすぼめ、〝やれやれ〟のポーズをつくった。

「あれ、その日は信じてませんね」

「前にすっかりだまされましたからね。おすすめのマンガ家は、クリスチーネ剛田です、なんて言うから、大本気《おおマジ》で『ショコラでトレビアン』をさがしちゃったんですよ！　とこ ろがそれ、『ドラえもん』のジャイ子のペンネームじゃないですか！　本屋で赤っ恥かいたんですから！」

「では、おわびに少年マンガの傑作を……フニャコフニャ夫先生の――」

「『ライオン仮面』でしょうか。『時空パトロール7』でしょうか」

「……あら？」

「あれから『ドラえもん』のてんとう虫コミックス、全巻チェックしましたからね。のび太たちが練馬区に住んでることも、しずかちゃんの大好物が焼き芋だってことも、スネ夫にニューヨーク在住の弟がいるってことも知ってますよ。わたしにだって、一応は人並みの学習機能ってものがあるんです。先生、もう、ありし日の三吉菊野とは思わないでください ませ」

「変わってしまったんですね、さんきちさん……」

「はい。他人《ひと》を疑うことを知らない、生まれたての子ヒツジのように無垢で純真だったあのころの三吉菊野とは、もう永遠にアデューいたしました。それもこれも、名探偵・陽向万象の薫陶《くんとう》あればこそです」

じろっとにらむと、先生、ソファの上でまた身を縮《ちぢ》こめた。

「でもこれは、ほんとにほんとなんですから。ちなみに、パフェとサンデーのちがいってわかりますか？　サンデーはアメリカ生まれで——あ、そうそう、ヴァン・ダインは、『カナリヤ』の名を冠したアイスクリーム・サンデーが巷《ちまた》に登場したことを自慢げに書き残していて……」

「そういう話は、もうお腹《なか》いっぱいですから、けっこうです」

「じゃあ、これはどうですか。アイスコーヒーは、略して『アイコー』っていいますけど、関西では『冷やしコーヒー』を略して『冷《れい》コー』っていうんですよ。アイコにレイコ。ね、おもしろいでしょう？　あ、そうだ、しずかちゃんが焼き芋の次に好きな食べ物、チェックしましたか？　な、なんと、ショートケーキなんですよねぇ」

「だ、か、ら！　人がまじめな話をしてるのに、どうして先生は、いつもいつも、おちゃらけた方向に話をねじ曲げるんですか！」

「おお、くわばら、くわばら。今日のさんちゃん、こわーい」

先生は、頭を両手で押さえながら玄関に向かった。

はあ……それが分別ある四十男の態度か。まったくしょうがないおじさんだ。しかもそれが、天下の名探偵・陽向万象なんだものなあ。尊敬している弟子のことも、ちょっとは考えてほしい。

「ねえ——先生」

わたしは、その丸っこい背中に話しかけた。

「勝手な思いこみかもしれないけど——それでも、わたし、これだけはわかる気がします。加賀美さんが、あのブリキの船に託して宮地さんに届けようとした言葉」

加賀美氏がずっと言えなかった、たったひとつのささやかな言葉。

「〝ありがとう〟……ですよね」

振りむいた先生が、マシュマロみたいな顔で笑った。

「ええ——きっと」

それから、先生は、出窓にふっと目を向け、外をのぞくように背を伸ばした。

「ほお……くちなしの白が光に映えて、いつにも増してきれいですよ」

加賀美氏のデスクに置かれていたくちなしの白が、ふと脳裏を去来する。

「そういえば、『ドラゴン殺人事件』で、くちなしの花がちょっとした道具立てに使われていたのを思いだしました」

「へえ、そうなんですか」

「かといって、くちなしが不吉な花というわけじゃありません。だって、くちなしの花言葉は、〝わたしは、とてもしあわせです〟というのですから」

わたしは、とてもしあわせ……。

まるで、最後に授かった呪文のように、わたしは、その言葉を幾度もかみしめた。

そうだったのか……。〝くちなし〟という名の、もの謂《い》わぬ白い花、そのささやかな一輪に、宮地さんの本当の想いは、ちゃんと託されていたのだ。

先生がドアを開くと、カウベルの音にさそわれるように、外からのまぶしい光が射しこむ。

いっしょに入りこんできた風が、開かれたままになっていたテーブルの文庫本をぱらぱらとめくる。短編のタイトルページをゆっくりと押しひらいて、風がとまった。

そのページを見た瞬間、わたしのほおは、自然にやわらかい笑みをつくっていた。

そこには、この物語の本当のタイトルがあった。

――『ある忙しい株式仲買人のロマンス』

わたしは、静かに本を閉じ、開いたドアへと歩きだしながら、そっとつぶやいた。

さよなら……鏡の国の風雲児。

「ああ、もうすぐひまわりの季節ですねえ」

空を見あげて先生がつぶやく。

「さあ、行きましょう」

そのまま先生は、怪しくも軽やかなステップで外に歩み出る。

わたしもあわててそのあとを追った。

やわらかな午後の陽射しが歩道にはねる。

ヒヤシンスブルーの風が、光といっしょにさらさらと町を洗う。

見慣れたはずの世界――けれど、昨日よりも、ほんの少し空に近い。

きっとそれが、夏への扉。

その扉へと向かうわたしの心は、どうしてだろう、不思議なくらいに弾んでいる。空を見あげては、幼い空想にふけってばかりいた少女のころのように。

……ずっと昔、ある人が言った。

〝世界は、ボクたちが夢見るほどやさしくもないし、ある日突然バラ色に輝いたりもしない〟

その言葉が、わたしの中から消えることは、たぶんない。振りむけば、いつもそこにぽつんと見える、二度と帰ることのない、はじまりの小さな駅のように。

けれど――わたしは、そっと呼びかける。今はもういない、その人に。

〝それでも、あなたが憎み、愛した世界は、こんなにきれいだよ〟と。

そう――だからもう、わたしは決めたんだ。

つまずいたり、転んだりしながら、この場所で歩いていく。

わたしの中に生まれた、ひとかけらの強さといっしょに。

「先生、待ってくださいよお」

声をあげながら、わたしは、初夏の町に走りだしていた。

参照・創元推理文庫版ヴァン・ダイン全集（東京創元社）
ハンプティ・ダンプティの歌は、谷川俊太郎訳による

第二話　手　紙

——花と天使と少年

1

「はあ～……」

そりゃあ、ため息だって出る。

今、わたしの目の前にあるのは、アイスとホイップクリームとチョコとバナナを親のかたきのように盛りつけた巨大なパフェなのだ。

もちろん、わたしのものではない。今まさに、ほおも落ちんばかりの至福の表情でそれを召しあがっているのは、ムーミンパパのような顔をした小太りのおじさんなのである。

ああ、それにしても……なんてしあわせそうな顔。もし本当に天国というものがあるのなら、そこの住人は、そろってこんな顔をしているのだろう、たぶん。

残暑の在庫一括処分セールとばかりに容赦なく襲ってくる陽射しと、アスファルトから吹きあげる熱風に耐えかね、たまたまふらりと立ちよった喫茶店。木調でまとめられたクラシカルなつくり。落ちついた雰囲気の店内には、そこここに観葉植物の緑が添えられ、心なごますやさしいアクセントになっていた。わたしたちが座るテーブル脇の出窓にも、小さな葉っぱをふんわりと茂らせたかわいらしい鉢植えが置かれている。さりげない心遣いが隅々までゆきとどいた、とても気持ちのいいお店だ。

いわば、砂漠で見つけた小さなオアシス。事務所からちょっと足を伸ばしたところに、こんなお店があるなんて、それはそれで思いもよらぬうれしい発見だった。

……だが、しかし。

緊急避難的に駆けこんだだけの喫茶店で、いったいどうしたら、ジャンボ・チョコバナナ・パフェを注文できるのか。しかも即決、迷いなしである。だいたい、「本格珈琲」の看板をかかげたこんな雰囲気のいい喫茶店に、なんでジャンボ・チョコバナナ・パフェなんてものがあるのよ、マスター……。

「あれ？　どうしたんです。さんきちさん。まるで、今日をかぎりにこの世が終わっちゃいそうなため息ついて」

わたしを「さんきち」と呼んだこのお方、名前は陽向万象《ひなたまんぞう》。なにを隠そう、（べつに隠しているわけじゃないけど）知る人ぞ知る辣腕の私立探偵なのだ。そしてわたしは、その右腕をになう第一助手なのである——今のところ、わたしを慕う（はずの）第二、第三助手の椅子は空席だが。

これでも一応、わたしは先生を尊敬している。こんなすごい人はいないと思っている。

……思ってはいるのだが、先生の嗜好にはときどきついていけなくなる。

「この世が終わるってときに、こんなところでくつろいでませんよ」

「そうですか？　それこそ、この世が終わるっていうときに、ドタバタしてみてもしょうがないと思いますけどねえ」

確かにこの先生なら、地球が静止する五分前であろうと、「キユーピー3分クッキング」を見ながら、鼻歌まじりにレシピのメモをとっているような気がする。というか、ハルマゲドンや大洪水程度のカタストロフィなら、プラナリアやクマムシをも超える生命力で、あっさり生き延びてしまいそうだ。

「だいたい、どうして喫茶店で先生と終末論について語らなきゃいけないんですか。それに、その……公共の場に出てまで〈さんきち〉と呼ぶのは、いいかげんやめてください」

そう、わたしの名は三吉菊野《みよしきくの》。まちがっても〈さんきち〉ではない。ところが先生は、出逢って以来、わたしを〈さんきち〉としか呼ばないのだ。少し前まで、クライアントの前ではわざとらしく「菊野くん」などと呼んでいたが、最近は、たぶん使い分けが面倒になったのだろう、仕事中だろうが接客中だろうが、おかまいなしに「さんきちさん」である。恥ずかしいったらありゃしない。

「公共の場……って、喫茶店ではないですか。喫茶店にて愛称で呼びあうことを禁ず、とかいう東京都の条例でもできたのでしょうか」

「どこが愛称なもんですか。そういう子どもの口答えみたいな屁理屈を言わないでください。おかげでわたしは、いつの間にかこの界隈で〝さんちゃん〟呼ばわりされてるんですよ」

「なにがいけないんです。まさに愛称ではないですか。みなさんにそこまで定着して親しまれているなんて、とてもけっこうなことですよ」

「わたしがけっこうじゃないんですってば」

しかも一部では、〝おまけのさんきちクン〟なんて言われているらしいのだ。

「……言いたいのはそういうことじゃなくてですね――いいですか、先生。わたしはですね、パフェくらいで、よくまあ、そんなしあわせそうな顔になれるもんだな、とあきれてるんですよ」

「さんきちさん、おぼえてますか。パフェというのは、フランス語で――」

「前にも聞きました。英語のパーフェクトと同じなんでしょ。それがどうしたんです」

「つまりですね、グラスに盛られたアイスとクリームとフルーツ、そしてチョコレート――夢の共演が奏でるパーフェクトな調和《ハーモニィ》。この奇跡の交響楽《シンフォニィ》こそ、まさしくひとつの小宇宙の具現なのです。人類がたどりついたアメイジングでスウィートなワンダーランド。その最初のひと口を食す瞬間、人は、無限に広がる天使の翼に触れ、地上の軛《くびき》から解き放たれた時空の旅人となり、完全なる宇宙《コスモス》との融和を体験するのですよ」

「もしもし？　宇宙や天使との交信から、そろそろもどってきていただけますか？」

「あれ？　見えませんか。ぼくのそばに今、かわいらしい天使がいるのが」

「……どーせ、頭の上に〝ぺ〟がつく天使でしょう」

わたしは、つっけんどんに言葉を返した。

「パフェ教の布教は、どうかほどほどに願います。パフェとチャネリングして、いったいどういう悟りを開こうっていうんですか。なにが『完全なる宇宙《コスモス》との融和』です。コスモスなら、市営のフラワーパークにでも見にいけば充分ですよ。そもそも、いい歳した男性が、今にもそのままとろけそうな顔で『スウィ～ッチュなワンダラ～ンド』なんて、よくもまあ、恥ずかしげもなく言えるもんですね」

「ぶーぶー、そんな言いかたしてませんよ」

「してますってば」

「いいですか、さんきちさん。ものを食すということはですね、人間の知的向上にとって、もっとも絶対確実な案内人だと――」

「ファイロ・ヴァンスさんあたりが、そうおっしゃってるんでしょ」

「ん……むぐ……」

先生、言葉に詰まる。どうやら、クリティカル・ヒットだったらしい。

「ふっふ、三吉菊野を甘く見てもらっては困りますね」

これでも、先生の事務所に転がりこんでもう半年なのだ。当てずっぽうでも、この程度の切りかえしができるくらいには、ちゃんと〝探偵助手〟しているのである。

「ええと……つまり、ヴァンスはですね、それに続けて、〝地獄の観念なんてものは、胃弱が生んだ夢魔だ〟と、こう言ってるんです。かのファイロ・ヴァンスにして、けだし至言というべきではないですか。おいしいものをおいしく食べられる、これこそは、もっとも人間らしい最高の幸福です。〝いい歳した男〟が、パフェを食べてしあわせ気分に浸ってても、べつにいいではないですか。さんきちさんは、古くさいオヤジ世代の旧弊なジェンダーに囚われています」

こういうことになると、ほんとにムキになるなあ、この先生……。もっともらしい弁舌の間、口もとに運ぶ手がぜんぜん休んでないのもさすがだけど。

「どうぞどうぞ、好きなだけ言ってくださいませ。なにせわたしは、真性オヤジ菌にどっぷりと浸かった、超のつく石頭人間ですからね」

「ほうら、またそうやってすねる」

「すねてませんから。なんでいちいち、そういう子どもの減らず口みたいなレヴェルにもっていくんですか。残念ながらわたしは、先生みたいにパフェで幸福論を開陳できるようなエピキュリアンじゃございません。ただそのことを言いたいだけです」

「あ、エピキュリアンを享楽主義者という意味で使ってますね。エピクロス派の哲学は、魂の平安――アタラクシアを求める節制的な思想であってですね……」

……って、あなた、そのまんま、ただの享楽主義者ではないですか。

先生は、アイスクリームをすくったスプーンを、むほ、という感じで口に入れる。

「うーん……ひや、ふわ、とろん、という、この得も言われぬ口どけ。これこそは、雅《みやび》なる王侯貴族とて知り得ぬ、まさに魂の平安境。ソナタのやんごとなき甘さ、マロをとろかせる」

「なんですか、そのマロって……。平安京だか平城京だか知りませんけどねえ――」というわたしのツッコミなど軽く無視して、先生、スプーン片手にのんきな歌を口ずさみだした。

おとぎ話の王子でも　昔はとても食べられない
アイスクリーム　アイスクリーム
ぼくは王子ではないけれど
アイスクリームを召し上がる

スプーンですくって　ピチャッチャッチャッ
舌にのせると　トロントロ
のどを音楽隊が通ります

「だあ！　黙って聴いてれば、ワンコーラス歌いきる気ですか！　『みんなのうた』の時間じゃないんですから！　どこが節制的なエピキュリアンなんです！　幼児期退行してるだけじゃないですか！　楽しそうにスプーンを振るんじゃありません！　ああ、ほら！　ほかのお客さんが珍獣発見みたいな目でこっちを見てますよ！　恥ずかしいったらありゃしない！」

……わたしは、本当に名探偵・陽向万象の辣腕助手なのだろうか。実は、悪ガキに振りまわされてるだけの、かわいそうな保育士なのではないだろうか。

当の悪ガキはといえば、苦悩する保育士さんにアッカンベーでもするように、バナナをまるごとスプーンに乗せると、そのままあんぐりほおばった。右のほっぺたに、白いクリームがぺちょんとつく。それを、〝あ、かわいい〟などと、つい思いそうになる自分がすごくいやだ。

邪念をはらい捨てるべく、ぶるんぶるんと首を振る。

「さんきちさん、おいしい食べ物の前でそんなに怖い顔なさらないで。スマイル、スマイル。かの大哲学者カントも、笑いは消化を助ける、胃酸よりはるかに効く、と言ってます。あ、そうだ、〝食事の時間には天使が降りてくる〟と言った方もいますよ。だれだと思います？」

「だれなんですか、いったい」

「近所のおばあちゃんです」

先生は、むほほほほ、と笑った。

やれやれ……。わたしは目を閉じ、こほん、と咳ばらいをした。

「そりゃあ、敬愛する先生が、日々つつがなく健啖《けんたん》でいらっしゃるのは、たいへんけっこうなことです。まことに慶賀《けいが》の念にたえないと申しましょうか、欣快《きんかい》のいたりと申しましょうか、不肖《ふしょう》の弟子としましても、衷心《ちゅうしん》からお喜び申しあげたい次第でございますよ。べつに、汝《なんじ》、甘いものを食べるなかれ、なんて無粋《ぶすい》なこともいちいち申しません」

「言ってると思うんですが」

「……話の腰を途中で折るようなおひゃらかしは、つつしんでください」

「あ、はい」

「よろしいですか、わたしはですね、エピクロス派ならエピクロス派らしく、多少なりとも節制というものをお考えになったらどうなんですか、ということを申しあげているんです。口にするのもおとなげない、と思ってきましたけどね、〈どろり濃厚ピーチ味〉なんていうゲテモノみたいなジュースを、どうしたら一リットルパックで、ごくごく飲みほせるんです。そのうち、ほんとにぶよぶよの人間豆大福になりますよ」

「だいじょうぶ。ぼくの体重は、いつでもリンゴ三個分デス☆」

「もう、先生ったら、お茶目さんなんだから～」とにっこりほほえんでから、ギロリとにらむ。「なあんて、言うと思ってるんですか！　妙なぶりっこ芝居にはだまされませんよ！　どこがリンゴ三個分なんです！　米俵三個分のまちがいでしょう！　それとも、そのふくよかなお腹には、ヘリウムガスでも詰まってるんですか！」

「げほげほ、うちの嫁は、いつも冷たいのお。わしゃ、怪獣バルンガじゃないぞい」

「だれが嫁ですか！　細かく芸風を変えてもダメです。糖尿病で身動きとれなくなっても、まちがったってわたしは、先生の老後の世話なんか見ませんからね！」

「むう……今日のさんきちさんは、いつもよりしつこくからみますねえ」

不服そうに唇をとがらせたあと、先生がにやりと笑った。

「あ、わかった。またダイエットでもはじめたもんだから、うらやましいんでしょう。だったら、我慢なんかしなくていいのに」

「また、って、いつわたしがダイエットなんかしたんです！　よろしいですか、わたしはですね、『やせれば、勝ち組』みたいなフレーズで女性の痩身《そうしん》願望につけこみ、だまくらかすＣＭや広告のたぐいが、マダラカマドウマの大群と同じくらいに大きらいなんですよ！　だいたいですね、もて髪だの愛され顔だの、男に喜ばれりゃそれでいいのか、あんたの主体はどうなってるんだって言いたくなりませんか。そんなもんじゃないでしょ、女性の価値は！」

「あの……ダイエットから話がはずれてきているような気がするんですが」

「あ、ええと、だから、言いたいのはですね、それこそダイエットなんてものは、顔だのスタイルだのという、男性本位の薄っぺらな価値観の鋳型に女性をはめこんでスポイルする、粗雑かつ旧弊なジェンダーが生み出した愚の骨頂だということです！」

「はあ、なるほど」

先生、納得したように深々とうなずいた。

「さんきちさんのおっしゃること、とてもよくわかりました。ときどき、お昼をカロリーメイトだけで済ませているのは、決してダイエットではなかったのですね。今までずっと誤解していました。どうかゆるしてください」

「わ、わかってもらえればいいんです。あれは、あくまでもカロリーコントロールです。自分を律するためにやっているのであって、もちろんダイエットとは似て非なるものです」

「なるほどねえ、いやあ、すばらしい」

ああ、はっきりと見える。もっともらしい顔でうなずきながら、ひひひ、と舌を出して笑っている邪悪なムーミンパパが。

く、くそう……なんでわたしが、ムーミンパパにバカにされなきゃいけないのよ。

……は⁉　いけない、いけない。たとえ心の中とはいえ、「くそう」などと……。冷静になるのだ。理性の人となれ。自分までガキのレヴェルに落ちてどうする。こんなときこそ、おとなになるのだ。負けるな、ファイトだ、三吉菊野――。

気を落ちつかせるため、グラスの水をぐっと口に含む。

心地よい冷たさが喉をくぐりぬける。心と身体のほてりが、ゆっくりクールダウンしていく。

よし、いいぞ。そうなのだ、わたしはあくまで良識あるおとななのだ、うん。

ええと……それにしても、そろそろきてくれないと困るなあ、わたしのアイスコーヒー。断じて、本当はストロベリイ・サンデーが食べたいなどと思っているわけじゃないんだから。

そうだぞ、断じて……。

と、そのときである。

「お待たせいたしました」

涼やかなアルトの響きが頭の上から降ってきたかと思ったら、いきなりドン！と目の前にストロベリイ・サンデーが置かれたのだ。

「え……？　あ、あの、わたし、こんなもの頼んでないんですけど」

びっくりして顔をあげると、これまたびっくりしたウェイトレスさんの顔。

と思う間に、その顔がパニックで蒼白になった。

「す、すみません！　失礼しました！　ああ、わたしったらまた……ああ！　ほんとに！申しわけありません！」

ウェイトレスさんは、しどろもどろで何度も頭をさげると、ストロベリイ・サンデーを銀盆の上にもどした（……さよなら、ストロベリイ・サンデー）。

「いえ、そんな、どうかお気になさらないで」

恐縮して、ついこちらも頭をさげる。見たところ、わたしなんかよりずっと人生の先輩のようである女性に平身低頭され、なんだかすごく悪いことをしたような気分になってくる。これでも一応、年上の方への礼節くらいは、わきまえているつもりなのだ（最近、ともすれば忘れがちだけど……）。

もしかして、まだ不慣れなウェイトレスさんなのかしらん。でも、妙なイントネーションのマニュアル一気読みで、せかせかと注文をとり、「ごゆっくりどーぞ」と、絶対そう思ってない口調で去っていくファミレスのアルバイト娘（わたしはあれと、居酒屋で浴びる「喜んでぇ！」が、最近とみに苦手なのだ）より、ずっと好感をいだいてしまった。

伝票を確認しながら、あたふたカウンターにもどっていくその背中に、わたしは〝がんばって〟と小さなエールを送る。

「どうやら、心の声が呼びよせてしまったようですね。恐るべし、テレパスさんきち。それとも、イタコの口寄せみたいなものでしょうか」

先生が、楽しそうにうんうん、とうなずく。

「だ、だれがイタコですか。わけのわからない邪推をしないでください。先生こそ、怪しげな毒電波でも送ったんじゃないですか」

こうなると、もう破れかぶれだ。矢でも鉄砲でもマサカリでも持ってこい。

「だいたいですねえ、天下にとどろく（とどろいてるかどうか、本当はよく知らないのだけど）名探偵の陽向万象がですねえ、口のまわりをクリームだらけにして、情けなくないんですか。探偵ってのは、やっぱりバーの片隅でドライマティーニとかをですねえ」

「それこそ、まごうかたなき偏見です。甘いものが好きな探偵はたくさんいます。たとえば——」

「あ、けっこうです。例はあげなくても」

わたしがあわてて制すると、先生はちょっとがっかりした顔になった。

そのときである。はるかに遠ざかっていたと思っていたウェイトレスさんの背中が、そのままムーンウォークでつつつっともどってきた（ような気がした）。

それから、ウェイトレスさんは、おずおず、といったようすでこちらに振りむいた。

「あ、あの……そちらの方は、探偵でいらっしゃるんですか？」

「ええ、そうですが……」

あと、パフェ教の教祖さまとかもやってますけど。

「探偵さんって、どんな相談にも乗っていただけるのでしょうか」

いえ、そういうわけでは……と返す間もなく、先生が答えていた。

「はい。もちろんです」

またあ……すぐそういうことを言う。

この間など、託児所と勘ちがいしたお母さんがついに現れてしまい（そういうまちがいの起こりうる探偵事務所なのだ）、二歳の子どもを一日預かるはめになってしまった。しかも、ベビーシッターの仕事を完璧にこなした先生は、最後は、その子とマブダチになってしまったのである。

先生はそのくらいすごい人なのだ。しかし、ウンチのおもらしを楽しそうに片づける探偵は、やっぱりわたしを複雑な思いへといざなう。

「陽向万象と申します。こういう者です」

先生は、胸ポケットの手帳から、すっと一枚の名刺を引きぬいて差しだした。ああ……だから、そんなもの見せちゃダメだって……。

　なにしろその名刺には　ひまわり探偵局　と大きく書かれ、その縁《ふち》を、先生みずからの手になるひまわりのイラストが、心あたたまるほのぼのとしたタッチでとりかこんでいるのである。

　ふつうは、これだけで信用を失う……と思いきや、名刺を手にとったウェイトレスさんは、こわばり気味だった表情をくずして、まあ、かわいい、と破顔した。

「本物の探偵の方にお会いするのって、初めてです。想像とはぜんぜんちがうんですね」

　いや、この人はきわめて特殊な事例ではないかと思うんですが……。

「決めました。——わたしの相談を引き受けていただけますか？」

　え？　あれ？　それでいいんですか？

「けど、ほんとに、つまらないことなんです。それでもよろしければ——」

「だいじょうぶ、おまかせください」

　先生は、毅然として言いきった。ほっぺたにクリームをつけたまま。

「よろしくお願いします」

　ウェイトレスさんは、深々と頭をたれた。

　あの……もしかして、ほんとに契約成立ですか？　ははははは…………ありえない。

　こういうの、なんていうんだっけ……瓢箪《ひょうたん》から……独楽《こま》？　あ、ちがった、駒だ。

　でも、瓢箪の上で独楽が廻っている絵のほうが、太神楽《だいかぐら》みたいで楽しいかも。

ちらりとこちらを見た先生が、〝あ、また変なことを考えてますね〟というように笑う。それから先生は、まだ頭をあげないウェイトレスさんに顔を向け、もう一度「おまかせください」と言った。

2

その数日後。

カラリンコロン、というのどやかなカウベルの音とともに、ウェイトレスさん、いや、晴山仁美《はるやまひとみ》さんは、ひまわり探偵局にやってきた。

部屋に通された彼女は、さすがに驚いたようすで、目を大きく見開いたまま、その場でくるりと一回転した。でも、続けて「ちょっとびっくりです」と笑った彼女には、喫茶店でのおどおどとした自信なさそうな物腰は、もうかけらもなかった。

シックなチュール・レースがほどこされた薄地のカーディガンと、ミントグリーンが目にもさわやかなフレンチ・スリーブのワンピース。胸もとにあしらったカメオのブローチが、品のいいアクセントになっている。

フェミニンだけど、しなやかな一本の芯が、とても自然にスッと通った感じ。くるっと丸めあげて、シンプルな銀色のダッカールで留めた髪も、やさしい顔立ちにとてもよく似あっている。

よれよれのワークシャツとすり切れジーンズの生活にすっかりなじんでしまった、ファッション感覚ゼロのずぼら人間であるわたしから見ても、〝ああ、いいな〟と思う。申しわけないことにこの前は、こんなすてきな女性であることに気づかなかった。

「どうぞ、お座りください」

わたしは、晴山さんを来客用のソファに案内した。

「お待ちしておりました」

先生が、ぺこりとおじぎをする。

「あらためまして、探偵の陽向万象です。ひまわり探偵局にようこそいらっしゃいました。こちらは、助手のさんき――」

「三吉菊野《みよしきくの》です。よろしくお願いします」

わたしは、すました顔で頭をさげた。なにごとも先手必勝、機先を制するに限る。これもまた、この探偵局での修練の日々から学んだ知恵である。

「失礼します」

晴山さんは、ていねいに頭をさげてソファに腰を落とした。

「あら、アメリカンブルーですね」

晴山さんが言ったのは、テーブルの上の鉢植え。

「はい、そうです」

先生、にっこりと笑って答える。

好きな花なんです、と言って、晴山さんの目もとがいっそうやさしくなった。

「残念ながら、まだつぼみですが。香りがお茶の邪魔をしないので、ここに置きました」

そう言ってから先生は、「紅茶はお好きですか？」と晴山さんにたずねた。

「あ、はい。好きです」

晴山さんがうなずくと、先生は、よかった、とひと言つぶやいて台所に向かった。わたしが、そのあとに続こうとすると、晴山さんもあわてて立ちあがりかける。

「あ、あの……わたしもお手伝いを――」

わたしは、あはは、と笑った。

「なにをおっしゃってるんです。今日、晴山さんはお客さんなんですよ。用意は調ってますから、ちょっとの間だけ、そのままくつろいでお待ちください」

晴山さんが、はい、と言って、まだ少し申しわけなさそうな顔をしながら、すとんと腰をおろすのを見届けて、わたしも台所に足を向けた。

数分後――

「お待たせいたしました」

わたしは、淹れたての紅茶を、運んできたトレイからテーブルの上へ移した。ことん、という音といっしょに、ほんわかした湯気と香りが立ちのぼる。

「ああ、いい香り」

晴山さんの言葉に、あとからもどってきた先生も目を細める。

「クオリティ・シーズンのウバです。ぜひ温かいうちにお召しあがりください」

カップを見つめた晴山さんは、「なんてきれいな色……」とつぶやいた。

「ウバの魅力は、ウバ・フレーバーと呼ばれる清冽な香り、そして、この明るく澄んだ水色《すいしょく》です。特にカップに沿って浮かぶ美しい輪は、ゴールデンリングと呼ばれているのですよ」

「ゴールデンリング……まるで、天使の輪みたい」そう言って、晴山さんはカップを手にした。「飲んでしまうのがもったいないです」

それから、ゆっくり紅茶を口に含んだ晴山さんは、ふわっと表情をなごませた。

「おいしい……。思っていたよりずっと、やわらかくて、やさしくて……。深いこくの中からゆっくりと華やかさが広がって……それに、すごくさわやかできれいな後味……こんなおいしい紅茶、生まれて初めて飲みました」

「それは、少々おおげさですよ」

そう言いつつ、先生の顔も、いつも以上にゆるんでいる。

先生の淹れる紅茶は、本当においしい。先生の紅茶の味を知ってしまってから、わたしは、街のお店では紅茶を飲む気が起こらない。それゆえ、喫茶店ではもっぱらコーヒー党なのだ。

晴山さんは、カップを置き、ほ、と息をついてから、「ふふ」と小さく笑った。

「お客って、なんだか落ちつかないものなんですね」

そのとき、出会いがしらのように目と目がぶつかった。晴山さんは、彼女からなかなか離れずにいるわたしのぶしつけな視線に気づいてしまったらしく、かすかに頬を赤らめた。

「あの……もしかして変でしょうか？　この服」

「あ、いえ、そんなつもりでは——」

大あわてで、首と手のひらをいっしょに振る。ああ、なんということ……クライアントへの不作法が露見して、逆に恥じいらせてしまうなど、探偵助手にあるまじき大失態ではないか。しかも、先生が最高の演出で、相手の心を開いたばかりだというのに……。

三吉菊野の大ばかもん、おまえは、先生の足を引っ張るため、せっせと毎日ここに通《かよ》っているのか。接客に少しばかり手慣れてきた、という増長に、油断という名の通り魔がつけこんだのだ。わたしは、キャンプファイヤーができそうなくらいに顔から火を噴きだして猛反省した。

「自分では意識したつもりはまるでないのに、明るい服装を選ぶくせがついてしまったみたいで……それに、いつの間にかテレヴィの占いの〝ラッキイ・カラー〟なんかを気にしていたり……こういうところに、じめじめした自分から逃げたい、見かけだけでも明るいふりをしていたい、っていう気持ちが出ちゃうのかな、って思います」

え……？　晴山さんの顔をかすめ過ぎた寂しい影に驚き、わたしは、一番肝心な「申しわけありませんでした」という言葉を、そのまま飲みこんでしまった。

一瞬の重い沈黙を、ひと拭きですっとはらうように、先生がほほえんだ。

「それで、ご相談というのは、どのようなことでしょうか」

「あ、はい。実は……これなんです」

晴山さんは、生成《きなり》のトートバッグから、紙袋を出した。さらにその紙袋から取りだしてテーブルの上に置いたのは、古びた一冊の本だった。

「これは？」

晴山さんは、わずかの間ためらったあと、一つひとつ言葉を区切るように言った。

「これは……夫の、形見です」

3

「晴山は、重機と喧嘩《けんか》をして負けたんです。ばかでしょう？」

夫――智彦《ともひこ》さん、とおっしゃるそうだ――の死について、晴山さんは、遠い昔の笑い話をするように、ときにほほえみながら、淡々と語った。

「二ヶ月前です。……考えてみたら、たった二ヶ月……」

晴山さんがこんなふうに語れるようになるまでの二ヶ月、それはたぶん、彼女にとって気の遠くなるような時間だったのだろう。そのことを思い、胸が痛くなる。

智彦さんは、中堅の建設会社で技術者として働いていたそうだ。

「まだ梅雨明け前……七月のはじめでした。その日、晴山は、工事の作業現場で監督員をしていたんです。ちょうど搬入車両のチェックをしていたときでした。べつの車両とすれちがおうとした車両が、斜路に乗りあげてしまったんです。しかも、積んでいたミニクレーンがずり落ちて、すれちがう車両のフロントとぶつかりそうになった。その瞬間、晴山は、そのクレーンに向かって走っていたそうです。まるで、自分の手でとめようとするみたいに……ばかですよね、何トンもある重機なんです。人間が十人や二十人かかったって、とめられるものじゃありません。それをひとりでとめようとしたんですよ。どうなるか、そんなこと、子どもにだってわかります」

もちろん、わたしも先生も答えなかった。

「葬儀には、同僚の皆さんや、会社の重鎮と言われている人たちまで大勢いらっしゃいました。でも、皆さん、露骨に〝なんてことをしてくれたんだ〟という顔をしていました。それはそうです。建設会社にとって、死亡事故は致命的なんです。公共工事への参加も差しとめられます。補償の問題もあります。〝よくやってくれた〟と誉めてくれる人なんか、だれひとりとしていません」

そんなものなのだろうか。たぶん、そんなものなのだろう。

「それからずっと、残された手続きと葬祭儀礼のあとしまつ、身のまわりの整理に追われてきました。本当にそれだけで精いっぱい。悲しむひまも、落ちこむひまもありません。……そうして、気がついたら二ヶ月です。振りむいてみても、ただぽっかりと真っ白な時間が広がっているだけ。ぼんやり目にとめたニュースで『今年の残暑は——』なんて言っているのを聞いて、ああ、そうか、夏だったんだ、と初めて思うくらい。ひどいでしょう？　二ヶ月も経ってしまったら、もう泣くこともできない」

そこまで話して、晴山さんは、すっと顔をあげた。

「でも、このまま鬱々していたってしかたありません。だって、残された者は、生きていかなければならないんですもの。そうですよね？」

「そうです」

先生が、初めてうなずいた。

「なにはともあれ、仕事をさがすことからはじめました。……でも、今どきなんの資格も特技ももたない、三十路《みそじ》を過ぎたおばさんをほいほい雇ってくれるところなんて、まずありません」

「今まで、お仕事の経験はおもちなんですか」と、わたしはたずねた。

「東京の短大を出てそのままこちらで就職し、八年間、小さな設備会社の事務をしていました。結婚前、彼からは〝このまま仕事を続けろ〟と言われたんです。きみは主婦に向かないから、というのが、あの人流の言いかたでしたけど。でも、結婚退職が当たり前という職場の雰囲気の中で、がんばりつづけるほどの意地も執着も当時のわたしにはありませんでした」

晴山さんは、そこにあるぬくもりに助けを求めるみたいに、両手でティーカップを包んだ。

「あの人は、万事にわたってこだわりのない人で……苗字を変えるのもおれのほうでいい、そんなものは衣《ころも》がえにもならないよ、なんて平気で笑える人でしたけど、いつでも最後に、〝そうは言ったって〟と世間体を気にするのはわたしでした。なにごとにも角を立てず、さからわず、楽なほうへ、楽なほうへと流されるまま——ずっと、そんなふうに生きてきてしまったんです。そのツケが今になって、ぜんぶまわってきちゃったのかもしれません」

晴山さんが、ただ楽に流れてきた人だなんて思えなかった。その八年間、彼女は、頼る人もない町でひとり、ときには歯を食いしばりながら、懸命な思いで生きてきたにちがいないのだ。

「やっと見つけたのが、今の喫茶店の仕事です。『ずっと働いてくれる人、募集』という張り紙を目にとめて、もう無我夢中で店に飛びこんだんです。わたしなんかでもいいんですか、ってマスターにきいたら、〝あなたが応募者第一号だから、それでいいの〟というひと言で決まり。あとになって〝いいかげん、若い子にはうんざりしてたからね〟って笑ってましたけど」

かすかに笑いかけた口もとをとめて、晴山さんは、少しの間黙った。

「……それから今日まで、本当に毎日失敗ばかりです。わたし、人生三十三年目にして、初めて自分というものに心底落ちこみました。もしかしたら去年、ちゃんと厄年のお祓《はら》いをしておかなかったのがいけないのかなあ、なんて……」

それから、晴山さんは、あはは、と小さく声に出して笑った。

「あの人は、冗談でもそういうことを言うと、本気で怒る人だったな……。なにかのせいにする、というのが、どんなことよりきらいだった。占いとかおまじないとか、ほんとに大きらいだったんですよ。きみは、親しい人が心から傷ついているとき、その人に向かって、それは今日の運勢で決まっていたことなんだよ、なんて言いかたができるのか。占い師が言っているのは、結局そういうことだろうって。いつでも、ばかみたいにまっすぐだった……わたしなんかには、まぶしすぎるくらい。だからって……クレーンに向かって飛びこんでいくなんて、いくらなんでもまっすぐすぎだわ」

ああ……この人も、やっぱりとても強くて、まっすぐな人なんだ。

「……最近になって、やっと彼の残したものを整理しはじめました。——でもね、あの人、ばかみたいに持ち物の少ない人なんです。なんだか、荷物にしてぜんぶまとめても、そのまま背中にしょって出かけられるくらい。もしかしたら、いつでも旅に出られるようにしてたんじゃないか、なんて本気で思ってしまうほど。……ほんとに、それがうそじゃないような、いつでもなにを考えてるのかわからなくて、勝手にひとりで夢を見ているような人でした……」

それから、晴山さんは、ぽつん、と言った。

「……そして、ほんとに行っちゃった」

また、あはは、と笑って、晴山さんは、こつんと自分の頭をたたく。

「だめですね。いけない、いけない、と思っても、どうしてもしんみりしてきちゃう……」

ふたたび紅茶を口に含んだ彼女の前に、先生が菓子皿を差しだす。

「どうぞ、こちらのマドレーヌもお召しあがりください」

白い皿の上に盛られているのは、きれいな黄金色《こがねいろ》に焼きあがった貝のかたちのプチ・マドレーヌ。

「大切なお客様をおもてなしするために用意した、とっておきのお菓子です」

最終的には、ほとんど自分用になりますけど、とはもちろん言わない先生である。

「……これも、ほんとにおいしそう。では、お言葉に甘えて――」

マドレーヌをつまんで口に運んだ晴山さんの目が、もうひとまわり、大きな丸になった。

「おいしい！　びっくりするくらいおいしいです。……あら？」

晴山さんが、小さく首をかしげた。

「入っているのは……ピスタチオ……松の実……ちがう……なにかしら」

「おめでとうございます。それは、しあわせの種ですよ」

先生がいたずらっぽく笑った。

「種……？　あ、わかりました！　ひまわりの種ですね！」

「はい。生地《きじ》の中に、何粒かひまわりの種が入っているのです。種入りマドレーヌに当たった人は、ちょっとだけしあわせになれる。ひまわり印のラッキイ・マドレーヌです」

「あらあら、まあ、どうしましょう」

そう言いながら、晴山さんの表情がどんどんゆるんでいく。こういうとき、先生はやっぱりすごい。ほんとの魔法使いなんじゃないか、とまじめに思ってしまう。

「非合理うんぬんよりも、智彦さんは、占いやまじないがもつ無責任な傲慢さを、直感的に見ぬいてきらったのですね。そのまっすぐさ、なにかに恃《たの》むことを良しとしない強さには、ぼくもまた深く共感します。不可思議な力、霊験《れいげん》や巫術《ふじゅつ》のたぐいにすがりたくなるのは、デルフォイの神託の時代から変わることがない、人の弱さの一面でしょう。それにつけこみ、人を傷つけるような占いなど言語道断ですし、たとえば、こうしなければ不幸になるぞ、とか地獄に堕ちるぞ、などというのは、ちんぴらの恐喝であって、占いとすら呼ぶに値しないものです」

ひええ、先生、さりげなく過激なことを言ってるなあ。

「テレヴィや雑誌の星占いなんぞをいちいち気に病むのも、もちろんばかばかしいことです。雑誌などで扱われている〝星占い〟は、太陽星座占いとも呼ばれるもので、ホロスコープ——西洋占星術から、太陽と黄道《こうどう》十二宮の位置関係だけをとりだした、いわば簡易普及版みたいなものなのです。本来のホロスコープは、もっと厳密で、人間のパーソナルな部分の情報に踏みこんでいく、ある意味恐ろしいものですよ。無造作《むぞうさ》に人にふるっていいおもちゃではない」

うなずきながら、晴山さんは笑った。

「実はわたしも、つい、ツッコミを入れたくなるんです。朝の星占いごときが、今日は運命的な出逢いがあるかも、なんてことを、しかも公共の電波で言いきっちゃっていいのか！とか。あと、そういえば十三星座占いや動物占いはどこに行ったんだ！とか」

動物占い……確かにそんなものが昔はやったなあ。親切《おせっかい》な同僚が、わたしの〈動物〉はタヌキだと教えてくれたっけ。その同僚は、「わたし、ペガサスなの」とうれしそうに話していたが、タヌキのわたしとしては、〝ああ、そうかい〟としか言いようがなかった。陰陽五行説や四柱推命が基《もと》だとかいいながら、なんでペガサスなんだよ、などとツッコむのもバカらしかったが、話題に乗らないのも居心地が悪かったりで、ブームが過ぎ去ったときは、なんとなくほっとしたものだ。

「十二星座でも十三星座でも、太陽星座占いに当てはめるかぎり、大ざっぱという点ではそれほど変わりませんしねえ」と、先生も笑う。

「単純に日本人に限定しても、一星座あたりの割り当てが一千万人くらいいるわけです。それだけの人間がいれば、運命の出逢いをする人や競馬で大穴を当てる人もいるでしょう。いいことがあると言われれば、一日を過ごす間には、たいがい、いいことのひとつくらいはある。階段でちょっとつまずけば、そういえば占いで〝けがに注意〟って言ってたな、と思う。しかも、人間は、予言や占いを受けた時点で、〝今日、こういうことがある〟という心理的なバイアスにもとづいた行動をとってしまう。つまり、自分自身で勝手に占いを成就させてしまうのです。これが、世の占いの大半を成立させている。だからこそ、占い師は相当に無責任なことも言えるわけです」

「ぜんぜん当たらなかったからといって、本気で怒ったり抗議したりする人もあまりいないでしょうから、そういう意味では、お気楽な商売ですよねえ、先生」

「そういう仕事に限っていえばですね。でも、そうは思いながらも、今日はいい日、と言われれば、やっぱりうれしくなるものでしょう」

「あ、はい」と晴山さん、素直にうなずく。

「それでいい、とぼくは思います。べつに無責任な占い師を擁護するわけではありません。そういうものに、万事たよりっきりでいいとも言わない。でも、無責任だからこそ、人にはその声が必要なこともあるのです。今日は仕事運がいい、というひと言が、その人にとって一日の支えになることもあるでしょう。神社のおみくじ、花占い、下駄占い——どれもみな、たわいない。けれどそれを笑うことは、そこに託された想い——ささやかでも幸福でいたい、いい一年でありたい、明日をいい日にしたい——そうした想いを笑うことです。『あした天気になあれ』と靴を蹴りあげる子どもたちの無邪気でまっすぐな願い、あるいは茶柱ひとつに一喜一憂する人の心を、ぼくは、いとおしいと思いこそすれ、くだらないとは決して思わない」

「花占い……」

晴山さんは、ぽつりとつぶやいて、ティーカップを静かに見つめた。先生の言葉は、確かに晴山さんの心のどこかに届いたようだった。

ゆっくり顔をあげた晴山さんは、少し間を置いて、くすっと笑った。

「しあわせの種の魔法、信じてみたいと思います。それに……もう、ちゃんとひとつ、〝ちいさなしあわせ〟をもらいましたし」

「それはよかった」

「ええ。だって、こんなにおいしい紅茶とマドレーヌをいただけたんですもの」

この答えだけは〝想定外〟だったらしく、先生は、頭に手をやって笑った。

「では、あとでそれぞれのレシピをお教えしましょう」

「え？　じゃあ、ひまわり印って……ほんとに……？」

晴山さんは、見開いた目をまたたかせた。その目もとがすぐにぱっとほころぶ。

「はい。ぜひ、お願いします」

4

「それでは、プルーストのマドレーヌ体験にならって、ぼくたちも、時間をさかのぼる旅に出るとしましょう。智彦さんが残されたという本を見せていただけますか」

「はい」と言って、晴山さんは、テーブルの上の本を、すっと前に出した。

「この本は、どこで見つけられたのですか」

「書棚の――書棚といっても、『土木施工』なんていう雑誌や建設関係の専門書が並んでいるだけですけど――一番下の引き出しの中にぽつんと置かれていました」

先生は、その本を静かにとりあげた。ソフトカヴァーの古い本だが、染みや汚れなどはほとんどない。表紙をのぞきこむと、『日本の詩一〇――八木重吉詩集』とあった。

「八木……しげよし？」

「じゅうきち、ですよ。さんきちさんとは〝きち〟つながりですね」

「つながってませんてば」

「ほっほっほ。晴山さんは、この詩人についてはご存じですか？」

「いえ、よくは……。もしかしたら、昔教科書に載っていたかな、という程度で……」

ううむ。わたしに至っては、そんな記憶もない。詩人関係は、わたしの弱点なのだ。おまえ、弱点だらけじゃないか、なんて言われると、反論のしようもないが。

「敬虔《けいけん》なキリスト教徒として生き、平明《へいめい》で実直な言葉のうちに、みずみずしい情感がほとばしるような詩を多く残しています。若くして肺結核で亡くなりましたが、魂の歌ともいうべきその詩には、比類のない透明な美しさが満ちています」

先生は、ぱらぱらと本を繰った。

「たとえば……これなどはとてもよく知られた詩ですよ」

先生が指さした詩には、「花になりたい」というタイトルが付されていた。

えんぜるになりたい

花になりたい

「ああ、そうです、これです。教科書に載っていた詩は」

晴山さんが、目を見開いてうなずいた。

「陽向さんは、こういうことにもおくわしいんですか」

「はい。探偵ですから」

先生、いつものように、こともなげに言う。

「あ、でも先生。ホームズは、科学的な知識や実学の知識は専門家なみだったのに、文学など探偵に必要のない知識はゼロにひとしかったんですよね」

「おお、エクセレント。さんきちさん、よく勉強なさってますね」

「はい。探偵助手ですから」

わたしは、つい、えへんと胸を張る。本当は、図書館で名探偵事典を流し読みしておぼえただけの知識なのだが、それはこの際ないしょである。

「智彦さんが、この詩人をお好きだった、ということは？」

先生の質問に晴山さんは首を振った。

「いえ。そんな、詩だなんて。そもそも文学とか、そういうものにはまるで縁のなさそうな人でした」

「では……キリスト教の信者だった、なんてことも、ありませんね」

「ええ。それはないです」

「と、すると、鍵はやはり、これですね」

先生は、ぽん、と本の背をたたいた。

わたしは、あ、と声をあげた。そこには黄ばみかけたラヴェルが張ってあった。〈柿沢第二中学校〉という文字がはっきりと読める。

「この柿沢第二中学校、というのは？」

「わたしたちが通《かよ》っていた中学校です」

「わたしたち？」

「……ええ」

晴山さんは、そのことを説明した。

「晴山とわたしは、中学が同じだったんです。クラスはずっと別々でしたが、三年のとき、生徒会の役員でいっしょになりました。生徒会役員なんていっても、結局のところ雑用係です。おたがい、クラスの投票で押しつけられた役員だったんです。押しつけられると断れない、まかされたことは黙々とこなす——結局、そういう性格の人間にお鉢がまわってくる。そんなところが、おたがい妙に似ていたんだと思います。でも、中学三年ともなると、男女の間には最初から自然な距離がありますよね。だから、特別親しかったというわけではないんです」

押しつけられやすい性格というと、わたしもその口だったが、生徒会役員に推《お》されたことなど一度もなかった。たぶん晴山さんたちとは——仲間からの信頼の厚さとか、能力の評価とか——根本的なところでなにかがちがっていたのだろう……。

「ただ——」晴山さんが、ふっと視線をあげた。「……先ほど、陽向さん、花占いのことをちょっと言われましたでしょう?」

「ああ、はい」

「あの人とは、一年もいっしょにいながら、生徒会の仕事のこと以外、ろくに会話をした記憶もないのに、ひとつだけ、ちゃんとおぼえていることがあるんです」

「お聞かせください」

「はい……」

晴山さんは、小さくひとつうなずいてから、その記憶を語った。

「ちょうど今ごろの季節、台風が駆けぬけた翌日で、朝からビックリするくらいに空が青かったのと、あたりの草や花がきらきらと光って、目が痛いほどまぶしかったのをおぼえています。それで、なんとなく早めに登校したら、途中の道路脇に群生していた早咲きのキバナコスモスが、ほとんどなぎ倒されていたんです。わたし、これはもうあまりもたない、と思った花を摘みはじめました」

晴山さんらしいやさしさだなあ、と思う。野に出でて、朝の露に濡れた草花を摘む乙女《おとめ》子《ご》――なんとなく古典っぽいそんな風景が、自然に浮かんでくる。うろおぼえだけど、野分《わき》のまたの日、なんて言葉もなにかにあったような。

「そうしたら、すっと背中に影が差して、うしろを見たら、晴山が……智彦さんが立っていました。わあ、変なとこ見られた、と思っていたら、向こうも急に振りむかれて気まずかったのか、いつにも増してぶっきらぼうに『朝、早いんだな』とひと言。『今日は特別だよ。そっちこそ早いじゃない』って答えたら、『おれは、いつもどおりだ』と、またひと言だけ、ぼそり。なにしろ、ふだん当たり前にそういう会話をしていないから、なにをどう話したらいいのか、困ってしまって……たぶん、あちらもわたし以上に困っていたんでしょうけど」

笑いながら言葉を続ける晴山さんの脳裏には、きっと、そのときの智彦さんがよみがえっているのだろう。赤の他人が想像してみても、なかなかにほほえましい光景だ。

「そのとき、彼、わたしが腕にかかえているコスモスに目をとめて、いかにも場つなぎって感じで『花なんか摘んで優雅だな』って言ったんです。それでわたし、『そんなんじゃないよ。野原や道ばたの花だって、もし一日でも長く咲けるなら、たとえ花瓶の中でも、きっとそのほうがうれしいと思うから』――そんなふうに答えました。そうしたら、あの人、へえ、という顔をして、『なんだ、おれはまた、花占いでもするのかと思った』ってつぶやいたんです。ちょっとその言葉が意外で、わたし、くすっと笑いました。『ふうん、晴山くんから、そんな言葉聞くとは思わなかったな』って。

……それから、ふっと手もとのコスモスを見ると、花びらが一枚だけ欠けてしまった花があったんです。あ、この花、まるで花占いの途中みたいだな、と思ったら――次の瞬間『これ、晴山くんの花占い用にあげるよ！』って言いながら、彼の制服の胸ポケットに、勢いよくその花を挿しこんでいました。あとは、ぽかんとしたあの人を残したまま、それこそ一目散です」

晴山さんは、屈託なく笑った。

「なんでそんなことしたんだろう、って思います。たぶん、なんとかその場を切りぬけたかったのと、ちょっとだけ彼のビックリした顔を見てみたい、っていう、とっさに生まれたいたずら心の両方だったんだと思います。台風が残していった、気まぐれな魔法の風に吹かれたのかもしれません」

そう、女の子は、いつだって魔法使いだ。ふだんはおとなしくても、ちょっとしたきっかけで、まるで別人のように大胆な行動をとる。そして、次の瞬間には、いつもどおり、すまし顔の静かな女の子にもどっていたりする。これこそは、世界中の男子諸君が、束になってかかっても解明できない永遠の謎であろう。

「……そのあとで、わたしたちが打ち解けた関係になったとか、そんなことはぜんぜんなくて。生徒会でも、今までどおり……というより、以前よりもっと会話が少なくなってしまった感じで。あの朝のできごとそのものが、本当に、あの瞬間だけのいたずらだったのかな、なんて思うくらい。

……一度だけ、冬も近くなったころ、なにかの拍子にふと『ねえ、あのときのコスモス――』って言いかけたんです。すると彼、〝なんのことだ？〟って顔をしたあと『ああ、そういえば、ずっとポケットに入れたままだった』って、ただそれだけ。……言いだすんじゃなかった、と後悔して……ほんとにもう、それっきりです」

ううん……武骨やぶっきらぼうと、異性への気遣《きづか》いに欠けるのは紙一重みたいなものだけど、それにしても、智彦少年のとった態度は、あまりほめられたものではないと思う。

最後になって、晴山さんの表情がにわかに曇っただけに、よけいそのことを感じた。

「じゃあ、そのまま、中学を卒業されてしまったんですね」

「ええ。高校から先は、おたがい進路もばらばらで……。それが、五年前にクラス合同の同窓会があって……実は、わたしたちの中学が統廃合でなくなってしまうことがわかり、せめて同窓会でも開こう、ということになったんです。今さら同窓会なんて、と思いながら、理由が理由なので、重い腰をあげて出かけました。すると案の定、三十も近くなれば、自然に話題は、旦那がどう、子どもがどう、とかそんなことばかり。男性のほうはといえば、こちらは、仕事がどう、上司がどう、という話で盛りあがっている。なんとなくいる場所がないなあ、くるんじゃなかった、と思っていたら、もうひとり、つまらなそうに壁に背を投げて、手酌《てじゃく》でビールを飲んでいる人間がいた」

「それが――智彦さんだったんですね」

「そうです。それで、なんとなく意気投合……というより、同類相憐《あわ》れむ、といったほうが近いのかな？　おたがい上京していて、独り身だということがわかって、あとはただ、それが自然、という感じでした。まあ、腐れ縁、といえば腐れ縁だったのかもしれません」

それから、晴山さんは、胸のカメオに手をやった。

「いっしょになるか、って言葉といっしょに、まるで旅行のおみやげみたいに、ひょい、と渡されたのが、このブローチでした。おれは、指環《ゆびわ》とかそういうのはよくわからないからって。思えばこれが、あの人から直接もらった、最初で最後のプレゼントらしいプレゼントです」

胸に手を当てたまま、晴山さんは、ふっと表情をやわらげる。

少しだけ、静かな時間が流れた。そういえば、会話の途中で不意に言葉がとぎれるこんな瞬間を、確か、天使が通る、というのだっけ。

「……すると――この本は、中学のとき、智彦さんが図書室からお借りになった本、と考えてまちがいはないですね」

「ええ。そうだと思います」

「智彦さんは、借りた本を返さないような人でしたか？」

晴山さんは、とんでもない！という顔をした。

「いいえ！　絶対そんなことするような人じゃありません！　うそとか、曲がったこととか、とにかく、そういうことが絶対できない人なんです！」

「それは、中学生のころから？」

「もちろん！」

晴山さんは、まるで自分への言いがかりに反論しているみたいだった。

「しつこいようですが、当時智彦さんが文学少年だったということはありませんね」

「ええ。むしろ、一日野原を走りまわっているほうが似あう、そういう人でした」

「そんな智彦さんが、なぜこの本をずっと手もとに置いていたのか——それをお知りになりたいのですね」

「はい。これが……あの人の最後の忘れ物のような気がして……このままだと、すべてにけじめがつけられない、ずっとそんな気がしてるんです」

「お気持ちはわかりました」

本をためつすがめつして見ていた先生は、ふたたびぱらぱらと本を繰った。

今度は、栞《しおり》のはさまれているページが自然に開いた。和紙に押し花を当てた、愛らしい栞だ。

そこに現れたのは、「おほぞらの　こころ」という詩だった。

わたしよ　わたしよ
白鳥となり
らんらんと　透きとほつて
おほぞらを　かけり
おほぞらの　うるわしいこころに　ながれよう

ああ、なんてまっすぐでせつない詩なんだろう、と思った。

「あの……この栞って、最初からここにはさまれていたんですか」

「はい」

だとすると、やっぱりこの詩になにか意味があるのか……。

「空にあこがれる少年の気持ちを、すごくまっすぐに映しだしているような詩ですね。天使の夢、というよりイカロスの夢って言ったほうがいいような……」

それを智彦さんに重ねるなら、野を駆けめぐる草原のイカロス。

「まさしく」と先生がうなずく。「少年の夢、焦がれるもの、願い、希求、あこがれ、どんなふうに呼んでみてもいい。ここには、そういったもののすべてが託されている。そう思われませんか」

「ええ……そう思います」

晴山さんは、少し考えたあと、ゆっくり首肯《しゅこう》した。

「では、その少年のあこがれとは、なにに向けられたものだったのでしょうか……」

そのときわたしは、ああ、先生はもうすべてがわかってしまったんだ、と思った。

「ここにこの栞がはさまれていた意味——たぶん、あなたにはおわかりですね」

「……はい」

あれ？　なんとなく、突然ひとりだけ蚊帳《かや》の外に置かれてしまったような感じだ（というか、いつもこのパターンのような気がするが）。いったい、ふたりはなんのことを話しているのだろう。

「そうです。智彦さんが本当に伝えようとしたのは、この栞です」

え？　わたしはあわててその栞を見た。

縮緬皺《ちりめんじわ》の和紙。そこにあてられているのは、ひょろりと伸びた茎の先に、ぼんぼりのような小さな穂の乗ったかわいらしい植物だった。色あせているけれど、もとは、もっと鮮やかな紅色だったのではないだろうか。

「まだつぼみのアメリカンブルーを見て、すっと名前が出てくる——そして、道ばたの倒れたコスモスにも愛情を注ぐことのできるあなたなら、この花の名前、おわかりになりますね」

「はい……これは、われもこう、です」

「？　われもこう？」

先生は、テーブルに用意してあったメモ用紙にすっと文字を書いた。

〈われもこう　吾亦紅／吾木香〉

「奇妙な名前ですよね。完全な和名ですが、困ったことに、由来に定説がない。『源氏物語』の『匂宮《におうのみや》』には、兵部卿《ひょうぶきょう》の宮《みや》が〈吾木香〉を霜枯れまで愛《め》でる、というくだりがあり、薫物《たきもの》にもちいる木香《もっこう》とのつながりを思わせますが、そもそもそれが、現在ぼくたちが〈われもこう〉と呼んでいるこの植物のことなのかどうかもわからないのです。なぜなら、われもこうにはそんな強い香りはないし、根のかたちが木香に似ているから、という説にも、なるほどと思うだけの説得力がない」

「へえ……」

先生の話を聞くのは、やたらと長い囲いをもつ家に住むようなものである。その心は、端から端まで〝へえ〟ばかり。おあとがよろしいようで……。

「野に咲く目立たない花の『わたしもまた紅《くれない》の花だ』というささやかな主張をその名に汲みとったのだとする説。花のかたちが、家紋の〈木瓜《もっこう》〉に割れ目を入れたように見えるので、〈割れ木瓜〉から転じたのだとする説。いくつかの説はありますが、確証的なものはないのです」

「つまり、謎の花、ってことですか」

「ええ。華やかさとは無縁の地味な花ですが、秋の野で風に揺れる姿は、なぜか人の心を惹《ひ》きつけてやまない。その中心に小さな謎をひっそりと宿した不思議な花です。そして、人はこの不思議な花の名に、どうしてもある言葉をあてたくなる」

先生は、先に書いたメモの脇に、並べるようにして文字を書き添えた。

〈我も恋う〉

わたしは、またしても、あ!と声をあげた。我も、恋う——すると、これは……

「そう、これは、ラヴレターです」

先生の言葉を聞いても両肩をかたく張って少しうつむいたまま、晴山さんの表情は変わらなかった。

「中学のころの智彦さんは、いつでも野原を走りまわっているような少年だった——先ほどそうおっしゃいましたね。われもこうは、山野や草原に自生しています。智彦さんは、当然この植物の名前を知っていたのでしょう。そして、その名前を使った〈手紙〉を出すことを思いたったのです。たぶん、智彦さんはだれかから与えられた知識ではなく、自然にその言葉合わせを考えついたのだと思います。……晴山さん、あなたは、とっくにこの言葉合わせに気づいていましたね」

5

え？　そうなの？　わたしは、思わず晴山さんの顔を見た。

晴山さんは、じっと先生を見つめている。その緊張が、ようやくふっと解けた。

「やっぱり、陽向さんにはすべてわかってしまうんですね」

「あなたは、これが、中学生の智彦さんがつくったラヴレターだと気づいた。そして、このラヴレターがだれにあてられたものなのか、どうしてそれをずっと隠すようにしまっていたのかを知りたくなった。そうですね」

晴山さんは、あきらめたようにこっくりとうなずいた。

「そのとおりです。わたし、夫が中学のとき以来会ったことすらないのかもしれない、顔も知らないだれかに嫉妬してるんです。……お笑いになりますか」

先生は、「いいえ」とだけ言って黙った。そう、笑うはずがない。

「わたし、ばかですね。そんなのわたしの妄想かもしれない、陽向さんだったら、ぜんぜんちがう結論を出してくれるかもしれない、そんなふうに期待してたんです」

「では、ぼくがここで、もっともらしいうそを言ったら納得しましたか？」

晴山さんは、かぶりを振って笑った。

「いいえ。ぜんぜん納得しなかったでしょうね」

「でしょう？　だから、ぼくは本当のことを申しあげた。そもそも、ぼくは、うそというのが大の苦手なのです」

「お釈迦さまに出べそをとられるぞい、って、おばあさまに言われたんですよねえ」

「ぶーぶー。ぼくは出べそじゃありませんよ」

「あ、そうか、もうとられちゃったとか」

「むむ、こんなところで喫茶店の逆襲をしようとしていますね、さんきちさん」

「まさか。不肖、三吉菊野、それほど了見のせまい人間じゃありません」

わたしは、ぺろっと舌を出してみせた。

「あ……あの」

晴山さんが、困ったような顔でわたしと先生を見ている。

いっけない……また調子に乗っちゃった。あたふたと立ちあがり、平身低頭する。

「すみません。お客様の前だというのに、なんともおとなげない問答を――」

だが、晴山さんは、小さく首を振り、栞に手を押しあてたまま静かにうなだれた。

「おふたりのように、もっともっといろんな話をいっしょにすればよかった……」

「は？」

「今になって、あの人のことをなにひとつ知らなかったことに気づいて、たった一冊の本に心をかき乱されて、その後悔の穴埋めに見ず知らずの方を巻きこんで……」

「晴山さん、そんな……」

顔をあげた晴山さんは、もう一度ていねいに頭をさげた。

「……きっとわたし、心のどこかでだれかに真実を言ってもらいたかったんだと思います。陽向さんは、しっかりとそれをしてくださった。ありがとうございました」

「ちょっと待ってください。謎はまだ半分も解けてませんよ」

「え？」

「これが、だれにあてたラヴレターか、ということです」

晴山さんが、一瞬、放心したようになった。

「おわかりになるんですか……」

「はい。……それとも、お知りにならないほうがいいですか？」

晴山さんは、膝に置いたふたつの手をぎゅっと握り、先生の顔を見つめた。

「いえ……わたしは、それを知らなければならないと思います」

その言葉を聞いた先生の顔が、一・五倍くらいやわらかさを増したような気がした。晴山さんは、それに気づいただろうか。

「少し考えてみましょうか。……智彦さんは、この本にわれもこうの栞をはさんで、だれかにラヴレターとして渡すことを考えた。つまり、何気ないふうを装って〝この本、おもしろかったよ、ちょっと読んでみて〟というようなことを言いながら相手に渡す。彼が考えたのは、おそらくそういうことだったのじゃないかと思います」

「あ、でも先生」わたしがそこで口をはさんだ。「この本が、だれかの贈り物だった、つまりだれかから渡されたラヴレターだった、ということは考えられませんか」

先生は、間、髪を容れず、こっくんとうなずいた。

「良い考えかたです。その可能性がぜんぜんない、とは言いきれません。しかし、そのとき問題になるのは、これが学校の図書室の本だということです。栞の意味に気づかなければ、当然読み終えた本をそのまま相手に返してしまったでしょうし、栞の意味に気づいたとして、その答えがイエスであれノーであれ、栞といっしょに本まで手もとに置いておく必要はないのです。仮に栞は手もとに残したとしても、本だけは相手に返してしまったにちがいない。そう考えるのが、智彦さんの性格から推しはかっても自然な結論だと思うのです。どうでしょう、晴山さん」

晴山さんは、迷うことなくうなずく。どうやらこの検討は、晴山さんの中でもすでに終わってしまっていたことのようだ。

「だから、これは、智彦さんがだれかに渡そうとしたもの、と考えてまちがいないでしょう。そして、結局その計画は実行されなかったのだと思います。実行に踏みきれなかった、ということかもしれません。そして、手もとに本が残ってしまった。では、なぜ智彦さんは、本を図書室に返さなかったのか」

晴山さんは、ふるふると首を振った。

「……わかりません」

「それは、この本そのものが彼にとって大切な意味をもつものだったからですよ。この本は、決して栞を運ぶためのカモフラージュではなかったのです」

「それって、やっぱりさっきの詩ですか？」

思いついてたずねてみた。

「それも、当然あったでしょう。智彦さんは、教科書で知った八木重吉という詩人を気に入り、図書室で詩集を見つけ、いくつかの詩を読んだ。とりわけ『おほぞらの　こころ』は、少年の心に強くシンクロし、そこに自身の秘めたあこがれを託したくなった。――でも、果たしてそれだけでしょうか。そもそも、文学少年ではなかったという智彦さんが、八木重吉に惹かれたのは、なぜなのでしょうか」

「なぜ、って言われても……」

「つまり――八木重吉は、文学に特段の興味がない中学生からすれば、あまりなじみのないマイナーな詩人だということです。北原白秋、萩原朔太郎、宮沢賢治、中原中也、西條八十……中学生の耳に親しい著名な詩人はたくさんいる。そうした詩人の作品には、いくらでもロマンティックな詩、多感な中学生の心の琴線に触れる詩があるのです。でも、智彦さんは、わざわざ八木重吉にこだわって詩集を選んでいる」

「そうなんでしょうか？」

「では、さんきちさん、あなたがこのラヴレターを思いついたとして、図書室で借りた本にはさんだりしますか?」

「あ、いえ。そんなことしないと思います」

「そうでしょう。ふつうは、自分の手もとにある本か、新たに買った本を使うでしょう。貸す、というのは口実で、実は渡しっぱなしにできるのが理想なのです。でも、智彦さんは、図書室の本を使わざるを得なかった。なぜなら、智彦さんの使いたい本は、ふつうの個人書店などでは、手に入りにくかったのです。多少大きな書店なら、朔太郎や中也の詩集くらいあるにちがいない。でも、八木重吉はどうでしょう。智彦さんは、それを見つけられなかった。だから、図書室の本を使うしかなかった」

「つまり、どうしても八木重吉の詩集でなければならなかった……」

「そうです。でも、そこまでして、いざとなると、最後の勇気が起きなかったのでしょう。先延ばしにするうちに、本を返す期限はとっくに過ぎてしまう。でも、自分にとって特別なものになってしまったその本を、栞だけ抜きだしてなに食わぬ顔で返す、ということもできなくなってしまったのだと思います。だから、智彦さんは、本を返せなかったという罪の意識ごと、すべてをこの幻のラヴレターに封印したのです」

封印——その言葉は、晴山さんに特別な感慨を与えたようだった。

「つまり……晴山は、それほどまでに、その女性《ひと》を思い続けていた、ということですね」

そうつぶやいた晴山さんの顔は、なにかを覚悟した人のように不思議な静けさをたたえていた。

わたしの中では、まだパズルの最後のひとかけがぽっかりと空いたままだ。

「先生……それで、結局……」

「そうですね。では、最後の封印を解く前に、鍵をください」

「鍵？」

「はい。その鍵がうまく合ったなら、封印を解きます」

先生、じらさないでくださいよお、と言いたいのをじっとこらえる。

「晴山さん――旧姓は、秋野さんとおっしゃいませんでしたか？」

晴山さんの口がぽかんと開いた。

「どうして……おわかりになったんですか？」

「智彦さんは、結婚する前、自分が苗字を変えてもいいとおっしゃった。そのときの言いかたは、〝そんなものは衣がえにもならない〟でしたね」

「ええ……そうです」

「智彦さんは、おそらく晴山の〝はる〟に引っかけてそうおっしゃったのでしょう。春から季節が変わっても衣がえにならない、といえば当然、秋ですよ。つまり、晴山から秋野に変わったって、それは衣がえにもならない程度の変化だ、と智彦さんはおっしゃったのです」

「あの……」失礼は承知のすけで、割りこませてもらう。「じゃあ、その苗字が〝鍵〟なんですか？」

「はい、そのとおりです」

「でも、〝秋〟だったら、秋山や秋本、秋田、秋川、秋葉原だってありですけど」

「そうはいきません。それでは、鍵が合わないのです」

先生は、栞がはさまれた「おほぞらの　こころ」から前のほうへ、ぱらぱらと本のページをたぐった。その指が、中扉らしいページでとまる。

先生の指がしめす先を見て、今度は、わたしと晴山さんのふたりそろって、あ！という声をあげてしまった。

――詩集『秋の瞳』より――

「そうです。晴山さん、これは、あなたへのラヴレターなのですよ」

秋の瞳……秋野仁美……そう、晴山さんの名だ。

「そしてこれが、詩集『秋の瞳』に添えられた序の言葉です」

先生がめくった次のページを、わたしも目で追う。読み進むうち、胸が熱くなった。


私は、友が無くては、耐へられぬのです。しかし、私には、ありません。この貧しい詩を、これを、読んでくださる方の胸へ捧げます。そして、私を、あなたの友にしてください。


晴山さんの目から涙があふれだした。

それは、こらえつづけていた二ヶ月分の涙だったかもしれない。

6

わたしは、あらためてその詩集を見た。

我も恋う、秋の瞳……なんてつたなくて、まっすぐで、せつないラヴレターなのだろう。

「教科書には、掲載した作家のプロフィールや著作が紹介されています。智彦さんは、それを見て、八木重吉に『秋の瞳』という詩集があることを知ったのでしょう。

でも、こんなまどろっこしい謎解きをしなくても、結論は最初から出ていました。そもそも、このラヴレターは、あなたが野の花を愛する人であることを智彦さんが知っていたからこそ、そして、われもこうの名も知っているにちがいない、と考えたからこそ、思いついたものなのですから。けれど、結局彼は、このラヴレターをあなたに渡すことはできなかった。

……彼のもとに残されたのは、返すことも、処分することもかなわない一冊の詩集と、届けるべき場所を失った想い。智彦さんは、その想いを、中学三年生――ちょうど十五歳の、二度ともどることのない自分の心を、この本の中に閉じこめたのだと思います。『おほぞらの　こころ』の詩に託して」

二度ともどらない十五の心……。

そして、少年は、その心をずっと大切に守ってきたのだ。

「晴山さん、あなたは、もしかしたら智彦さんが、自分の知らないだれかへの想いをずっと引きずっていたのではないか、そのことで不安になっていましたね」

「はい……」

「でも、今日うかがった話から想像するだけでも、とてもそんなことはありえない、と思います。もし智彦さんの想い人があなた以外のだれかだったとしたら、智彦さんは、少なくともあなたと結婚した時点で本を破棄した。智彦さんはそういう人だった。ちがいますか？」

「あ、でも、忘れたままになっていたとか……」

よけいなこと、と思いつつ、一応きいてみる。

「それはありえませんよ。小口ひとつ見ても、きれいで染みひとつない。これは、きちんと手入れをされてきた証拠です。ただの思い出なら、そこまでする必要があるでしょうか。そうです。智彦さんは、今も変わらず大事なものだからこそ、この本を手もとに置いていたのです」

会ったことも、見たことすらない晴山智彦という人が、今、目の前に立っている気がした。その人は、かぎりない慈しみに満ちたまなざしで、一人の女性を見つめている……。

智彦さん、今ならいろいろなことがわかります。あなたが「苗字を変えるのは自分でいい」と言った理由も。それは、秋野仁美という名前が、あなたにとってとても大切な意味をもついとおしい名前だったから。

「喫茶店に置かれていた緑、あれは、あなたが選び、手入れをしているものですね」

唐突な先生の問いに、晴山さんは、一瞬虚《きょ》を突かれたようだった。

「え? あ、はい、そうです。わたしができることって、それくらいですから」

「ソレイロリア、智彦さんが好きだったのではないですか」

晴山さんの目が、また大きく見開く。

「どうして……そんなことまで……」

ほんと、どうしてここまできて、新しい謎を出すんですか、先生。

「せ、先生、その……ソレロレって……」

「ソレイロリア。わたしたちが座ったテーブル近くの出窓にあった植物ですよ」

「あ、あの小さな葉っぱがふわふわと茂ってた鉢植えですか」

そうです、と答えたのは、晴山さんだった。

「でも、本当に好きだったのかどうか……。あの人の行きつけのDIYショップに園芸コーナーがあって、ある日、スパナやらレンチやらといっしょに買ってきたのが、ソレイロリアの鉢植えだったんです。『ぽつんと売れ残ってたのを、かわいそうだから買ってきた。春になったら、小さい花が咲くそうだから、手入れしてくれ』って。……あとにも先にも、あの人が花や緑のたぐいを買って帰ったのは、そのとき一回きりです。いったいどういう気まぐれだったのかは、結局、きかずじまい。それに、春になってせっかく花が咲いたのを見ても、『なんだ、綿ぼこみたいだな』でおしまい。がっかりしました」

「なにしろ、ソレイロリアの花は、『世界で一番小さな花』と呼ばれてますからね」と先生が笑う。「それでも、ソレイロリアは、あなたにとって特別な植物になった、ということですね」

「ええ。家の中には、いつでもソレイロリアを置く癖がついて……。自分でもたわいないと思います。まるっきり『亭主の好きな赤烏帽子《あかえぼし》』ですものね」

晴山さんも、肩をすくめて笑った。

「最初はただ〝めったにない気まぐれだし、つきあってあげようか〟という程度の気持ちで育てはじめたんです。……特別な愛着があるつもりでもなかったのに、いつの間にか、ソレイロリアを見るとあの人のぶっきらぼうな顔が重なってしまって……家の中のどこかにあるだけで安心してしまう。今でも、ふと気がつけば鉢植えに向かって話しかけているんです……なんだか、ばかみたいですよね」

笑いながらその声は、また少しだけうわずる。

「でも、今なら、智彦さんの気まぐれの意味も、おわかりになるのではないですか」

「はい……たぶん」

え？　どういうこと？　わたしは、先生と晴山さんの顔を交互に見わたした。もしかしなくても、またわたしだけが、この場で置いてけぼりになってる？

「ソレイロリアの別名、ご存じですね」

うなずく晴山さんの口から、小さな言葉がもれた。

「……天使の涙」

「そうです。ソレイロリアの英名は、Angel's tearsもしくはBaby's tears――日本では、それを直訳した『天使の涙』『赤ちゃんの涙』の名で売られていることが多い」

不意に、喫茶店での先生とのやりとりを思い起こす。

『見えませんか。ぼくのそばに今、かわいらしい天使がいるのが』

あのとき、先生がつぶやいた言葉は、そういう意味だったんだ……。

先生の両手が、ふたたび八木重吉の詩集に向かう。

「エンジェルズ・ティアーズ――〝天使の涙〟という不思議な名をもった、世界一小さな花を咲かせるという植物。智彦さんがそこに、教科書で初めて知った八木重吉の詩を重ねあわせたとしても、なんの不思議もありません」

えんぜるになりたい
花になりたい

ああ……そうか。天使の涙、天使の花。

「智彦さんにとって、八木重吉の詩は、本棚に放りこんだ昔懐かしい思い出などではなかったのです。それは、彼の中で、あなたに伝えるはずだった想いとともに、かけがえのない特別な〈言葉〉として、ずっと大切にされてきたのでしょう」

それにしたって、その表現のしかたが、いちいち不器用すぎやしませんか――目の前の智彦さんに、つい文句のひとつも言ってみたくなる。

そう思ったら、ずっと気になっていたことを、野暮は承知で口にしてみたくなった。

「ラヴレターは、〔我も恋う〕でしたね。〔我も〕っていうのは……つまり、智彦さん以外にも、あなたを想っている……それも、公認のようなお相手がいた、ということなのでしょうか」

「――え？」

それは、思いもよらぬ問いだったのだろう。一瞬放心し、ありかのない答えをさがすように黙りこんだあと、晴山さんの顔に、はっという表情が浮かんだ。

「あ……それじゃ……もしかして……」

「じゃあ、やっぱり――」

「あのころ、生徒会の副会長だった人と仲がいい、という噂が流れたんです……」

「それでやっと合点がいきました。あなたが摘んだ花を見て、どうして智彦さんが『花占いでもするのかと思った』なんて、とりようによっては皮肉にも聞こえる、これまで聞いてきた智彦さんの人柄とはちょっと結びつかないような言葉を口にしてしまったのか」

「でも、ちがう！　ちがうんです！　それは、あのくらいの年ごろだとよくある根も葉もない無責任な噂で……だから……ぜんぜんちがうんです！　それなのに……あの人ったら……ああ！　ほんとにもう、なんてばかなの！」

激しくかぶりを振ったあと、晴山さんは、ゆっくりとうなだれた。

「ちがう……ばかは、わたしですね」

わたしは、ずっと思っていたことをたずねた。

「仁美さん、あなたも、彼のことを……」

「わかって……らしたんですか？」

「先生の助手ですから」

そう胸をたたいてから、わたしは「なあんて」と笑った。

「推理でもなんでもないですよ。だって仁美さん、あなたは、少しもそのことを隠していなかったもの。中学時代の智彦さんのこと、ろくな会話もしなかったと言いながら、まるで自分のことのようにいろいろ話してくれましたよね。好きでもない人のことを、あんなにくわしく知っているはずがないですよ。それに――コスモスの花の話をしてくれたときの仁美さん、本当に楽しそうでした。それが、あなたにとって忘れられない大切な思い出だったこと、あなたが本当に智彦さんを好きだったんだということ、わたしみたいな唐変《とうへん》木《ぼく》の石部金吉にだってわかります」

「あ、今のは〝きんきち〟を〝さんきち〟にかけたダジャレですね」

「だまらっしゃい！」

わたしが一喝すると、先生、「はい」と答えて小さくなった。

「晴山さん……ずっと、智彦さんのことを好きでいらっしゃったんですね」

わからないはずがない。この人もまた、たったひとりのその人を、変わることなく想いつづけてきたのだ。十五のときからずっと……。

晴山さんの目から、ふたたび堰《せき》を切ったように涙があふれる。

「ええ……どうしていいか、わからないくらい」

晴山さんは、智彦さんが残した本を胸に抱き、テーブルに顔をうずめた。

「……たぶん……初めて顔を合わせた生徒会室で、ぎこちないあいさつを交わしたときから……ずっと……ずっと……」

　今、わたしの前にいるのは、初めて人を好きになり、それを伝えるたったひとつの言葉すら持たず、その想いを小さな心にかかえ、悩み、揺れ、まどい続けた十五の少女だった。

　その肩に、先生が、そっとささやくように声をかけた。

「あなたの想い、今しっかりと受けとめました」

　涙でくしゃくしゃになった顔のまま、晴山さんは先生を見あげた。

「先ほど申しあげましたね。大切なのは、託された想い、そうあれかしと願う心だと」

「あ……はい」

「しあわせの種の魔法、もう少し信じてみませんか？」

「しあわせの種……」

「いえ、もっと正直に申しあげましょう。ぼく自身が、しあわせの種に託してみたくなってしまったのですよ。あと少しだけの奇跡を……そうであってほしいと願う、ささやかな心を」

　不思議そうなまなざしで先生を見つめたまま、言葉をさがす晴山さんのかわりに、わたしが質問を切りだした。

「それって、どういう……まだ、なにかある、ってことなんですか」

「ええ、ようやく確信したところですが」

　晴山さんが、決意したように口を開いた。

「わたし、信じます……信じたい……しあわせの種の魔法」

わたしも、あわてて参入する。

「ああっと！　またわたしだけをギャラリイにしないでください！　わたしも信じます！　信じますよ！　しあわせの種の魔法！　たとえ二百グラム五百円のひまわりの種だって！」

先生が、ちょっと冷たい目でわたしを見た。

「……なんだか、なげやりさんですね」

「そ、そんなことありませんってば！　信じていますよ！　ミラクルロマンス！　ていうか……わたしだって、その……あと少しだけの奇跡、見てみたいです」

「よろしい」

先生が、にこっとうなずき、わたしもようやく胸をなでおろした。

現実主義者だって、すれっからしのタヌキだって、奇跡は見てみたい。それに、先生が〝奇跡は起こる〟と言うのなら、その奇跡はきっと起こる。わたしは、しあわせの種の魔法よりも、もっとずっと、陽向万象の魔法の力を信じているのだ。

7

「ぼくが考えていたのは……智彦さんがわれもこうを贈ることを思いついた、そもそもの理由です」

「そもそもの理由？」

「実のところ、その答えは、ぼくの中で明白なのですよ。はじまりは、仁美さんが智彦さんの胸に挿したコスモスです。それが、ちょうど今ごろ――つまり、夏の終わりのできごとでした。季節的に、われもこうはそのあと。だとすれば、そのコスモスこそが、晴山少年の行動の起点となった、と考えるのが、タイミングからしても、なにより自然ではないですか」

今度は、晴山さんに、一瞬早く「あ」という声をあげられてしまい、わたしは、自分の「あ」をのみこんだ。そう……きっかけがあったとすれば、それは、件《くだん》のコスモス以外にありえないではないか。言われてみると、どうしてそのことを考えつかなかったのか不思議なくらいだ。

「思いがけない成りゆきにより、一輪のコスモスを仁美さんから渡された智彦さんは、きっと、その花を前にして、どうしたらいいか悩んだはずです。自分の想いをうまく言葉にできないことに対しても、もどかしさを感じていたにちがいない彼は、考えぬいた末に、野の花に対して野の花を返すという、少年らしい、けれんのない思いつきを得たのだと思います。あえてゆかしい言葉を使うなら、それは、贈られた歌に対する、ただまっすぐな返歌だったのです。そして、少年は『秋の瞳』という詩集を持つ詩人の本を借り出し、その〝歌〟を届ける使者とした」

そうだ。智彦さんが、これほどまでに深く晴山さん――仁美さんのことを想っていたのだとすれば、出会いがしらに近いできごととはいえ、突然彼女から花を手わたされたことは、まさに青天の霹靂、それこそ言葉にできないくらいのたいへんな事件だったにちがいない。

言葉にできないくらい……え？　……まさか、それが、智彦少年がさらに無口になってしまった理由？　ああ、きっとそうなのだ。まちがいなく……。

「それじゃ、あの人が、コスモスのことはそのまま忘れてしまった、と言ったのも、とっさのうそだったんでしょうか」

晴山さんが、訴えるような目で先生を見た。

「では、今一度、思いだしてみてください。智彦さんの、そのときの言葉を」

「え……はい……〝そういやあ、ずっとポケットに入れたまんまだったな〟と」

「いかにも、ぶっきらぼうな智彦さんの言葉らしい」

「……はい」

晴山さんは、ためらいがちに首肯した。

「でも、そうは思ってらっしゃらないのでしょう？」

え？と、びっくりした顔で先生を見る晴山さん。

「ぶっきらぼうというには、彼のこの言葉は、いささか乱暴でぞんざいにすぎる、ということですよ。そのことは、ほかのだれよりも、仁美さん、あなたご自身が感じとっているはずです」

「はい」

肩を小さくすぼめ、晴山さんは、今度こそためらいなくうなずいた。

「特に、〝ポケットに入れたまま〟なんて、あなたのことを考えるなら、わざわざ口にすべきではない言葉です。ぶっきらぼうではあったけれど、言葉で人を傷つけることに関して、なによりも敏感な方だった智彦さんらしくない」

そうだ。それが、この話を聞いたとき、わたしも感じた不満——違和感だった。

「その場をごまかすためなら、単に、忘れた、のひと言でよかったはずです。むしろ、とっさのことですから、そう答えるほうが自然でしょう。ところが、口をついて出たのは、〝ポケット〟という具体的な言葉だった——それが、まず不自然です。もし意識的にそう言ったのなら、智彦さんは、わざわざ仁美さんを傷つける言いかたを選びとったことになります。だれよりあなたを大切に想っていたはずの智彦さんに、どうしてそんなことが言えたのでしょうか」

かわいさあまって、つい、いじわるを——なんてことは、それこそありえそうにない。智彦さんは、好きな女の子に対してわざと露悪的にふるまったりするような、悪い意味での〝ガキ〟では決してなかったはずだ。

「結局のところ、とっさにそう言ってしまった、と考えるしかないのです」

「え……だって、先生。さっき自分で、それは不自然だって」

「その場をごまかすためと考えれば、と言ったのですよ。つまり、智彦さんは、なにかをごまかすためではなく、逆に、とっさのことでごまかしようもなかったから、本当のことをそのまま口にしてしまった、そう考えるのが一番自然だということです」

ええええ？　つまり、智彦さんが、コスモスの花をもらったまま粗末に放りだしておいた、という最初のところにもどってしまうではないか。それでは、いったいこれがなんのための検証なのか、さっぱりわからなくなってしまう。

「仁美さんがコスモスを挿した制服というのは、季節から考えてまだ夏服、つまりワイシャツだったのではありませんか？」

「あ……はい、そうです」

「考えてみてください。智彦さんは、仁美さんが挿した花を、ずっとポケットに入れたままだ、と言ったのです。言葉どおりにとるなら、夏服のシャツを、洗濯もクリーニングもしないまま、ずっと放ってある、ということになります。それこそ、ずいぶん不自然だとは思いませんか」

　ううむ、これも、言われてみればそのとおり。あれこれ批評していた絵が、実はさかさまに壁に掛かっていたのだと指摘されたような、妙ちくりんな気持ちに襲われる。

　先生が、ふたたび詩集を手にとった。

「さて、さんきちさん。ここで問題です。衣服関係以外で、ポケットといって思い浮かべるものといえば、なんですか？」

「え？　ええと……ドラえもんの四次元ポケット、かな」

「はい、ひとり消えた」

「ぎゃぼ!?　そ、そんな、ひどいですよ！　今のなし！　今のなしです！」

「ほっほっほ。冗談ですよ、冗談」

　先生は、笑いながら本をひっくりかえし、ソフトカヴァーの裏表紙をめくった。

現れたのは、見返しに張りつけられた、貸し出しカード用のブックポケット。

……え？　ポケット？

「じゃあ、智彦さんが言ってたのは――」

先生は、黙ってうなずき、ブックポケットの口を広げてから、ゆっくりと本を逆さにかたむける。

滑り出てきたのは、押し花のようになった花だった。花は、かさ、と小さな音をたてて、台紙になっていた薄紙といっしょにテーブルの上へ落ちた。

晴山さんは、息をのむように、ふたつの手を口に当てた。

それは、淡い黄色を花びらにとどめたコスモスだった。その花びらは、まるで、途中でやめてしまった花占いのように、二枚だけ欠けていた。

先生は、ふう、と大きく息を吐いた。

「智彦さんは、あなたに本を渡すこともできず、図書室に返すこともままならなくなり、そのまま自分の手もとに残しておこうと決心した。そのとき、あなたから手わたされたこのコスモスも、本の中に合わせて封印することを決めたのだと思います」

「ポケットに入れたまま……その言葉は、本当にうそではなかったんですね」

「ええ、でも自分の言葉たらずが仁美さんを傷つけてしまったことは、智彦さんにもすぐわかったと思います。しかし、智彦さんとすれば、本当のことを言っただけなのだから、訂正も弁解もしようがなかったのです。言いわけのための言いわけみたいなことは、智彦さんにはできなかったし、本のポケットのことだとわかってもらうには、自分がしようとしたことのすべてを説明しなければならない。だから、好きな女の子を傷つけてしまったという、あまりに深い悔恨と痛みをひとりでのみこんで、智彦さんは、黙ってしまうしかなかったのですよ。

……おそらく智彦さんは、その悔恨や痛みさえも一生忘れることなく、自分の中にきざもうと決めたのではないでしょうか。つまり、この本は、その痛みの重さまで背負っていることになる。道理で重いはずです」

晴山さんが手わたしたときよりも、一枚だけ花びらの減ったコスモス。おそらくそこには、一輪の花を前にして揺れ惑った少年の、心の軌跡までが、そのままのかたちでとどめられている。

贈られた花、贈るはずだった花。

ふたつの花――ふたつの想いは、この本の中で、ずっといっしょに眠っていたのだ。

晴山さんは、水をすくうように合わせた手のひらの上に、そっと花を乗せた。

「あの人……ずっと、大切にしてくれていた……この花……」

花を見つめていた晴山さんの目が、はっと見開かれた。ふたつの肩と手のひらが小さく震え、それから、ひとつ、ふたつ、みっつ――静かに落ちたしずくが、コスモスの花を濡らした。

わたしは、そっと晴山さんの手をのぞき、それから、すぐに視線をはずした。花をはさんでいた白い薄紙の片隅に見えたのは、黒いペンで書かれた〝ごめん〟の文字だった。

「蛇足ついでに、もうひとつだけ」

先生がぽつりと言い、晴山さんは、ふたたび顔をあげた。

「ぼくは、われもこう……というより〈吾木香〉という字に、どうしてももうひとつ、べつの言葉を重ねてみたい。今、そんな思いに駆られているのです」

「なんでしょうか」

「――教えてください」

小さくうなずくと、先生は、ふたたびメモをとり、〈吾妹子〉という文字を書きつけた。

「わぎもこ――これは、男性が、妻や恋人など身近な女性に、特別な親愛の気持ちをこめて呼びかける言葉です。智彦さんは、この一冊の詩集に、少年時代のゆめ、恋、悔恨のすべてを閉じこめた。同時に、この本は、十五歳のときからずっと変わることなく仁美さん、あなたを想いつづけてきた、その大切な証でもあるのですよ」

「わぎ、もこ……」

かみしめるように、晴山さんがつぶやく。

「告げることすらかなわず、せつない痛みとともにあなたを見つめつづけた想いは、あるときから、一番近くにいる、だれよりもかけがえのない、いとしい人を想う心になった――そう信じた瞬間、ぼくの中で〈吾木香〉と〈吾妹子〉というふたつの言葉は、ちょうど貝あわせの貝がひとつになるように、とても自然に結びあったのです」

先生は、マドレーヌをふたつつまみあげ、手のひらの上で重ねた。

「でまかせのこじつけと、お笑いになりますか」

晴山さんは、黙ってかぶりを振る。

「これは、智彦さんからあなたへの、十八年分の思いをこめた手紙——ラヴレターです。どうか、受けとってあげてください」

「——はい」

晴山さんは、何度も何度もうなずいた。

先生から差しだされた詩集を受けとった晴山さんは、しばらく表紙を見つめたあと、心を決めたように本を開いた。そこに書かれたすべてが智彦さんからの手紙であるように、時間をかけてページをたどっていく。その細い指が、「おほぞらの　こころ」のページでとまった。

「わたしよ　わたしよ……」

ゆっくりと詩を読みあげ、それから、われもこうの栞にコスモスの花をそっと重ねあわせて、晴山さんは本を閉じた。

「……ありがとう」

晴山さんは、やさしくほほえみ、静かに本を抱きしめた。

渡されなかった手紙。伝えられなかった想い。

ちがう。手紙は、とっくに届いていたのだ。

ふたりの心は、とっくの昔に、なによりも深く結びあっていた。それぞれの場所で生まれ、大切に育てられた同じ想いは、呼びあい、求め、ひとつに重なった。

せつないラヴレターは、ときを経て今、おたがいを想う心の往復書簡になったのだ。

わたしは、目の前のふたりにそっと話しかけた。

〝ねえ、そうでしょう、智彦さん、仁美さん〟

8

それから、わたしたちは、外に出て、河川敷沿いの遊歩道へ向かった。

去りゆく夏の午後の川縁《かわべり》は、ジョギングをする人、犬の散歩をする人、河原に降りてのんびりくつろぐカップルなどで、予想していた以上のにぎやかさだった。

もどることのない恩寵《おんちょう》のような時間を、思いおもいの方法で、誰もが精いっぱい慈しんでいる。とりたてるものなどない眺めに、名前すら知らない人々に、不思議ないとおしさがこみあげてくる。

陽射しは、この数日で確実にやわらかさを増していた。

空には、季節の忘れ物みたいに、力なくくずれた入道雲のなごり。少し前までこのあたりでよく聴いたヒグラシの声も、今はすでにない。

「……でも、ほんとにばかですね、わたし。おたがいずっと好きで、しかもその想いがかなって結ばれたのに、その一番大切なことにずっと気づいていなかった……」

晴山さんは、ふっと空を見あげた。

「今ごろ気づいたのか、って天国で言ってるかな」

それから晴山さんは、口に両手をあてると、空に向かって叫んだ。

「あなたがちゃんと言ってくれないから悪いんだぞお！　こらあ！　聞いてるかあ！」

その声に応えるように、一瞬強く風が吹く。

「智彦のバカヤローー！」

それから、晴山さんは、こちらを見て笑った。

「少しだけ、すっきりしました」

晴山さんの指先が、そっと胸のカメオに触れた。

「このブローチ……、晴山の母が生前、ずっと大切にしていたものだったんです。そのことを知ったのも、結婚してずいぶん経《た》ってからでした……」

晴山さんは、胸の上でふたつの手のひらを重ねる。

「わたしたち――ふたりとも、本当に大切なことばかり、いつもあとまわしにしてきてしまったのかもしれません……」

なにも、そんなところだけ、わざわざ似なくたっていいのに――そう言って笑い、晴山さんは、自分の頭にこつん、とこぶしを当てた。

「でも、遅すぎたなんてことない……今、わたしそう思ってるんです」

そのかたわらで、わたしと先生は黙ってうなずいた。

「ずっと愛されて、ずっと愛して……ずっと幸福だった、そのことがわかったから……。わたし、今本当にしあわせな気持ちでいっぱいなんです。だから、これからもこの気持ちと……この本といっしょに生きていける……そう思います」

晴山さんは、本の入ったバッグを、両手で大事そうにかかえあげた。

「──これって、うしろ向きじゃないですよね」

「もちろんです」

先生が、にっこりと笑う。ムーミンパパの笑顔には、絶対の説得力があるのだ。

晴山さん……あなたの心から、智彦さんを失った哀しみが消えることなど、決してないのかもしれない。それでも──あなたならきっと、そんな哀しみさえも、いとおしい想いたちといっしょに抱きしめながら、まっすぐに歩いていくことができるはず。

確かなのは、あなたにはもう、〝明るいふり〟なんて必要ない、ということ。

「あの……それで……」

晴山さんが急にもじもじした。

「あの……現実的なお話にもどっちゃうんですが……お礼はどうしたらいいのか……」

あ、そんなもの、この程度の相談なら……と言いかけたそのとき。

「はい、もちろんいただきます」

先生がきっぱりと言った。

「せ、先生、いつからそんな金の亡者に……」

「いえ、どうぞ遠慮なくおっしゃってください」

「では……またあの喫茶店ですばらしい笑顔を見せてください」

きょとんとしたあと、晴山さんは、ぱっと破顔した。

「はい！　もちろんです！　ぜひ、いらっしゃってください！　いつでも、最高の笑顔でお待ちしています！」

ああ……そういうことだったんですね、先生。

「そうそう、忘れてました。この前お帰りになったあと、マスターが『あんなにおいしそうに、うちのジャンボ・チョコバナナ・パフェを食べきってくれた人は初めてだ』って、とっても喜んでたんですよ。実はあれ、マスターの超自信作で、隠れ看板メニューなんです」

そ、そうだったのか……ははは。

会話がふっととぎれた。ほおをなぜる川からの風が、天使のいたずらみたいにこそばゆい。

気持ちのいい沈黙の時間をそれぞれに楽しみながら、しばらく歩き続ける。……と、先生の目が突然ぱっと輝いた。

「あ！　見てください。子どもが水切り遊びしてますよ。楽しそうですねえ」

手ごろなおもちゃを見つけた先生は、嬉々として河原へ降りていく。

「あーあ、しょうがないなあ。こりゃ、しばらくもどってきませんね」

わたしと晴山さんは、遊歩道から少しくだって、草の斜面に腰をおろした。

案の定、先生は子どもにまじって水切り遊びをはじめた。いいおとなのくせして、あっという間に子どもの仲間にしてもらえるというのは、いつもながら恐るべき天賦の才だ。

晴山さんが、陽射しの中でほおづえをつきながら、ふっと思いついたようにたずねた。

「……三吉《みよし》さんは、どうしてあの探偵事務所で働かれることになったんですか」

え？　予想だにしなかった問いに、わたしは少しばかりたじろいだ。

「ええと……いや……まいったな。その質問はちょっとばかりフェイントですよ、晴山さん」

「あ……そうですね。ぶしつけな質問でした」

ごめんなさい、と晴山さんは、頭をさげた。

「実は、ずっと不思議に思っていたものだから……三吉さんのような若い女性が、どういうきっかけから探偵事務所で働くことになったんだろうって」

わたしは、ううん、とうなりながら頭をかいた。

「若い女性、なんて久々に言われちゃあ、しょうがないなあ。感謝の特大サーヴィスということで、晴山さんにだけは話しちゃおうかな——なあんていうほどのものじゃないんですけどね」

そう言ってからわたしは、ちょっとだけ間を置いた。あのころのことを他人《ひと》さまに向かって話す日が、まさかこんなに早くくるなんて、思ってもみなかった……。

「ちょうど半年前、わたし、勤めていた会社を飛びだしたんです——会社からすれば、やっかい者を追いだしたのに近いと思いますけど——まあ、完璧に〝身から出たさび〟というやつですよ。とにかく、それまでのツケというか、整理のつかないことが一気に押し寄せてきてしまって、ほんとに心も身体もぼろぼろだったんです。もっと正直に言えば、ぼろぼろなんてもんじゃなくて、廃品寸前くらいに壊れかけていた、と表現したほうがいいかもしれません」

わたしは、自嘲気味に、ははは、と笑った——うまく笑えたかどうかは、自信がない。

——そして、そんなとき、あるちょっとした〝事件〟がきっかけで先生と出逢ったのだ。

「どう言ったらいいのかな……うまく言葉にならないんですけど、これまでにわたしが出逢ってきた人とはぜんぜんちがうというか、とにかく不思議な人だなあ、というのが最初の印象でした。その印象は今もほとんど変わってないんですけどね」

さすがに、ほんとの第一印象が〝なんか丸い〟だったことは、ないしょにしておこう。

「それがきっかけで?」

ええ、とわたしはうなずいた。

「その〝事件〟解決のあまりの鮮やかさに魅せられてしまった、ということもあります。でもそれ以上に、そのとき、先生に言ってもらった言葉が胸に焼きついてしまったんです……」

あれは、〝事件〟が終わり、先生と別れる間際だった。

なにごともなかったような顔で去ろうとする先生に、なにかを伝えたい気持ちがこみあげるのを抑えきれず、かといって、なにをどう言えばいいのかもわからない。時間稼ぎをするようにとりとめのない会話を続けるうち、先生がふと、空の青が好きなのですよ、とつぶやいた。それに対してわたしは、「でも、空の色がまぶしくて、見あげることのできないときだってあるじゃないですか」と言葉を返していた。

深く考えて口にした言葉ではない。そのころのわたしは、〈ポジティブ・シンキング〉だの〈前向き〉だのといったものの見かたに接するたび、それこそパブロフの犬のように、ことごとく反発するくせが身についてしまっていたのだ。

すると先生は、「いいんです」と笑った。

「ぼくにだって、どうしてもうつむきたいときがあります。そんなとき、無理に顔をあげる必要はないんですよ。空は、いつでもそこで待っていてくれるのですから」

そして先生は、あのマシュマロみたいな笑顔で、「それに――」と言ったのだ。

「うつむいているときにしか見つけられない大切なものも、きっとあるはずですよ」

……………

河原に茂った葦の緑が、川面を渡ってくる微風を受けて、気持ちよさそうにそよいでいる。先生はというと、まだ、きゃあきゃあ言いながら水切り遊びに興じている最中だ。

「あのとき、自分の中に起こった気持ちは、今もちゃんとした言葉にできません。でも、たぶんその瞬間、わたしは決めていたんだと思います。この人についていきたい、いつかこの人といっしょに空を見あげてみたい、って」

だから、いつだって少しはがゆいのだ。先生の隣で「トリビアの泉」よろしく、へえ、へえ、と言っているだけの、〝おまけのさんきちクン〟のままでいることが。

わたしは、また頭をかきながら、あははは、と笑った。

「やっぱり、よせばよかったなあ。柄《がら》じゃないんですよね、こういうの。それになんか、わたしが一方的にしゃべりまくって、まるっきり間抜けなひとり語りじゃないですか。晴山さん、べつに聞いてなくてもいいんですけど、たまには適当な相づちくらい入れてくれたっていいのに」

「ああ、ごめんなさい。わたし、そういうつもりじゃ……」

晴山さんは、胸の前で手のひらを合わせて謝った。

「三吉さんのお話がすてきなものだから、つい、聞きいっちゃったんです」

わたしは、ぶんぶんと首を振った。

「いやいやいや！　すてきだなんてとんでもハップンですよ！　正確に言えば、スクラップの山に埋もれていたのを、もの好きな先生に拾ってもらったというか、ヘドロの底からサルベージしてもらったというか、でなきゃ、雨に濡れた道ばたのミカン箱から勝手に先生のあとをついていってしまったというか――せいぜいそんなところで……要するに、ろくなもんじゃないです」

無意識にちぎっていた草が、指の間からこぼれ落ち、さらさらと風に舞う。

「でも、お好きなんでしょう?」

え?

「――今の、探偵局のお仕事」

「あ……ええ、そりゃあ、はい」

へどもどしながら答える。あれ……変だな……なんでわたし、あわててるんだろ?

「だから、その――先生には、どれだけ感謝したって感謝しきれないんです」

やっぱりすてきですよ、と晴山さんは笑った。

「それに……ちょっとだけ、うらやましいな」

「はい？」

晴山さんの言葉の意味がわからず、目をぱちくりしていると、先生が、あへあへ言いながら斜面を登ってきた。

「三回水切りができたのは、ぼくだけでしたよ。今度また、彼らの再挑戦《リベンジ》を受ける約束をしました。おや？　おふたりでなんだか楽しそうな雰囲気ですね。なにを話されていたのですか」

「い、いえいえ。べつに大したことは話していませんよ」

何気なくふるまいつつ、晴山さんにちらっと視線を送る。晴山さんは、それに応えるように、さりげない表情でうなずいた。

「ええ。とりとめのない女同士の会話ですよ」

わたしは、ほっと胸をなでおろした。よけいなおしゃべりは、やはり心臓によろしくない。

「ちょっとだけ……おふたりがうらやましい、そんな話です」

うげ！　だ、だから、なんでその話をするんですか。

「おふたりには、どう感謝していいかわからないくらい、本当に心から感謝しています。……あのとき、勇気を出して声をかけてよかった。ほんとは、最初からおふたりのことが気になってたんです。うっかり注文をまちがえたのも、たぶんそのせいだと思います」

最初から？　それって、どういうこと？

た。あんぐりと伸びきったままの口を閉じることも忘れて、わたしは晴山さんの顔を見つめ

「だって、おふたりともすごく仲がよさそうで、ずっと楽しそうにしてらっしゃったでしょう。なんてすてきなお似あいのカップルなんだろう、うらやましいな、って思ってたんです」

は？　今、なんと？　おふたり？　仲がよさそう？　ずっと楽しそうに？　すてき？　お似あい？　カップル？　頭の中が、突然ぐるぐるまわりはじめた。

いったい？　なにが？　どうして？　なにゆえに？

怪しい……なにもかもがうどん、いや、胡乱《うろん》だ……。

ああ、わたしはだれなの？　ここはどこ？　チャカポコチャカポコ、甘茶でかっぽれ、はあ、よいよい。

そのあとのことは、晴山さんが何度も頭をさげながら帰っていったこと以外、いっさい、まったく、なにひとつとして記憶に残っていない。

9

それからの数日間、わたしは、完全に夏の終わりのアンニュイモードだった。

これから、あの喫茶店に通うたび、晴山さんのとんでもない誤解を受けつづけるのだ。

それを思うたび、わたしの小さな心は、嵐の中の小舟のように激しくのたうった。

先生はといえば、今日も平常モード。さっきから、フンフンと謎の鼻歌を歌いながら、ファンシーなゾウさんのじょうろで窓際の花に水をあげている。

ほんと、のんきでいいな……。

だが——恐怖の大王降臨の瞬間は、唐突にやってきた。

「さんきちさん、チャオに行きましょうよ」

言うまでもない。チャオというのは、あの喫茶店の名前である。クラシカルなお店の雰囲気にぴったりだな、と思っていたら、なんのことはない、マスターの苗字「茶尾」をそのまま店名にしただけという、実にストレートなネーミングなのだった。

だらしなくソファに身を投げていたわたしは、ふらりと顔をあげ、頭にコウジカビを乗せたみたいにどんよりした目で先生を見た。それから、軽く息をつき、ぼんやり字面《じづら》を追っていただけの新聞へとまた視線をもどす。

「……なになに、本年度上半期の日本スーパー・ミステリイ大賞は、ネオ国名シリーズ最新作『ガラパゴスゾウガメの秘密』に決定、か。うわあ……つまらなそう。ガラパゴスって、国名じゃないし」

「そんなことより、聞いてくださいよ。なんとですね。今日から、晴山さんのお手製マドレーヌがチャオのメニューに加わったので、ぜひきてください、っておさそいがあったんですよ」

実に魅力的なおさそいだ。しかし、それも今のわたしには、丸っこい天使に姿を変えた悪魔のささやきとしか聞こえない。いくらマナティーみたいにつぶらな瞳で訴えられたってダメだ。

「……どうぞ、おひとりで行ってきてくださいませ。今わたしの心は、天使禁猟区なんです」

「はい？　どういう意味でしょうか」

「気にしないでください。自分で言ってて、意味わかりませんから」

「そうですか……」先生のため息が聞こえる。「残念です。ぜひチャオで元気づけてあげようと思ったのですが」

……だから、そのチャオが原因なんですってば。

「そんなにショックだったんですか？」

「決まってるじゃないですか」

あれがショックでなくて、なにがショックだというのだろう。

「気持ちはわかりますが……だって、ぼくもショックでしたから」

……………………え？

「今……なんておっしゃいました？」

「だから、ぼくもショックだと――」

「ショック、だったんですか」

「もちろん、ショックに決まってますよ」

「ちょ、ちょっと待ってください」

わたしは、ソファから身を起こし、ずりずりと先生に詰めよった。

「どうしたんですか、さんきちさん。なんだか目がすわってますよ」

「ええ……どうせわたしは、かわいくないです」

気がつくとわたしは、テーブルの上を両手でバン！とたたいていた。

「そりゃあ、ぜんぜんかわいくないし、身なりはズボラだし、人前でスッピンだって平気だし、バッキュンボンじゃないし、生意気だし、減らず口たたくし、素直じゃないし、気は利かないし、頭はかたいし、要領は悪いし、常識知らないし、大口開けて笑うし、いまだに先生のおもちゃでこっそり遊んでるし、どうせチャームポイントは寝ぐせだし、足手まといの役立たずだし、来月は二十六だし、まん中ストライクの干物女《ひものおんな》かもしれないけど、でも……でも……でも……だからって、ひどいじゃないですか！　なんで、なんでショックなんですか⁉」

もとから小さい先生の目が、さらに小さな点のようになった。

「あの……ベイスターズ三連敗がショックなのは、よーくわかるんですが……そんなに興奮なさらなくてもいいのではないかと……」

え？　べいすたーず？

「あ……あはは……ほーんと、どうしちゃったんでしょうねえ、ベイスターズったら。ポンセもどってこーい、マリオ、カムバーックって感じですよねえ」

「ポンセ……ちょっと古すぎませんか？　せめて、ローズとか……。ベイスターズ、というよりホエールズだし」

「気にしない、気にしない。ゆくぞ、大洋、勝利をめざし、ゴゴゴー！　というわけで、横浜優勝ぉ！　チャオへ行っちゃおぉ！　なあんちゃって！」

わたしは、ぱっと立ちあがると、玄関に向かって走りだした。

「よくわかりませんが、元気になったようですね。よかった、よかった」

先生がうれしそうに、こくこくとうなずく。

「もしや体調でも悪いのかしらん、と心配してたんですよ」

「え？　やだなあ、先生ったら〝名探偵は心配症〟なんだから。鋼《はがね》の探偵助手、スーパー・ミラクルレディー三吉菊野に限ってそんなことは、あるまいとせんめんき！　よけいな気遣いは、うっちゃれ五所瓦《ごしょがわら》！　なあんちゃって」

右腕で、ぐっ、とありもしない力こぶをつくる。

「ほーら、見てください、こんなに力もりもりなんですから。元気のかたまり元気玉。元気、元気、雲に乗れ。P．S．元気です、俊平。もうなにがあったって、ちゃらへっちゃら。それでも地球は回ってる。月は東に日は西に、わたしのことなら、だいじょうブイ！　なあんちゃって」

こうなりゃやけくそ黙示録、やぶれかぶれの出血大サービスを敢行するわたし。

ああ、ひまわり探偵局の良心、三吉菊野よ、どこへいく。

「あの……なんだかぜんぶ古いですよ。というか、どうしてあなた、そんな古いマンガのことばっかりやたらと知ってるんですか」

「だから、気にしない、気にしない。さあ！　レッツラゴーですよ！　晴山さんのマドレーヌ、超楽しみだなあ。そうだ！　今日は思いきって、わたしもジャンボ・チョコバナナ・パフェにチャレンジしちゃおっかなあっと。探偵助手はジャンボ・パフェをめざす、なあんちゃって」

ふたたび、あたふたと走りだし、一等賞の旗をもらう子どものような勢いで、丸いドアノブに飛びつく。そのまま前に押しだそうとした手を、先生の声が引きもどした。

「あ、さんきちさん」

ドアノブをぎゅっと握ったまま、思わず振りむくわたし。

見慣れたはずのムーミンパパ・スマイル。なのに、なぜだかどきっとしてしまう。

「はい。なんでしょう」

「今日の寝ぐせも、なかなかチャーミングですよ」

あ……あははは。

よろけた拍子に勢いよくドアが開き、わたしは、慣性の法則のまま外へ転がり出た。

頭の上で、くわらんくわらん、とカウベルが盛大に鳴る。

こうして、うやむやのうちに、わたしたちはチャオへ向かった。

……結局、わたしって……ただのバカかもしれない。

頭の上の空は、〝うん、そうだね〟というように、すてきに青かった。

またひと粒、ひまわりの種

「ああ、ほんと、陽射しが気持ちいいですねえ」

先生の前を歩きながら、わたしは、空に向かって、えいっと大きく背をそらした。

「天下泰平、日々是好日《にちにちこれこうじつ》。よきかな、よきかな」

——なあんちゃって。

「でも……ほんとうに夏も終わりなんですね」

こうして、外気に触れるたび、確実に季節が変わっていく。

都会でも田舎でもない、中途半端な東京のはずれにも、ちゃんと季節の色がある。

日の翳《かげ》りも、陽射しの色も、空気のにおいも、数日前とはもうまるでちがう。

空気のなかにほんのすこしずつ薄荷《はっか》がまじって来る。

だれの小説でおぼえた言葉だっただろう……確かにそんな感じだ。

「いつもこの季節って、なにかをやり残したような不思議なさびしさをおぼえるんですよね」

変わらないはずの風景さえ、昨日とはもう、どこかちがっている。

そのさびしさは、ほんの少しの間、人を聞きわけのない子どもにもどす。過ぎていく季節の背中に向かって、ちょっとだけ待ってよ、とだだをこねてみたくなる。

でも、振りむけば、もう次の季節が、まるで親しい友人のような顔で笑っている。

とりわけ、わたしにとって秋は、自分が生まれた季節、という特別な愛着と、またひとつ歳を食ってしまう、というシビアな現実をいっしょに連れてくる、ちょっと複雑な幼なじみだった。

だまし絵の中のらせん階段のように、ゆるやかに移ろいながら経《へ》めぐる時間と生命《いのち》の環の中で、わたしたちもまた、ゆっくり、少しずつ変わっていくのだろう。

「ねえ、先生」

うしろ手を組んだまま、わたしは、くるりと振りむいた。

「晴山さんに、またあのお店で笑顔を見せてください、っておっしゃいましたよね」

「はい、言いました」

「あれ、これからもあのお店でがんばってください、っていう意味ですよね」

「ちがいます」

「え？　ちがうんですか？」

「晴山さんがあのお店にいれば、これからもなにかとサービスをしてもらえそうではないですか。ジャンボ・パフェ増量とか。それがねらいです」

先生は、笑う大天使、もとい大黒天のように、ほっほっほ、とお腹をゆすった。

「ああ、そうですか。はいはい、わかりました」

ほーんと……どこまで真面目なのか、さっぱりわからないんだから。

笑ったあと、でも、かなり本気かもしれない、と思いなおす。いや、でも、ジャンボ・パフェ増量って……それも本気っぽいな。

「あ、そうだ。先生、わたし、べつにただボーッとしてたわけじゃないんです」

自分への言いわけも多少こめつつ、わたしは言った。

「ほら、先生、前にくちなしの花言葉を教えてくれたでしょう？　それもなんとなく頭に残ってて、図書館にふらっと寄ったついでに花言葉を調べてみたんですよ」

「おや、なんの？」

「もちろん、菊野の菊です」

わたしは、おもむろに胸を張った。

「聞いて驚かないでくださいよ。菊の花言葉は——じゃじゃじゃん！　高貴、高尚、高潔！　いやはや、名は体を表すって、こういうことなんですねえ」

「おお、セシボン！　まさにそのとおりですねえ」とうなずく先生の顔が、いつになく冷ややかで、心になにかがグサグサと刺さってくる。

「いや、それはまあオマケで、ほんとに調べたかったのは、われもこうとソレイロリアで……」

ああ、なんでそこでまた、へどもどしちゃうんだ、わたし……。

「花言葉って、書いてあるものによっていろいろなんですね。初めて知りました」

われもこうの花言葉——もの思い、変化、移りゆく日々、明日への期待。

ソレイロリアの花言葉——変わらぬ愛、終わりのない友情、不朽、信じあう心。

ひとつひとつ、そこに並んだ言葉に触れるたび、隠されていた小さな秘密が、ゆっくり解き明かされていく。

われもこうの花言葉が、変わりゆくものを通しての想いだとするなら、ソレイロリアの花言葉は、変わることがないものへの想い。それはきっと、らせんを描くように結びあいながら、人の心を紡ぎ育てていく二本の糸……。

花言葉なんて、どうせ花関係の業界が宣伝目的で適当に決めてるんだろう、くらいに高をくくっていたわたしは、いつしかその世界にどっぷり浸かっていた。

「あ、ついでだから、ひまわりの花言葉も調べてみたんです」

これも、いろいろあった。光輝、情熱、あなたを見つめる……なんだか、いろいろかっこよすぎ？　でも、ノンシャランとしてるくせに、実はロマンチストだったりする先生にちょっとだけ似あってるかも、なんてなぜか納得したりして。

「そうしたら、な、なんと、われもこうとひまわりに共通する花言葉があったんですよ。それって、ちょっとびっくりでしょう？」

「おや、知りたいですねえ」

「それがですね、〝愛慕〟なんです」

「ほお、なるほど……」

「わざとらしいですよ」

「え？　どうしてですか？」

「だって、先生が知らないはずないもの」

先生、両手を胸の前で〝うらめしや〟のかたちに垂らし、ぺろっと舌を出す。

「わんわん」

「なんですか、それ」

「わんわん。アイボです」

「……つまらないです。おまけに古いです」

言うまでもなく、さっきのお返しである。ま、このくらいはいいのだ。

「今日のさんきちさんは、きついですねえ。先ほど事務所で責められたときも、正直たじたじしてしまいました」

ぎく。まさにブーメラン。首筋にたらっと冷や汗が流れるわたし。

「あ、あれはみんな、頭のネジが二、三本飛んだ人間のうわごとですから。いやあ、ときどき、ああなっちゃうんですよね、わたし。ほら、季節の変わり目とか、特にそういうことがあるわけで……ね？　だから、とにかく、ぜんぶなかったということで、きれいさっぱり忘れてください」

「でも、ひとつだけ教えていただきたいのですが」

「え、あ、はい」

「干物女、というのはなんなのでしょう？」

うげ、ピンポイントで変なところをチェックしてくるな、このお方は。

「あ、ええと、それはですね。二十代のわりにトキメキもなく、ズボラで、休日は家でゴロゴロが大好き、みたいな女性を、そういうふうにいうらしいんですよ」

「ああ。なるほど」

いきなり素《す》で納得されると、ちょっと（すごく）いやなんですけど。

「干物だけに、なかなかアジがありますねえ」

ぷっ——吹きだしそうになるのを、なんとかこらえる。い、いかん。笑点大喜利なみのリアルおやじギャグに、速攻で反応をしめしてしまうなんて……。

「ま、まあ、よけいなお世話というか、べつに気にもしませんけどね。昨日今日《きのうきょう》、こういう生きかたをはじめたわけでもないし。あえていうなら、やっと時代が、わたしのライフスタイルに追いついてきたってことでしょうか。はっはっは」

寒い、寒いよ……まだ秋の入り口だというのに、心の中を真冬の風が駆けぬける。

「あ、そうだ、それともうひとつ」

「まだあるんですか……先生」

「確か——足手まといとかなんとか、よくわからないことをおっしゃっていたような気がするのですが、いったいなんのことをおっしゃっていたのでしょうか。もしもなにかのまちがいで、さんきちさんが本当にそう思ってらっしゃるのだとしたら、ぼくはとても悲しいです」

先生……。

「きゅ、急にしれっとした顔して、なにを言いだすかと思えば、やだなあ、もう。そんなのわかりきってるじゃないですか。わたしのいないひまわり探偵局なんて、ショウガを乗せない冷や奴、もっとはっきり言えば、カレーのないカレーライスみたいなもんですよ」

「それは、ただのライスだと思うのですが」

ぐ……確かにそのとおり。

「わかってます。ほんとは、ジャガイモのないカレー、って言いたかったんですよ。変なところで、揚げ足とりみたいなツッコミはしないでください」

「うーん、できればそこは、ライス・ツッコミ！と言ってほしかったです」

「言いませんよ。そんなベタベタのおやじギャグ」

「そうかなあ。〝あるまいとせんめんき〟よりは、いいと思いますけどねえ」

「ああ！ ひどい！ 忘れてください、って言ったのに！ 蒸しかえすなんて！」

声を発したあとで、ここが天下の往来であることを思い出し、あわててまわりを見わたす。ほかに人影がないことを確認して、ほっとひと息。

「けほん……まあ、こんなふうにですね、先生のしょうもないおしゃべりに日がな一日つきあって、飽きもせずに相手をつとめられる人間なんて、だれがなんと言おうと、世界にこの三吉菊野ただひとりです。わたしがいなかったら、いったいだれが先生のくだらないジョークにツッコミを入れるんですか。だれが先生の淹れた紅茶に『甘露ですねえ』って舌鼓を打つんです。だれが山盛りの手づくりクッキイを『おいしい、おいしい』って言いながら、いっしょに食べるんですか」

……なんだか、胸を張っていばれるようなことは、ひとつもないように思えるのだが、気のせいだろうか。これでは、探偵助手というよりも、手ごろなひまつぶし相手というか、口の悪い近所のお茶のみ友だちではなかろうか。

　すると、先生が大きくうなずいた。

「ええ。自分でも不思議に思うのです。十年以上も探偵を生業《なりわい》にしてきたのに、さんきちさんがいなかったころの探偵局が、最近では、もう思いだせなくなってきているのですよ」

「え……いくらなんでも、そんなことはない……と思うんですけど」

「いいえ、そうなのですよ。さんきちさんがカウベルを鳴らして事務所にやってきたときから、きっと、ひまわり探偵局の新しいお話がはじまったのです。ひまわり探偵局は、ただそういう看板をぶらさげていただけの探偵事務所から、初めて本当のひまわり探偵局になったのですよ」

「いや……だ、だから、そういうジョークは、ジョークっぽく言ってくれないと」

　それは、ずっと前から聞きたかった言葉のはずなのに、なぜか気恥ずかしさばかりが先に立って、わたしは、きつくもないシャツの襟に手をやり、無理にゆるめた。

「ジョークではありませんよ。さんきちさんのいないひまわり探偵局は、ダシの入らないおみそ汁、もっとはっきり言えば、ライスのないカレーライスみたいなものです」

「……先生、それって、ただのカレーですよ」

「おお！　ライス・ツッコミです」

　先生が、真夏のひまわりみたいに笑った。

　わたしもまた、その笑顔の引力に引っ張られるみたいに笑いだす。

「でも、先生、できればそこは、カレーなツッコミと言ってほしかったですねえ」

「なるほど！　さすがは、さんきちさんですねえ」

「ふっふ。言ったでしょう。先生のしょうもないおしゃべりにつきあえるのも、くだらないジョークにツッコミを入れられるのも、スーパーミラクル探偵助手、三吉菊野ただひとりだって」

わたしは、今度こそ本気で、えへん、と胸を張った。

「わたしがいてこそのひまわり探偵局、そんなの、当然じゃないですか。カモノハシが卵を産むのと同じくらいの一般常識です。なんてったって、さんきちの〝さん〟はお陽さまさんさんの〝さん〟、サンフラワーの〝さん〟なんですから」

あれ……れ？　今、調子に乗りすぎて自爆発言をしたような。ていうか、さんきちの〝さん〟がお陽さまさんさんの〝さん〟だったなんて、今の今まで自分でも知らなかったぞ、おい。

あきれかえりながら、けれど、わたしは、いつの間にか心がすっと軽くなっているのを感じていた。自分の中に沈んでいたなにかが、たわいのない言葉たちといっしょに解きほぐされていく。透明なラムネの中で、浮かんでは溶けていく泡たちのように。

「そもそもが、わたしごときのたわごとを、いちいち気にするなんて先生らしくもありません。先生はですね、ただのほほんと笑っていれば、それでいいんです」

……さすがにこれは、雇用主に対する言葉とは思われない大暴言。そりゃあ、常識ある会社なら、まちがいなくクビにするよねえ、うん。

でも、わたしの現雇用主である名探偵は、にこっと笑った。

「はい、そういたしましょう」

「では、本日のドタバタ騒ぎは、これにておしまいですね」

というわけで、（かなり強引ではあるけれど）一件落着。めでたし、めでたし。

……ん？　冷静になってみると、なにかがまだ引っかかっている。

先生、「足手まとい」以外のことは、あえて否定しなかった。

ということは……つまり、肯定？

そもそも、あのときわたし、なにをどう言ったんだっけ。

ううん…………ま、いいか。

とりあえず前向きでいこう。太陽に向かってあっけらかんと咲く花のように。

これぞ、ひまわり探偵局のひまわりイズムなり――なあんちゃって。

陽の光を透かした木々の緑が、風をまとってさざめく。空から降ってくるやさしい音楽のように。

不意に、晴山さんの声が耳もとによみがえった。

――『でも、お好きなんでしょう？　今の、探偵局のお仕事』

ええ、もちろん、とわたしはうなずく。

大好きです。探偵助手ですから。

わたしたちは、しばらく黙りながら、公園通りの木もれ日の下を歩いた。

わずかな時間の推移の間にも、陽射しがまたほんの少しやさしさを増したような気がするのは、気のせいだろうか。

石畳の歩道に散り敷かれたモザイク模様の影絵を踏みながら、ゆっくりと歩を進める。さるすべりの枝先で、淡いピンクの花房が、光のさざなみとたわむれるように揺れている。

「ねえ、ほら見てください、先生。さるすべりの花が、まだあんなにきれい――」

言いかけてわたしは、ははは、と笑った。

「どうしました?」

「考えてみたら、花の名前とか花言葉とか、ちょっと前のわたしには、ぜんぜん縁のない世界だったなあ、と思って」

なにしろ、ちょっと前のわたしときたら、冗談ではなく、桜と梅のちがいもよくわからないような人間だった。二十五年プラスアルファの人生においては、二月ごろ水戸の偕楽園で咲くのが梅、春になったら上野で花見をするのが桜、というお昼のニュースに流れる季節の話題レヴェルの知識があれば、とりあえず充分だったのである。そりゃあ、桜も梅も同じ「ばら科」の植物ですからねえ、と先生に言われたときには、例によってかつがれてるのかと思ったくらいだ。

要するに、およそそういう方面に関しては、無粋のきわみのような人間だった。……かといって、その後、粋《いき》なお姐《ねえ》さんに大変身したというわけでもないのだが。

「そうそう、ちなみに、コスモスの花言葉はですね、調和、純潔、それと――」

「乙女の真心、ですね」

「あ！　なんで先に言っちゃうんですか、先生。一番言いたかったところなのに」

わたしは、唇をとがらせて抗議する。

「だったら、真っ先に言えばいいのに。あ、さんきちさんは、給食で一番好きなものを最後に残しておいて、結局だれかに食べられちゃうタイプですね。ふっふ、そのとおりでしょう」

うう……なんでたとえが給食になっちゃうのかなあ。しかも、当たってるし。

だってだって、わたしが〝乙女の真心〟なんて恥ずかしい言葉をまともに口にできるのは、こういうときくらいしかないんだから、その辺のデリカシイというか〝乙女心〟ってやつを、多少なりとも察してくれたっていいではないですか。……なんてことを、心の中で思うこと自体、ビミョーに恥ずかしかったりするんだから。

「あ！　先生のせいで、肝心なことを言い忘れるところだったじゃないですか！　コスモスは、花の色ごとに花言葉があるんですよ。晴山さんが摘んだのは、キバナコスモスでしたよね。その花言葉は、自然の美、野性的な美しさ……」

先生をすばやく横にらみにして〝先に言わないでくださいよ〟と合図を送る。

「そして――幼い恋心」

それからわたしは、先生の前に数歩出て、くるっと向きを変えた。

「ねえ、先生」

「はい、なんでしょうか」

「智彦さんは、こうした花言葉まで知ってたんでしょうか」

「たぶん、そこまでは知らなかったと思います」

「そうでしょうね。でも……」

「でも？」

「想いは、ちゃんとそれにふさわしいかたちをとるんですね」

「ええ。きっと」

風が、さわさわと新しい歌をうたいはじめている。もうすぐ、黄金色の季節がやってくる。

少しだけ新しいこの世界で、今こうして踏みだしている何気ない一歩ごとに、きっと、わたし自身の〈少しだけ新しい物語〉もはじまっているのだろう。

「あ、そうだ、さんきちさん。フラワーパークのコスモスが、そろそろ咲きはじめているそうですよ。天気がよければ、明日にでも、ぶらりと行ってみませんか」

わたしは、ぽかんとした顔のまま、その場で足をとめた。

「なんというか……相変わらずいきなりすぎますよ、先生」

「いいではないですか。思いたったが吉日というでしょう」

「……そうですね、うん……先生の手づくりお弁当とお菓子に紅茶つき、ということなら……いいかな」

「では、決まりですね」

にこにこ歩きだす先生のあとに、今度は、わたしがあたふたとついていく。

「想いって……なんなのでしょうねえ」

歩度をゆるめながら、先生が、不意につぶやいた。

「想い……うーん……いつまでも消えないピアスの跡、みたいなもの……かな」

自分でも、どこからそんなたとえが出てきたのかわからない。

無意識に指先で耳に触れる。五年前、たった一度だけ開けたその穴の跡には、今もかすかな痛みが、淡い熱とともに宿っている。

「先生にとっての想い、ってなんですか」

「そう……なんでしょうね。むずかしいな」

わたしは、少しびっくりして先生の顔をのぞきこむ。先生の口から「むずかしい」なんて言葉を聞いたのは、初めてのような気がしたからだ。

「そう……やっぱり……空の青、のようなもの、かもしれませんね」

「なあんだ、ワンパターンですねえ」

笑いながらわたしは、不思議なくらいうれしい気持ちでいる自分に気づいた。

〝空の青〟――あの日、子どものように反発してみせたはずの言葉が、まるで、ずっとさがしつづけてきた夢のかけらのように、わたしの中で小さな輝きを放った。

そしてまた、天使がひとり通りすぎる。

「先生……とっくに忘れてるのかと思ってました。あのときの会話」

「おや？　なんのことでしょう」

「はてさて……なんのことでしょうね」

わたしと先生は、歩きながら、キツネとタヌキみたいにすまし顔をかわしあった。断るまでもなく、この場合の〝タヌキ〟は先生だ。

「……たぶん、ぼくの中ではね、〝想い〟という言葉と、空への自由に焦がれる心とが、いつでも離れがたく結びついているのです」

ああ、ここにもまた、ちょっぴり太っちょのイカロスがいた……。

「なに言ってんです。先生は、いつでも自由のかたまりみたいな人じゃないですか」

「身もふたもないですねえ……人間はだれだって、それほど自由な生き物ではありませんよ。それを知っているからこそ、きっと人は、自由に空を舞う翼を求めてやまないのではないですか」

ふっとつぶやいた先生の顔は、いつもと変わらず、おだやかにほほえんでいる。

「あらゆるものの上に〝自由《リベルテ》〟という言葉を書き記そうとしたある詩人のように、ぼくもまた、新たな日々を生きなおすそのたびごと、まっさらなノートの大きく開いた最初のページに、おろしたてのペンとインクで〝空の青〟と記したい——それが、どんなときでも、自分という人間のはじまりでありたい、ぼくはいつも、そう願っているのですよ」

「なんだか……今日の先生は、ちょっとキザすぎます」

「いけないでしょうかねえ」

「ええ、ちょっと反則かも……なあんて。そんなこと、もちろんありませんよ」

そのキザに便乗して、というのもなんですが——不肖の弟子が、自分の新しいノートの一ページ目、その隅っこに、そっと〝空の青〟という文字を書きこんでも、先生なら、きっと笑ってゆるしてくれますよね。

わたしは、唐突に「あ」と声をあげた。

「先生と漫才トークしてるうちに、すっかり忘れてました。ひまわりとわれもこうには、もうひとつ、共通する花言葉があったんですよね」

「はて？　なんでしたっけ」

相変わらずおとぼけを決めこむ先生に、わたしは、にっこり笑いかけた。

「あこがれ、です」

は、ほ、は、と声を出しながら、ケン・ケン・パのステップを踏む。

それから、足をとめて、わたしは、自然に空を見あげた。

小さな祈りの羽根を、その無限の広がりへ向かって、ゆっくりと解き放つ。

　わたしよ　わたしよ

　白鳥となり――

わたしたちは、天使なんかじゃない。人間という、ちっぽけでひねくれた生き物。

小心で、不器用で、かっこ悪くて――それでも、飛ぶことをやめようとはしない。

「ああ……高い」

木の間ごしに開けた空は、本当に吸いこまれそうなほど高く、澄んでいた。

その空から、ずっと忘れていた風景が、光のしずくのように降ってくる。

それは十代の初め、図書館のカーテン越しに揺れる木漏れ日の記憶。

窓際の古い書架の前に立ち、夢中で本を読む少女は、ときおり思いだしたように、少しだけ切りすぎた前髪の長さを気にしている。そういえばあのころ、ずっと長く伸ばしていた髪を、友だちがビックリするくらいに短くしてしまったのは、なぜだったっけ……。

おぼえているのは、未来という名の真っ白なノートに書きとった最初の言葉。

本気で星まで行きたいって思った時にはね
もう思いは空を飛んでるのよ
できるかどうかはともかくその「思い」に追いつきたいでしょ

そうだ。その「思い」に追いつくため、人は空に向かって手を伸ばしつづける。ぶかっこうな羽根で、懸命に羽ばたきつづける。

わたしは、空に顔を向けたまま、ふふ、と笑った。

「おや、どうなさいました」

「今、ふっと気づいたんです。そうか、空想って〝空を想う〟って書くんだなあ、って」

そのたわいのない言葉に、先生は、あふれるような笑顔で「ああ、本当にそうですねえ」と答えてくれた。

「ね、先生、靴占いしましょうか」

わたしは、先生の耳にこっそりささやくように言った。

「え？　ここでですか」

「いいじゃないですか。どうせ、だれも見てないんだし」

「そうですね。やりましょうか」

先生もうなずく。しょうがないですねえ、みたいな顔をしているけど、先生がこういう思いつき――しかも、わたしからの――を楽しんでいないはずがない。

「いいですか、いっせえのーせ、でいきますよ」

スニーカーのひもをゆるめ、つま先に引っかける。

足を振って、大きく反動をつけ、思いきり前へ――心からの祈りをこめて。

「いっせえのーせ！」


あーした天気になあれ。


ふたつの靴が弧を描いていった先で、青い空が笑った。

そう、それは――

やわらかくやさしい、秋の瞳だった。

詩の引用は、八木重吉『花になりたい』『おほぞらの　こころ』
言葉の引用は、三島由紀夫『天人五衰』、わかつきめぐみ『ご近所の博物誌』
歌詞の引用は、さとうよしみ作詞・服部公一作曲『アイスクリームのうた』

第三話　約　束

――夜明けのゾンビ

1

空が白みはじめた。

インディゴを沈めた夜の縁《ふち》から、朝がゆっくりとせりあがってくる。

東京郊外、私鉄沿線から少しはずれて、古くからの集落と新興の住宅が混在し、さらには開発途中で投げだされた造成地が虫食いのように点描を打つ中に、ぽつんととり残された雑木林。

谷戸《やと》と呼ばれる、なだらかな丘陵の窪地《くぼち》にそって、落葉樹のつらなりがもの言わぬ影絵の国をつくり、紺瑠璃《こんるり》の空に向かって、おのおの寂しい枝を張りめぐらせている。

しんと張りつめた空気を、梢から梢へ、木の間《こま》隠れに渡るオナガの声がときおり破り、くぐもった短い余韻を引いて、また静まる。その底には、薄墨《うすずみ》の澱《おり》に似た蒼い闇が、未明の夢を包みこむ羊水のように、ひっそりと湛《たた》えられていた。

すべては冴えざえと澄みわたり、恩寵に満ちた秋の日の気配を宿しながら、平らかで静謐《せいひつ》な予兆のうちにまどろんでいる。

ことさらに不吉な兆しをさがすなら、枝先にかかるようにして浮かぶ仄白《ほのじろ》い名残《なごり》の月を、百舌《もず》の贄《にえ》になってさらされた骨片に見立てることもできようが、中空にぼんやりと滞《とどこお》るその様《さま》は、かくれんぼの途中で帰りそびれ、少しく困っている子どものほほえましい姿に見えなくもない。より典雅な趣味の人であれば、星の林に行き遅れ、地の林に休む月の船、とでも打ち興ずるところだろう。いずれにしても、今日一日の平穏をおびやかすまでに禍々《まがまが》しい翳《かげ》りはそこにはない。

つまり――凡庸な一日のはじまりという美しい調和を乱す闖入物《ちんにゅうぶつ》など、ここにはなにもないはずだった。――たったひとつ、その一隅《いちぐう》に凝結した、ある異様な光景をのぞいて。

朽葉色《くちばいろ》の海に身を沈めるように、小太りの男が天を仰いで倒れていた。男の口は、ぱっくり開いたまま、乾いた唾液《だえき》といっしょにかたまっている。

そのかたわらに、蒼ざめた顔で立ちつくすもうひとりの男がいた。男は、暁闇《ぎょうあん》が凝《こご》ってかたちを成した泥人形のごとく、その場で身をこわばらせている。だらりとさげた右手には、柄の先が「く」の字に曲がったスコップが握りしめられていた。

「は……」男の口もとが、ゆっくり、引きつるように動く。「は……はは」乾ききった笑いが、光に満ちゆく世界への呪詛《じゅそ》のように、うつろな響きをつくって消えた。

……ていうか、なんなんだよ、このシチュエーションは。

まるで、タイトルだけで全編観た気分になり、キャスティングだけで犯人を教えてくれる、親切な三流サスペンスドラマの冒頭シーンじゃないか。しかもだよ、よりによって、なんでおれが犯人なのよ。心やさしい好青年のおれが、なんで殺人犯なわけ?

悪い評判のほとんどない模範青年。大学での成績も良好。態度もいたってまじめ。明るい性格で友人も多く、社交的――その仮面に隠された凶悪殺人犯の素顔。

ご近所の人の話「鶴田さんのところのトモちゃんでしょ？　ええ、ええ、知ってますよ。まさかあの子がねえ。そんなことする子には見えなかったんだけどねえ。ニュースで聞いて、もうびっくりしちゃって。朝会えば、ちゃんと〝おはようございます〟ってあいさつしてくれるしねえ。今どきの若い子にしちゃ、めずらしいと思ってたんだけど。そんな子が人を殺すだなんてねえ。ほーんと、怖いわあ」

そのあと、どこのだれが提供したのやら、「将来のゆめ」をつづった小学校の卒業文集とか、まわりがぜんぶモザイクになった中学校の卒業アルバムとかが、テレヴィ画面に現れるのだ。

………うわあ、かんべんしてくれ。全然しゃれになってないっつうの。ていうか、想像をたくましくする方向が、完全にまちがってるような気がするぞ、おれ。

いや、しかもだよ、もうずいぶん長い間、ここにこうして突っ立ってるんだよね。しっかりとスコップ握りしめて、冷や汗流しながら、あんぐり口開けて。

なんともはや、バカの骨頂ってやつじゃないの。

ああ……死んでるあんたには悪いけど、恨むよ、おっさん。だってさ、よりにもよって、今日この時間、この場所で、死体になって転がってなくてもいいじゃないか。いったいおれが、何年ぶりにここまできたと思ってるんだよ。なにかの邪悪な意思が、瘴気《しょうき》となってあたり一面にただよい、そこから生まれた子鬼が、よってたかって、おれの頭の上に災厄《さいやく》の種をふりまこうとしている――マジでそうとしか思えない。

それにしても、よく見ると、えらくしあわせそうな死に顔だよな。饅頭《まんじゅう》を食う夢でも見ながら殺されたのかいな。だいたいさ、このシチュエーションで、キャンディ・ストライプのシャツにキャプテンサンタのパーカってのは、いくらなんでもちょっとないんじゃないの。緊迫した雰囲気が台なしだって。人の気も知らないでいい気なもんだよ——なんて言ってたら、突然むっくり起きあがったりして。

三流サスペンスかと思いきや、実はB級ホラーだった——なんて、トンデモな展開だけは勘弁してほしいね。ははは……はは。

ていうか——さ。ほんとに死んでるのか、おっさん。

この場に足を踏み入れ、丸太のようなものにけっつまずきそうになり、手を突きかけたときのぶよんという感覚で、それが倒れている人間の腹だと気づいてから、この瞬間に至るまでの数分間、おれの心に渦巻いた混乱、戦慄、煩悶と葛藤を根本からひっくりかえす、恐るべき疑問。

おれは今、その禁断の問いに、正面からぶち当たったのだった。

いや——まず最初にそのことを考えろよ、おれ。

いきなり心の準備もなく（心の準備があるほうが珍しいが）、薄闇の中で倒れている人間にばったり遭遇したら、だれだって気が動転するに決まっている。おまけに、こっちにも客観的に説明しづらい状況があり、なんとなくうしろむきな気分まで引きずっていたものだから、つい、ぐらぐらと浮き足だって、まともな判断力がぶっとんでしまった。

かといってこの状況に対し、こっちになんの非があるわけでもない。最悪、これが本当の死体だったとして、おれは、ただの第一発見者にすぎないのである。自分で自分を〈殺人犯モード〉に追いこんで、冷や汗をだらだら流す必要などなかったのだ。

まずは落ちつけ、鶴田トモジ——ようやく、本来の冷静さをとりもどしたおれは、大の字になったおっさんの身体を、あらためてしげしげとながめた。

すると——ああ、なんたることだろう。

シャツに包まれたおっさんの腹が、ゆるやかに規則正しく上下動しているのが、あきれるほどしっかりと観察できるではないか。

ほへえ……。おれは、空気の抜けた風船のように、その場にへたりこんだ。

2

あまりのばかばかしさに、腹も立たない。古生代《こせいだい》絶滅級のオチだよ、これ。C級サスペンスどころか、もしこれをそのまま小説にでも書いたら、「あなた、田舎に帰って公務員にでもなりなさい」とやさしく諭《さと》されることまちがいなしだ。

ため息まじりにふと顔をあげれば、山の端《は》にかかって広がる雲が、燃えたつようなバラ色に染まっていた。さっきまでは、蒼いフィルターをかぶせたようだったまわりの景色も、いつの間にか、やわらかなミルク色の世界へと変わりはじめている。

そうなのだ。周囲が明るさを増し、風景が徐々《じょじょ》に本来の色をとりもどしはじめた今、落ちついた目でながめれば、こんな、のほほんとした死体があるものか、と思う。ポジトロンライフルとレールガンを同時に撃ちこんだって、平気で笑っていそうな顔だ。勘ちがいした時間を巻きもどして返してくれ、と言いたい。

しかし、である。一面の落ち葉と、ドングリの実が散らばる中に、ごろんとあおむいて寝そべるおっさんは、べつの意味で非日常的な物体ではあった。肥大化したドワーフ――と言ってほめすぎなら、深酒して朝寝するコビトカバという感じである。へたをすると、どこかから滝口順平の「おやおや～」というトボけたナレーションでも聞こえてきそうなのどかさだ。

土左衛門ならぬドラえもんの死体（ロボットの死体ってのも変だが）にばったり出くわしたような気分、とでもいったらいいのか。『森のくまさん』というシュールな歌があるが（森の中で親切な〝くまさん〟に出くわし、最後はいっしょに楽しく歌ってしまうというアレだ）、これはそれと同じくらいにあり得ない、現実をバカにしたような光景だった。

いわば、『森のカバさん』だ。

「しょうがねえな……」

おれは、ゆっくり腰をあげ、両手についた木の葉を、ぱんぱんとはらい落とした。

「おーい、おっさん！　いい加減起きろよ。風邪ひくぞー！」

肩に手をかけ、軽く揺さぶる。ぽかんとあいた口から、むにゃむにゃ寝言がもれた。

「ううん……バケツプリン十杯は、さすがにつらいです……」

どうやら、予想どおりのベタな夢を見てるらしい。ていうか、バケツプリンて……。

まあ、いいや。これ以上はどうなろうとおれの責任じゃない。ここは、『森のくまさん』

になって、スタコラサッサのサと退散するに如《し》くはない。

「じゃあな、おっさん。頼むから、あんまり人騒がせなまねはするなよ」

立ちあがり、とっととその場を去るべく、くるりと足をひねって前へ数歩。

「冷たいなあ。その『おっさん』っていうのも聞き捨てなりませんねえ」

ばきり。思わず一歩下がった足が枯れ枝を踏んづけ、盛大な音をたてた。恐るおそる振りかえると、半身をむっくり起こしたコビトカバ——いや、おっさんが、ぽりぽり頭をかいていた。

「おっさん……いや、おじさん。もしかして、とっくに起きてたのか？」

「いえいえ、滅相もない。今、目が覚めたばかりです」

ほんとかよ——と思ったが、あえてよけいな追及はしないことにする。

「まあ、いいけどね。それより、なんだってこんなところに寝てたんだよ。人を驚かすにもほどがあるだろうが」

「いやいや、それは申しわけなかったです」

どう見ても、全然そんなふうに思ってない顔だ。

「まさか、こんなところでクマに出くわして死んだふりしてたわけじゃないんだろ？　そもそも死んだふりって絶対やっちゃいけないらしいぞ。ていうかさ、あんたが冬ごもり用の木の実をたくわえにきた、っていうほうが正しそうだけど」

「おお、まさか見ぬかれてしまうとは思いませんでした」

おっさん、ふくらんだパーカのポケットにごそごそと手を入れた。抜きだして広げた手のひらの上には、クヌギやコナラの実がころころと転がっていた。

「ぼくは、不思議の森から迷いこんでしまった妖精なのです。木の実を集めていたら、帰り道がわからなくなっちゃって」

ドングリをつまんでにこっとするおっさんに、おれは、ちょっとだけ本物の殺意がわいた。

「そろそろ畜産試験場に連絡するか。パーカを着た梅山豚《メイシャントン》が一頭逃げ出してますよ、って」

「あの……梅山豚というのは、ちょっとひどくないですかねえ。ぼくはそこまでブヨンブヨンじゃありません。もっとメルヒェンなジョークで返してもらわないと……」

「ごめん。メルヒェンなジョークのつもりなんだけど」

「じゃあ、せめて東京ブランドＴＯＫＹＯ－Ｘにしていただけると助かります」

おっさんは、悪びれるようすもなく腹をゆすり、ほ、ほ、ほ、と笑った。

「それで……畜産試験場に連絡する前に、もとの質問にもどっていいかい、おっさん。言っとくけど、謎の地底人クルピラとかいうのは、なしだぜ」

「ああ、はいはい。実はぼく、魔界からきた魔物で──」

おれは、ブルゾンのポケットからスマホを取りだした。

「さて、東京畜産試験場の電話番号は……それとも、大多摩ハムにしようかな、と」

「ええ……つまりですね、朝の散歩の途中で寄り道して、ときどきこの林の中を歩くんです、はい。特にこの季節の朝方は、空気もきれいですし、静かな散策にはもってこいですから」

散策っていったって、東の空がやっと白々《しらじら》してきたような朝まだきに、のこのこ雑木林に入ってくるなんて、もの好きや酔狂を通りこしている——だが、それを言ったら、おれもまた充分に挙動不審だ。結局この場は、相身《あいみ》たがいということで、面倒なことには触れずにお茶をにごしておくのが、おとなの流儀ってものだろう。

「ふうん……ま、いいや。朝の散歩が健康にいいってことも認めるし、陽の出前の暗い時間から出かけるのも好きずきだろうけどさ、でも、どうしたらその静かな散策の途中で、寝転がって人を驚かすことになるわけ?」

冷たい視線を送ると、おっさん、むほほほ、とさらに怪しい笑い声を発した。

「まあまあ、そう剣呑《けんのん》な顔をなさらずに。いや、ほんとのことを言いますとね、落ち葉の絨毯《じゅうたん》を見ていたら、なんとなく『ハリーの災難』ごっこがしたくなりまして、ごろんと寝ころんでみたのです。すると、これがなんともいえず気持ちいいじゃありませんか。つい、ウトウトしてしまった、と、こういうわけなのですよ」

災難なのは、こっちだっつうの……。言ってることが素っ頓狂すぎて、やっぱりおれの理解力ではついていけない。正直、会話そのものがバカらしくなってきた。

「はいはい、もういいです。コビトカバの魔物ってことで納得するから」

「その……コビトカバというのは、あまりうれしくないのですが」

「なに言ってんの。コビトカバは、レッドデータブック絶滅危惧Ⅱ類、世界三大珍獣のひとつだぞ」

「それって……ますます悲しいような気がします。せめて十二支の動物とか……」

「そういうマンガ、聞いたことがあるな。『フルーツバスケット』だっけか？」

おっさん、こくこくとうなずいた。

「もしや、実は乙女系なのか、おっさん。じゃあ、おまけしてカピバラの魔物」

「乙女系でもないし、十二支でもないです……」

「そんなことないぞ。カピバラはネズミ目テンジクネズミ科で、和名はオニテンジクネズミ。世界最大のネズミって言われてるんだぜ。立派な十二支の仲間じゃないか」

まあ、テンジクネズミ科とネズミ科をいっしょくたにネズミと呼んでいいか、って問題はあるが（イヌはネコ目だからネコの仲間だと言ったら、イヌ派の皆さんから猛反発をくらうことまちがいなしだ）、だいたい十二支に動物をくっつけてる由来だってよくわかっちゃいないらしいから、そう目くじらたてることでもないだろう。あと、中国語でカピバラを「水豚」と書くことも、とりあえずヒミツにしておこう。

「それにカピバラは、最強の癒やし系動物とか動物界のお釈迦さまとかいわれてるし、モフモフモッサリ好きの女性にモテモテだし、とにかく時代はカピバラ、ってくらい世代を超えて大人気なんだぞ」

で、なぜにおれは、ここでカピバラのすばらしさを力説しまくってるのか……。

「は！　そうですね。では、カピバラの魔物ということで、けっこうカピ！」

「いや、語尾をむりやり魔物っぽくしなくてもいいから」

それにしても、変なところが妙に素直なおっさんだ。というか、どう見たって四十がらみなのに、言ってることや受け答えが、まんま、その辺の小坊《しょうぼう》レヴェルである。おまけに、ふつうじゃついてこられないだろ、って話題にも、スイスイ乗ってくる。自分の親とそれほど変わらない年代だとは、とてもじゃないが思えない。なんていうか、今までに会ったことのないタイプのおっさんだってことだけは確かだ。行動学的見地からも、きわめて興味深い個体である、なあんて。

そりゃまあ、常識あるおとなが「ハリーとトント」ごっこ（ちがったかな？）だかなんだかわからないが、朝からこんなところで寝ころんでたりはしないよな、ふつう。ホームレスだって、この季節、もう少しまともな寝場所を選ぶだろ、と思う。

「ところであなたは――」

「おれは……ご覧のとおりの風来坊。遠い国から来た、通りすがりの好青年さ。名前は――トモジ」

「キエテ、コシ、キレキレテ――ボク、キミ、トモダチ。……宇宙語、ワカリマスカ？」

「べつに宇宙からきたとは言ってないって……さっきから、ちゃんと日本語話してるだろ」

「ほっほっほ。もしかしたら、はるばる光の国から、地球防衛のためにいらっしゃったのかと」

「故郷は地球だし、そんな使命は帯びてないし、そういう兄弟を持った記憶もない」

ていうかあんたのほうが、謎のカピバラ星からきた宇宙人じゃないのか……。

「では、見知らぬ国の風来坊《トリッパー》さん。なぜまたこんなところに？　園芸用スコップなんか持って」

「え……あ」いきなり、みぞおちにジャブを喰らったかっこうで、おれはあわてた。

思わず、右手に握ったままのスコップを見る。昔、タケノコ掘りに使ったときに柄が曲がってしまい、物置の奥に放りこんであった代物だ。それを昨日、一時間もかけて引っ張りだしてきたのである。

おっさんは、ひょいと立ちあがり、パーカや腰にまとわりついた枯れ葉をぽんぽんとはらった。

「この林に、野草やキノコをとりにきた、というわけでもないでしょう。もしも、カピバラの森の妖精さんに会いにきた、というのでしたら、心から歓迎いたします……ラピ」

語尾がさっきとちがってるって……。そもそも、いつここはカピバラの森になったんだ。もしや、イノブータン王国（注・和歌山県すさみ町に存在するミニ独立国。元首はイノブータン大王）の姉妹国かなにかか？

「申しわけないけど、おれ、そこまで夢見るお年ごろじゃないから」

それに、フェアリイ・テイルを夢見る純真な子どもには、まちがっても、こんなけったいな魔物を引きあわせてはいけないだろう。妖精と遊んだ（と言い張った）コティングリーの少女たちだって、もし出逢ったのがこんなおっさん妖精だったら、その場で永久に記憶を封印してしまったにちがいない。

「むしろ、センダックのかいじゅうの国からきたとか言われたほうが、おれ的には納得するんだけど」

「それはそれで、ちょっとうれしいですガオ」と言いながら、おっさんは、おれの手もとに視線を落とした。

「ふうむ……散歩とスコップ、といえば犬のウンチ用、と言いたいところですが、肝心の犬の姿がどこにも見あたりませんしねえ。それとも、うっかりリードを手離してしまって、逃げたワンちゃんを追ううち、林の中に入ってしまったとか……キュピ」

「犬の散歩じゃない。おれは、もう十年近く犬は飼ってないよ。それに、おれだったらまず、外で粗相《そそう》をしないようなしつけを徹底する。持ち帰ればいいってもんじゃない。犬の糞《ふん》が病原菌を媒介する危険性を考えれば、それは飼い主としての最低限の義務だ」

「なるほど……そこまでしっかりと自覚をもった飼い主さんなら、万が一のときのための用意も、当然おこたりがないはず、ともいえますね。……しかし、見たところ、スコップ以外に、携帯用ウンチ袋などのグッズもお持ちではないようです。そのスコップも、ずいぶん古い土が乾いてこびりついています。犬のウンチを処理すれば、その都度きれいに手入れをするでしょうし、ウンチ用と園芸用のスコップを兼用するというのも、ふつうはあまりないことでしょう。少なくとも、毎日犬のウンチを処理している専用のスコップではないことは、それでわかります……プモ」

へえ……おれは、ちょっとだけ、目の前のおっさんを見なおした。

このおっさん、ただのぽわんとした変わり者かと思ってたけど、どうしてどうして、けっこうな切れ者なんじゃないのか。ウンチの連呼だけは、どうにかしてほしいが。

「……大した観察眼じゃん、カバさん。すごいよ」

「え？　カバじゃなくて、カピバラではなかったのですか？」

「カピバラのカとバで〝カバ〟さんだよ。〝カピさん〟なんて言いにくいだろ」

「そんな略しかたをしなくてもいいと思うのですけど……なんとなく加波山《かばさん》事件を思いだしてしまうのですが。古すぎるでしょうか……クポ」

「カバさん事件？　なんかちょっと、ほんわか系って感じでいいんじゃないの。あ、ほら、おっさんなら知ってるだろ？　コティングリーの妖精事件ってやつ。つまりこれは、カピバラの森のカバさん事件ってわけだ」

「……コナン・ドイルでも信用しそうにないです……のココロ」

「コナン・ドイルでも、って……神をも恐れぬ大胆な発言だぞ。あ、もしかしなくても、ドイルのこと、心霊かぶれのボケおやじくらいにしか思ってないんだろ」

「あなたのほうが、神をも恐れぬ発言してますよ」

「おれのことは、いいの。だいたいさ、カバさんがいやだ、なんて言ったら、ＫＡＢＡ.ちゃんやカバ園長の立場はどうなるんだよ」

「いや、立場とかそういう問題ではないような……。それにですね、カバはウシ目、カピバラは先ほどおっしゃられたようにネズミ目の動物です。ぜんぜんちがうではないですか……だってばよ」

「そういうのを固定観念っていうんだよ。最近じゃ、カバとクジラが近縁種だっていう説が有力で、クジラウシ目って分類をされたりするんだぜ。だいたい、おんなじ哺乳綱の動物なんだから、みんな仲間同士だろ。人間だって同じだぞ。人間のほうがカバより高等なんて思ったら大まちがいなんだぞ」

「そこまで正攻法に押しきられると、なんにも反論できないではないですか。ぼくだって、べつにカバをバカにするつもりはないのです。でも、やっぱりちょっと悲しいので、話をもとにもどします。……そのスコップは、野草とりでも、キノコとりでも、犬のウンチ用でもない。もちろん、人を殴りつけるためのものでもありませんね」

「ちょっと……冗談でもそういうこと言うと、本気《マジ》で怒るよ」

おっさん、口笛でも吹きそうなすまし顔だ。どうやら、おれの反応を楽しんでるらしい。カバでいじめたので、速攻のお返しか？　やることが、えらくおとなげないぞ。

「……となれば、スコップの使い道はただひとつ……だっちゃ」

「へえ……なんだい、そりゃ」

「ずばり、越冬をひかえたカブト虫の幼虫観察」

おれは、本気でずっこけた。リアル・ムシキングヲタかよ、おれは……。

「──に見せかけた、秘密の宝さがし……でゲソ」

んなわきゃないっしょ、と言いかけたおれの口が、そのままのかたちでとまった。

おっさん……もしかして、知ってて言ってるのか。

いや、まさか……そうだ、ただの冗談……というより当てずっぽうだろう。それにしたって、何度もビックリさせてくれる、とんでもないくわせものだぞ、このカバおやじは。

「おい……おっさん、あんた、いったい何者なんだ」

「はあ。沈香《じんこう》もたかず屁もひらず、市井《しせい》につつましく生きる一介のカピバラです。ちなみに、もらってうれしいおみやげは、〝赤福〟と〝生八つ橋〟と〝源氏巻《げんじまき》〟、それから〝ちんすこう〟と〝一六タルト〟と〝ざびえる〟と〝カスドース〟。最近お気に入りのブランドは、ローズファンファンとサマンサタバサです……ぞなもし」

　マジで食えねえ。ていうか、意味わかんねえ。最後のは、明らかなうそだし……。

「じゃあ、宝さがしなんて、どこからそんなこと思いついたんだよ」

「実は、このカピバラの森には、ぼくたち魔物の宝物がいっぱい隠してあるんです。もしや、それをさがしにきたのかと……バケラッタ」

「………絶対いらないから、そんな宝物。ついでに、ヘンな語尾、禁止」

　そもそも、バケラッタは語尾じゃないと思うし。というか、あんた、つつましい一介のカピバラなのか、この森の魔物なのかをはっきりしてくれ——なんて、ツッコむ気もさすがに失せ、おれはひたすら苦笑いした。

「しっかし、ほんとに変なおっさん……もう、〝おっさん〟でいいだろ？　それが一番呼びやすいし」

「〝カバさん〟よりはいいような気がするので、あきらめます。それにしても、トモジさんだって、妙な話題にいろいろおくわしいじゃないですか」

「おっさんにそう言われると、なんか複雑だな……ま、トンデモ系の話はきらいじゃないんだけどね。その手の本をおもしろがって読んだ時期もあるし。実際、おっさんのメルヒエンなギャグにつきあってると、いつまでも飽きないんだけどさ。でも、見てみなよ。もうすっかり明るくなってきたぜ。どれだけ脳天気な妖精や魔物だって、そろそろほんとのねぐらに帰る時間だろ」

周囲をぐるりと見わたし、おっさんは、少し残念そうに「確かにそのようです」とつぶやいた。

「それに——おれの場合は、もっとずっと深刻なんだ。なにしろ、正体がゾンビときてるんだから。おれは、呪われてるんだよ」

「それは……確かに深刻です」

ちょっとぽかんとした顔で、おっさんが言った。衝撃のカミングアウトに対するリアクションとしては、はっきり言って不満だが、むこうも魔物だからしょうがない。

「なあ、おっさん。〝あした〟って、朝っていう意味があるんだよな」

「ああ、はい、そうです」

「朝になって、光があふれかえって、いろんなものが新しくなって、ぴかぴかに輝いて……きっと、それが〝あした〟なんだろう？　だから、夜にしか生きられないゾンビや吸血鬼には、いつまで待っても、〝あした〟なんてやってこない。あとちょっと、というところで、手もとからするりと逃げて消えていっちまう。おれが住んでるのは、光の国どころじゃない。その正反対。真っ暗闇の国なのさ」

おれは、木の間を抜けて射しこむ光に背を向けたまま、言葉を続けた。

「オヤジが妙に好きだった古い歌がある。〝夜の心のくらやみから　夢はわいてくる〟っていうんだ。ああ、そうだよな、って思う。夢ってのは、真っ暗な闇の中からしか生まれてこないんだ。夜の闇だけが、夢を見る。〝あした〟は、その夢の中にしかない。そして、朝の光が現れたとき、もうそれは夢の終わりの合図なんだよ。〝あした〟が見えかけたとき、〝あした〟の夢は終わる。まるでなにかの罪みたいに、それを永遠に繰りかえす。ゾンビにとって〝あした〟ってのは、そういう呪いなんだ。夜明けの薄闇の中でほんの一瞬見る、残酷な夢なんだよ」

バカみたいに一気にしゃべったあと、おれは、手のひらで顔を覆いながら、くっく、と笑った。なるほど、笑える。なかなかにこれはケッサクだ。

「なんにも考えないで口にしちまってから、ああ、そうだったのか、って、初めて気づくことがあるもんなんだな。本人も、今の今まで知りませんでしたが、実はわたくし、ゾンビでした――か。まさしく衝撃の結末っていうやつだ。確かにこりゃあ、最低最悪のB級ホラーだよ」

「――どういうことなのでしょうか」

おれの頭が変になったとでも思ったのか――そう思われてもしかたないだろう――さすがのおっさんも、おずおずといった感じで声をかけてくる。

「……いや、ほんとはわかってたよ。おれはずっと、生きたフリをしてきたんだ。死にぞこないならぬ、生きぞこないってやつさ。この八年間、まわりの人間としゃべったり、笑ったり、泣いたりしてきた鶴田トモジは、ただの生ける屍だったんだ。本当はおかしくもなきゃ、悲しくもない、ただ、そういうフリをしてきただけなんだよ。もののみごとに、いけしゃあしゃあと、生きてる人間の芝居をしてきたってわけさ。いいやつの芝居、優等生の芝居、好青年の芝居――そうやって、まわり中をだましてきた。親も、教師も、友だちも。八年、八年間だ……」

八年前――おれにとっての、終わりのはじまり。あの日から、おれの〝あした〟は、どこかにいっちまったんだ。それからずっと、同じ〝今日〟を繰りかえしている。

さめても夢は　消えはしない

そうだ。終わっても消えない、どこまでも続く悪夢みたいに……。

「なあ、おっさん」

おれは、ゆっくりとおっさんのほうに顔を向けた。

「当たってたよ。おっさんの言った〝宝さがし〟っての」

おっさんは、おれが予想していたよりも、ずっとおだやかな、まるで、できの悪いガキでも見守るような目でおれを見ていた。

「教えていただけますか？　その宝物のこと」

「ああ、いいよ。どうせ、大した話じゃない」

正確には、宝じゃなくて、宝になりそこねたガラクタ。

宙ぶらりんのまま、あの日から今日までずっと引きずってきたもの。

なくしちまった〝あした〟のかけら。

あいつとおれ、ふたりでかわすはずだった〝未来〟の約束……。

3

コイチ――四村晃一《しむらこういち》は、転校生だった。
晃一は、五月の連休明けという中途半端な時期に、栃木の田舎から六年一組にやってきた。転校からしばらくの間、晃一は、なかなかクラスになじむことができなかった。いじめがあったわけじゃない。しめしあって転校生をシカトしたとかハブにした、なんてことも、もちろんない。ただ、おれたちのクラスは五年生からの持ちあがりで、みんな仲がよかった分、新しいクラスメイトを受け入れるやりかたっていうやつが、よくわからなかったのだ。
あれは――晃一の転校から一ヶ月になるかならないか、というころ。まだ梅雨入り前で、ばかみたいにいい天気が続いていたのをおぼえている。その日の夕方、おれは、母親に買い物を頼まれてしぶしぶ駅前の商店街に出かけた。オレンジ色の夕焼けが、やたらときれいだった。
行きつけの青果店で買い物を終え、通りに出たおれは、荷台に大きな箱をくりつけた自転車で走っている晃一を見た。箱には、大きな文字で「四村商店」と書かれている。それで、ようやくおれは、一ヶ月くらい前、三丁目に新しい雑貨屋ができたという母親の話を思いだしたのだ。

晃一とは、休み時間にときどき会話をする程度で、まだ特別親しくはなっていなかった。それでも晃一は、ずっと妙に気になる存在だった。転校生と仲よくなってあげよう、などというおこがましい気持ちからではなく、晃一と友だちになりたかった。それなのに、どういうわけかうまく声をかけられないままでいた。

へえ、まじめに手伝いなんかしてるんだな、と思いながらおれは、遠ざかる晃一を見ていた。すると晃一は、少し先にある空き地に入りこんでいく。おれは、子どもっぽい好奇心であとを追い、空き地をのぞきこんだ。晃一は、きょろきょろしている割には、おれに気づかない。

やがて晃一は、荷台の箱からグローブとボールを取り出し、空き地を囲むブロック塀を相手に壁キャッチをはじめた。

のぞき見がうしろめたくなったおれは、えへん、と咳ばらいをした。晃一が、びくっとして振りむく。塀に当たって跳ねかえったボールが、おれの足もとにコロコロと転がってきた。拾いあげてみると、それは、よく使いこまれた軟式のC号球だった。

「おっす」

「……おっす」

おれたちは、突ったったまま、間の抜けたあいさつをかわした。

「いいのかよ、手伝いさぼって」

「いいんだよ、もう配達終わったから」

「でも、早く帰らないと怒られんじゃないか？」

「よけいなお世話だって。ボール返せよ」

おれは、大げさに振りかぶり、ひょいとボールを放った。晃一は、おれが素直にボールを返すと思わなかったのか、あわててグローブを差しだした。夕暮れの空き地に響いた、すぽん、という乾いた小さな音を、おれは今でもちゃんとおぼえている。

「ナイスキャッチ！」

知るもんか、というように頭をそらし、晃一は自転車のほうへ歩きだす。

その横顔に、おれは「な？」と笑いかけた。

晃一が立ちどまった。「な？って……なにがだよ」

「キャッチボールは、壁じゃなくて、人とやったほうが楽しいだろ、ってこと」

「あたりま――」

言いかけて黙り、晃一は、初めて笑った。

「そうだな、サンキュ」

「それじゃさ……あした、学校が終わったら、ふたりでキャッチボールしようぜ」

ずっと言えなかった言葉を、自分でもビックリするくらい素直に言えた。

蒼い翳《かげ》りの中で、晃一の顔がゆっくりとうなずいた。

「……うん、いいよ」

それが、おれとコイチがかわした最初の約束だった。

それからの夏、秋、冬――数えきれないくらい、いろんなことがあった。

志賀高原に行った林間学校は、忘れられない。地獄谷の野猿公苑で「コイチ、おまえの仲間が迎えにきてるぞ」って言ったら、あいつ「ウキキ！」ってノリノリではしゃいだあと、「下野《しもつけ》のサルは仲間に入れてやんないってさ。がっかりだんべ、ウッキー」だって。もう大笑いしたよ。

それから、夜、ふたりで宿舎を抜け出して星を見た。信じられないくらいの星が、いろんな大きさの金平糖《こんぺいとう》をまき散らしたみたいに、夜空いっぱい輝いていた。二年生のとき、学校行事でプラネタリウムに行ったことがあったけど、そんなもの、本物の星とはぜんぜんくらべものにならなかった。

ひんやりした草に寝ころびながら、コイチは、星座の名前とか、一等星の名前とかを教えてくれた。コイチが星や星座にむっちゃくわしくて、おれはビックリした。夜空を見あげたまま、少し照れたように、コイチは「ずっと遠い夢だけどさ、星の研究とかできたらいいな、って思ってるんだ」と笑った。それから、コイチは「おまえだから言うんだぜ。ほかの連中には絶対言うなよ」と、ちょっとぶっきらぼうにつけ加えた。

それからおれたちは、その日バスガイドさんに教わった『美《うる》わしの志賀高原』という歌を、わざと調子っぱずれでうたい、ふたりで笑い転げた。

あいつに自分の夢を話してもらったこと――それが、あの夏の最高の思い出だ。

草の冷たさとにおい、夜空いっぱいの星、コイチの夢……ぜんぶがひとつになって、あのたった数十分の時間は、おれの大事な宝になった。

おれはというと、あいつに話すようなはっきりした夢なんて、まだもってはいなかった。

そのことがずっと、恥ずかしくて、情けなくてたまらなかった。

コイチからは、田舎のおじいちゃん直伝だという昔の遊びもいろいろ教わった。あいつは、まじめそうな顔して実はいたずらの天才で、それに悪ノリするのがおれのポジション。結局最後は、いっしょに先生のお目玉を食らい、そのたびに〝六の一のバカコンビ〟なんて言われて、けっこうふたりで喜びあってた。

おれが三歳のときに我が家にきて、いっしょに大きくなった柴犬のブクが、肺炎をひどくして死んだ夜、おれの家に泊まって、一晩中いっしょにいてくれたのもコイチだった。「くやしいよ。おれ、ブクになんにもしてやれなかった」おれが泣きながらそう言うと、コイチは「アホ、そんなこと言ったら、ブクがマジで怒る」と言って、おれのひたいにゴツンとこぶしを当てた。それっきり黙って、あいつはもうなにも言わなかった。なぐさめっぽい言葉も口にしなかった。でも、あいつのやさしさは、一発の〝ゴツン〟で、ぜんぶおれに伝わった。

友情なんて恥ずかしい言葉を口にしたことはない。おれたちにとっては、笑ってかわす「またあしたな」の約束や、けんかの次の日のキャッチボールが友情だった。

あいつとは、これから何年も何年も、笑ったり、泣いたりしながら、そんなふうにつきあっていく。疑いもなく、そう信じていた。

あんないいやつはいなかった。コイチは、本当の友だちだった。

「あさってはもう卒業式かよ。早《はえ》えよなあ」

まだ冬の冷たさが宿る風に身をちぢめながら、おれはつぶやいた。コイチが、半分バカにしたような顔でおれを見る。

「やだねえ。おまえはさ、そういうとこがジジむさいんだっつうの」

正直言って、卒業式に特別な感慨なんてなかった。かた苦しい儀式に対する反発もあった。反発、なんていうとかっこいいけど、たぶん、だれかに勝手に「おとな」にされることがいやだった、ってことなんだと思う。

だから、なんであんなことを言いだしたのかは、自分でもよくわからない。

「なあ、タイムカプセルつくろうぜ」

「――タイムカプセル?」コイチは、軽く首をかしげた。

「ふたりでさ、大事なものを箱に入れて埋めるんだ」

「それをおとなになったら掘りかえすのか? ひゃあ、おまえ、よくそういう恥ずかしいこと思いつくな」

「うっせえな。やならいいよ、やなら」

おれがむっとして歩きだすと、コイチは、あわてておれの肩をつかんだ。

振りかえると、あいつの満面の笑みが待っていた。

「いつ、やだって言ったよ。やろうぜ、タイムカプセル」

そうとなれば、計画は速攻で決まった。

場所は、帰り道でいつも前を通る林、一番目立つ、幹の太い木の下。

最初、卒業式のあとすぐに、と考えたが、コイチは家の手伝いがあるという。じゃあ次の日、というと、コイチは、少し考えて「うん、いいよ」とうなずいた。

そしてその日、おれは、一番の宝物――あいつと何度もキャッチボールをしたグローブを持って林にきた。でも、コイチは、いつまで待ってもやってこなかった。

なんだよ……おれひとり、ガキっぽい思いつきに夢中になってたってことかよ……。

いっしょに持ってきたせんべいの缶にグローブを放りこみ、木の根もとに埋めたおれは、なかば捨て鉢な思いで、幹に自分の印をきざみつけた。

おい、なにしてたんだよ――それだけ言えば、笑っておしまいになるはずだった。

なのに、その一本の電話ができなかった。バカな意地を張っていた。

もし事情があったのなら、あいつから言ってくるべきだろ、と。

次の日、家の中でごろごろしながら無駄に過ごしたおれは、いい加減、そんな自分にうんざりしてしまった。しょうがねえな……やっと心を決め、立ちあがりかけたとき――あわただしく廊下を走る音が響き、とり乱した母が部屋に飛びこんできた。

生まれて初めて見る、母親の激しい狼狽。その震える口から、おれは、たった今、コイチが交通事故にあった、と知らされた。

「うそ、だろ」

それが、おれがやっとの思いで吐きだした、たったひとつの言葉だった。

その夜、コイチは死んだ。

たったの十二歳だ。たったの十二歳で、コイチは、永遠に未来《あした》を奪われてしまった。

脇見運転の車が、ハンドルを切りそこね、手伝いの配達を終えて帰るコイチの自転車に突っこんだ。コイチは、なんにも悪くなかった——そう聞かされても、おれは、なにひとつ理解できなかった。理解なんか、できるわけがなかった。

たぶんおれは、あまりにも理不尽な世界の暴力を、初めて目の前にたたきつけられたのだ。そしておれは、それを受け入れることを拒絶した。

どうして、昨日までコイチがいた場所に、コイチがいないのか。どうして、あいつが死ななきゃいけなかったのか。どうして、おれはここに生きているのか。どうして、死んだのがおれじゃなくて、コイチなのか。どうして、どうして、どうして——

おれの心は、宙ぶらりんで空まわりしつづけた。参列したはずの葬儀のことも、そのあと過ごした春休みのことも、なにひとつとしておぼえていない。

それから八年——中学、高校、大学と、おれは、とりたてて不足のない、ありふれた学生生活を送ってきた。おれは、自分でも意識しないうちに、〝いいやつ〟や〝優等生〟を演じるようになっていた。そうすることで、おれは、自分の場所をつくった。でもそこには、いつもなにかが欠けていた。新しい仲間と過ごす日々は、どんなに充実して見えても、結局は借りものだった。しょせん、演技でつくった場所が、本当の自分の場所になることなどなかった。

当たり前に、いつもそこにあると思っていた〝あした〟——コイチと笑ったり泣いたりするはずだった〝あした〟は、あいつといっしょに、おれひとりを置いてけぼりにして、行ってしまった。

あの日、意地なんて張らずに電話をしていれば、なにかが変わったのだろうか。

おれが、コイチを殺してしまったのだろうか。

わからなかった。なにもわからなかった。

すべての問いは、投げだされたまま答えを失った。

心の中をのぞきこめば、いつでもそこには、あの日のまま、泣くこともできずうずくまる、ちっぽけなガキのおれがいた……。

4

「ほんとに……大した話じゃなかったたな」

ひととおり話を終え、おれは、ぼりぼりと首のうしろをかいた。

はてさて、なにがどうしてこうなったのか。まさか、こんな打ち明け話を、赤の他人にしちまうなんて……。正直、今さらながらの後悔ばかりが、おれの頭の中を埋めつくしていた。

おれは、ちらっとおっさんを見た。そう、すべての元凶は、このノホホンとしたカバだかカピバラだかよくわからないおっさんだ。落ち葉の上に大の字になっていたこのおっさんにけっつまずいた瞬間から、なにもかもがトチ狂ってしまったのだ。

「だからさ……おっさんの考えるような、楽しい宝さがしなんかじゃないのさ。たぶん、けりをつけにきたっていうほうが正しい」

おれは、あらためて元凶のほうに向きなおった。

「今をのがしたら、これからもずっと、このぐだぐだを引きずって、うそっぱちの人生を生きることになる。それなら、自分でちゃんと始末をつけようと思った」

「今をのがしたら？」

「なんだよ、おっさん。通りにある看板、見なかったのかよ」

半分あきれ顔でおれは言った。

「この林、もうすぐ住宅地用に造成されちまうんだよ」

土地価格が動きだし、バブル崩壊からずっと手つかずのまま眠っていた土地の開発が、今になってはじまった。放っておけば、あのタイムカプセルも、根こそぎ引きぬかれる木といっしょに潰されてしまう——だから、おれは、自分の手でカプセルを掘り起こす決心をした。

「ところが、いきなり変なおっさんに邪魔されて、見てのとおり、ぐちゃぐちゃになっちまったってわけ。それなりにシリアスな決意ってやつで、ここまできたのにさ、まさかこんなB級ホラー&動物コメディーになるとは、夢にも思ってなかったよ」

「あらら、ちょっと聞き捨てならない言いかたですねぇ」

「まあ、いいじゃん。事実なんだから。結局、こうなるようになってた、ってことだろ？

それに、おっさんにひととおり話したらさ、それはそれで、なんかすっきりしちまったよ」

「え？　じゃあ、カプセルは掘り起こさないんですか？」

「ああ。結局、自分にどうけじめをつけるかなんて、おれの心の問題だしさ」

よく言うよ、とだれかの声がする。要するに、また逃げるんだろ？　都合よく、中途半端な決意をくじいてもらって、本当は、ほっとしてるんだろ？

おれは、ふん、と鼻を鳴らした。

「結局、ゾンビはゾンビさ。それに、夢の時間はもう、とっくに終わってる」

「では——今度は、ぼくの話をしていいですか」

おっさんがにっこり笑ったので、おれは、「ああ」とうなずいた。

「一方的におれの話だけってのも不公平だしな。聞いてやるぜ。手短にお願いしたいけど。あ、あと、妖精の国のお話とかだったら、悪いけど、なしね」

「妖精の国、ではなくて、この世界のことです」

「この世界？」

「ええ。ぼくは、ときどき、この世界の秘密について考えるのですよ」

は？　虚を突かれて、おれはおっさんを見る。

「また唐突になにを言いだすかと思えば……なんだよ、そりゃ」

「べつに大げさなことではありません。そう……たとえば、〝あした〟というのは、どこに存在するのか、どこからやってくるのか、というようなことです」

「だけどさ、そんなこと、いくら考えたって答えなんか出ないだろ」

「そのとおり。たぶん、答えのないなぞなぞなのです」

おっさんは、どこまでもあっけらかんとうなずく。

「でもね、その答えのはしっこに触れた、と思える瞬間は、確かにあるのですよ」

「……よくわからないけど、とにかくひまなんだな」

「ひまです」

おっさんは、のんきな顔できっぱりと言いきった。

「ですが、どうして夜空は暗いのか、なんてことを考えた人も世の中にはいますよ」

「それって、とんちクイズか？　でなきゃ、世界ひま人選手権のグランドチャンピオンだな、その人」

「そのチャンピオン――オルバースさんという方です――の疑問に、科学者は長い間まともな答えを出せなかったのですよ。宇宙物理学がようやくたどりついた解答は、宇宙は有限で、なおかつ膨張を続けているから。そして、宇宙誕生からまだ百数十億年しか経っていないから」

「……長い時間をかけたわりに、イマイチだな。ナイスなとんちとは言えないぞ」

「ほっほっほ。でも、宇宙が若すぎるせいで夜が暗い、というのは面白くないですか？　夜空は決して寂しく死んでいるわけではない。夜から夢が生まれるのだとすれば、それは、まだ幼い宇宙が見ている、はるか遠い星々の夢なのかもしれない――そう考えると、ちょっとだけ楽しくなるでしょう」

「そうか？」とおれは笑った。

……でも、おれはそのことをちゃんと知っているはずだった。だって、あの日コイチと見た高原の夜空は、少しも寂しくなんかなかったじゃないか。まるで、子どもどうしがはしゃぎあうみたいに、あきれるくらい、にぎやかで楽しかったじゃないか。

そうだ……あの夜おれたちは、本当に宇宙の真ん中にいた。どんな天文学者や物理学者よりも、宇宙の秘密の一番近くにいたんだ。

……いつの間にかおれは、おっさんの次の言葉を待っている。

「聞かせてくれよ。おっさんが〝はしっこ〟に触れたっていう、その瞬間のこと」

「わかりました」

こく、とうなずいて、おっさんは、ゆっくり話しはじめる。

「あれは……ある日の夕暮れ——たがいに手を振りながら、目の前を駆けていく子どもたちを見ていたときでした。たわむれるように重なりあって空に響く『またあした！』の声が、一瞬、黄昏《たそがれ》の光の中で子どもたちがかわす、せつない祈りのキャッチボールに思えたのです」

セツナイ、イノリノ……キャッチボール。

「夕映えの空にこだまする『またあした』——ずっと昔から、この世界のどこかで、決して絶えることなく、何度も何度も結ばれつづけてきたにちがいない、とても小さな約束」

おっさんは、目の縁《ふち》に、ツノメドリのくまどりみたいなしわをキュッと寄せた。

「その約束のために、〝あした〟という日はあるのかもしれない。たとえ、あしたがどんな日であっても――そこにあるのが、喜びよりも哀しみに満たされた世界であったとしても――それでも、子どもたちが『またあした』と願うなら、その小さな約束を果たすために――ただそのためだけに――あしたという日は存在していい」

おっさんは、ふっと言葉をとめ、視線を宙に投げた。

「もしかしたら……それだけが、この世界の秘密なのじゃないか」

そうだ……おれたちは、夕焼けの坂道を駆けながら、何度もその約束をかわした。またあした遊ぼう。またあした話そう。またあしたつくろう。またあした走ろう。またあした行こう。またあしたさがそう。またあした会おう。またあした笑おう。

――またあした、友だちでいよう。

「ふうん……ずいぶんとまた、変てこりんなことを考えるもんだな」

精いっぱい気のない言葉を返しながら、おれは、心の不思議なふるえを抑えることができなかった。それを見すかしたように、おっさんが笑う。

「だからね、ぼくは〝あした〟の場所がわからなくて迷子になっている子どもを見たら、もう、なにがあっても手をさしのべずにはいられないのですよ」

「じゃあ、おれもその〝迷子の子ども〟ってわけ？」

「もちろん、そうです」

悔しいけど――言いかえせない。

「それにしても……朝っぱらに夕暮れどきの話を聞くってのは、やっぱり妙な気分になるよ」

「彼誰時《かわたれどき》と黄昏時《たそがれどき》——。光と影のあわいに世界が揺れまどうふたつの不思議な時間を、人は、はるかな古《いにしえ》より特別な畏敬《いけい》の対象としてきました。それは、夜の夢を結んで、ちょうど鏡合わせのように向かいあった双子の魔法使いなのかもしれない……ぼくは、常々そう思っているのです」

おれたちを取りまく陰影が、なにかのサインみたいに、ふっと淡くなったり濃くなったりする。その静かな〝ときのまたたき〟の中で、言葉がいくつもの波紋を描いて揺れる。たそがれ、かわたれ、だれぞかれ、かれはだれ、あいつはだれ、おまえはだれ、おれはだれ——

おれは……だれなんだ。

おっさんは、不意に顔をあげ、ダックブルーの空を見た。そのまま目を細め、視線を東に向ける。木の間を縫ってはるかな稜線が見え、その上に半分ほど頭を出した太陽が、まぶしいオレンジ色の光を放ちはじめている。

「よかった。太陽がすっかり顔を出すには、まだ少し間があるようですね」

「それが、どうかしたのか」

「まだ夢の時間——魔法の時間は終わっていない、ということです」

「は？　おい、おっさん、今……なんて言った？」

おっさんは、それには答えず、ゆるやかな円を描くように、その場で歩きはじめた。

「ここは、不思議な磁場が働いている空間のようですね」

……おいおい、今度はなにを言いだすんだ、このおっさん。

「あなたは、コイチさんが約束の時間にこなかった、とおっしゃいました。でも、ぼくは、そうは思いません。コイチさんは、たぶん、ちゃんとここにいらっしゃったのです」

「え？　だって、おれはその日、日が暮れるまでずっとここにいたんだぜ。おれがうそを言ってるとでもいうのかよ」

いいえ、とおっさんは首を振った。

「あなたも、コイチさんもちゃんと約束を守ったのですよ。約束の日、約束の時間に、ちゃんとふたりとも、この林にやってきた。ところが、ふたりは出会うことができなかった。あなたたちは、約束どおりに、ここでおたがいを待ちながら、すれちがってしまったのです。どうしてそんなことになったのか。それは、おふたりの時間軸に、ずれが生じてしまったためなのです」

「はあ？　なに言ってんのか、まるっきりわかんねえよ。ホラーの次は、トンデモＳＦだっていうのか？　この空間にパラレルワールドの断層があったとか、なにかのはずみに時空転移現象が発生したとか、彗星から分離した巨大隕石が落下したとか、そういう話か？　そういう話は、いいかげん終わりにしてくれよ。だってもう、充分すぎるほどつきあったじゃないか。これ以上おれを、おっさんのヨタ話に巻きこまないでくれ」

おっさんは、ふう、と長い息をつき、「申しわけありませんが、あと少しだけおつきあいください」と頭をさげたあと、ふたたび東の空を見た。

よし、とうなずき、おっさんは、きっぱりとした口調でこう言った。

「今から、大空と大地の精霊に呼びかけます。そして、時間のゆがみを修整します」

「な⁉」さすがのおれも、のけぞりかえった。

「お、おい！　おれが今言ったこと、わかってるのか？　口からでまかせ言うのも、たいがいに——」

おれの声なんてどこ吹く風、おっさん、まずはゴムウェストのコットンパンツを、くいくいっと腹の上に引っ張りあげた。それから、突きたてた人さし指を頭の上でくるくるまわす。

と、思いきや、神妙な顔で、突然調子っぱずれのかん高い声を脳天から発した。

「ピピルマポップンペルッコリンクル、ゴコウノスリキレポッピンパー、パイパイポンポイパラリンリリカル、シャランラシャランラシュガシュガルーン、トゥイントゥインクルドリミンパ、ラミパスラミパスベララルラー、フレールフレールフーランパ、アブラマハリクキュアップラパパ、ピーリカピリララヤンバラヤンヤンヤーン！」

頭がくらくらしてきた。な……なんだよ、そのデタラメな合成呪文は……。

「アシタノアシタノマタアシタ、ハイ！」

最後にひときわ大きな声で、決め？の呪文を叫び、おっさんは、すっと手をあげた。

「ふう……詠唱時間が長い最上級の封印呪文なので、太古の魔導書一冊分の魔法力《マナ》とビッグバン数回分のコスモを消費してしまいました。未知への挑戦でしたが、でも、なんとかうまくいったようです」

「あ、そう」

ビッグバン数回分のコスモというのが、いかなるものかはまったくもって不明だが、少なくとも目の前に立つおっさんには一ミリの変化もない。

するとおっさん、人さし指を前に突きだしたまま、身体を軸にして、つ、つ、つとまわりはじめた。

今度は……もしかして……人間ダウジング？

もう、なにが起ころうとゆるす、という究極の境地で、おれはあまりに怪しいその光景を見守った。すでにこの場は、日常、非日常の壁を突きぬけ、なんでもありの亜空間と化している。

――と、おっさんの動きが、ぴたっととまった。

「さて、あなたが落としたのは、金の斧ですか、銀の斧ですか」

「……あんたの頭に、斧というかアックスボンバーをおみまいしたい気分なんだけど」

「ほっほ。ストレートですねえ。では、質問を変えましょう。コイチさんは、星がお好きでしたね？」

「ああ、大好きだった」と、おれはうなずいた。

「先ほど、精霊がぼくに言いました。星はなんでも知っている。星のしめす道筋に従え、と」

「またいい加減なことを――」

「どうやら、その星の導きがあったようです」

「――え？」おっさんの視線を追いかけたおれは、思わず目をみはった。

確かに、その太い幹の表皮には、大きく一筆書きの要領で、星のマーク――五芒星《ペンタグラム》ってやつだ――がきざまれている。少なくとも、最近になってつけられた痕《あと》ではない。

「これって……」

「そうです。安倍晴明《あべのせいめい》の呪符《じゅふ》です」

そっちできたか……。

おっさんの戯れ言を黙殺して、木の幹に視線をめぐらせる。見れば見るほど、その木の姿かたちは、おれがカプセルを埋めた木の記憶とぴったり重なっていくのだ。

だが――こんなマークをつけたおぼえなど、おれにはまったくない。

じゃあ、誰がこの星印をつけた？

コイチだ。コイチ以外にいるわけないじゃないか。

コイチは、本当に、あの日ここにきたのか？

おれとの約束を守るため、ここで待っていたっていうのか？

「おい、ちょっと、どいてくれ！」

気がつくとおれは、四つんばいになり、無我夢中で木の根もとを掘りかえしていた。

スコップが、かつんと音をたて、固いものに突きあたる。手の動きと心臓の鼓動がいっしょに早くなる。やがて、見おぼえのある缶のふたが土の中から顔をのぞかせた。

「あった……」

四角い缶が完全に現れるのを待ちきれず、おれは、スコップを脇に投げだした。両手で土を払い、ふたの端に指をかける。が、さびついたふたは、容易にはずれない。

「こうするんですよ」

いつのまにかおっさんが、にこにこしながら、そばに座りこんでいた。おっさんは、スコップの端をふたの切れ目にかけ、テコの要領でくいっと持ちあげた。

パコン、と音がして、あっけなく、ふたははずれた。

ごくりとつばを飲み、缶の中をのぞく。またしてもおれは、へなへなとその場にへたりこんだ。

そこには、グローブといっしょに、土の染みついた軟式のC号球がおさまっていた。

おれは、懇願するようにおっさんを見た。

「教えてくれ。どうなってんだ……いったい。まさか、ほんとに時間軸が、とかいうなよな」

「まあ、まあ、あわててはいけません」

心なしかおっさん、さっきよりもうれしそうに笑っている。

「いうなれば、いすかの嘴《はし》の食いちがいだったのですよ」

「……お願いだから、もう少しわかりやすく言ってくれないか」

「こりゃ失礼。では、おたずねします。卒業式の次の日にタイムカプセルを埋める、そうふたりで決めたと先ほどおっしゃいましたね。でも、正確には、あなたはコイチさんにこう言ったのではないですか？『しあさってにしよう』と」

そうだった。卒業式の日——あさってはだめだ、と言われたおれは、確かにそう言った。じゃあ、しあさってにしよう、と。

「でも、それがどうしたって……」

「では、次の質問です。あしたのあしたは、なんですか？」

「は？　あさってだろ？」

「では、あしたのあしたのまたあしたは？」

「だから、しあさってに決まってるじゃないか」

おっさんは、得心したように「ふむ」とうなずいた。

「思いだしてください。あなたが『しあさってにしよう』と言ったとき、コイチさんは、ちょっとけげんな顔をしていませんでしたか？」

ああ……そうだ。おぼえている。コイチは、少しだけ不思議そうにおれを見たあと「いいよ」とうなずいたのだ。

「なんで、そんなことまで……」

「簡単です。コイチさんは、なぜあなたの提案が『やのあさって』ではなくて『しあさって』なんだろう、と不思議に思ったのです」

「だって『やのあさって』は、『しあさって』の次の日じゃないか」

「ええ、辞書でも、たいがいはそう説明されています。ところが、『あさって』より先の日にちをどう言いあらわすかは、地域によってまるっきりばらばらなのです。実は、東北や関東圏では、あさっての次の日を『やのあさって』、その次の日を『しあさって』というところも多いのですよ。同じ地方でも、世代によって使い方が変化していたり、なにかと混乱のもとになっているのです」

「じゃあ、コイチは……」

おれは、初めて愕然《がくぜん》とした。

「そう、あなたとの約束を破ったわけではなかった。ちゃんと約束どおり『しあさって』に、ここにきたのです。ところが、それらしい木の幹に印があり、根もとには掘ったあとまである。さぞや驚いたことでしょう。その時点でコイチさんは、言葉のとりちがえに気づいたかもしれない。そこでコイチさんは、缶を掘り起こし、自分の宝物であるこのボールをいっしょにおさめたあと、おれもちゃんときたぞ、という証拠に、自分の印を加えた。おそらくは、夜にでもあなたに電話をして、たがいのゆきちがいを笑うつもりだったのでしょう」

ところが、その前にコイチは事故にあってしまった……。

「この星のマークが、コイチがきた印だっていうのは――」

「その前に、教えていただきたいことがあります。あなたのお名前、トモジの〝トモ〟は、朝という字を書くのではありませんか」

どうして、それが――そう言いかけて、おれは口をとめた。そうだよな……このおっさんなら、そのくらいのことは、すぐにわかってしまったにちがいない。

「ああ、そのとおり。朝に道路の路で朝路《ともじ》。それが、俺の名前だ」

「やはり、そうでしたか。あなたがこの木にきざんだのは、A――〝あさ〟のAだったのですね」

「そうだよ……アサジのAだ」

あいつ――コイチは、いつもおれのことをアサジと呼んだ。初めておれの名前を口にしたときから、ずっとだ。

「人の名前を勝手に変えるなよ、って言っても、あいつはいつもすましてたよ」

おれがそう言うと、おっさんは、なにかを思いだしたように、あはは、と苦笑いした。

「あれ？　どうかしたのか」

「いえ、なんでもありません。話を続けてください」

「ふうん……まあ、いいや」

文句は言っても、要するにおれは、あいつにアサジって呼ばれるのが、いやじゃなかった。

朝って字は、〝あした〟とも読むんだぜ、と自慢げに教えてくれたのもコイチだ。

そのときのことは、不思議なくらいよくおぼえている。コイチは「なあ、おもしろいな」とおれを見て笑ったのだ。「だってさ、おまえの名前、〝トモロー〟とも読めるじゃん」と。

あとにも先にも、おれをアサジと呼んだのは、コイチひとりだけだ。

卒業式のあと、コイチは「じゃあ、またな！　アサジ、約束忘れんなよ！」と笑いながら、校門に向かって走っていった。それが、コイチとおれがかわした最後の言葉だった。

あのとき、ちゃんともう一度、約束の日を確かめあっていれば……。

そうか……おれたち、男同士が一度約束をしたら、くどくどと念押しをしない、とかいうアホな決まりをつくってたんだ。

まったく、マジでどうしようもないバカコンビだよな、おれたち……。

コイチがいなくなったあの日から、おれはもう、アサジではなくなった。

おれをアサジと呼んでくれるやつは、もうこの世界には、だれひとり存在しない。

「それが――〝あした〟をなくした、とあなたが言われた、もうひとつの意味だったのですね」

おれは、黙ってうなずいた。目は、自然とまた、木の幹の星印に向かう。

八年前、この木の前にたたずんでいたはずのコイチ。たがいの勘ちがいにあきれながら、おれの刻んだAを見つめていたはずのコイチ……。

想像の中のコイチが、突然なにかを思いついたように、いたずら好きの目を輝かせた――次の瞬間、パズルは、あっけなく解けていた。そうか、なんてことはないんだ。Aの上に、四村の〈4〉を右にかたむけてうまく重ねれば、ほら、きれいな星になる。

まったく、あいつらしいや……。

そのまま、掘りだされた缶にもう一度視線を落としたおれは、一枚の紙切れに気づいた。あの日、グローブといっしょに缶に入れたカード。そこには、こう書かれている――『いつまでも、ダチでいような　byアサジ』悩みに悩んで書いた、おれからあいつへのメッセージ。

なにかにせかされるように、黄ばんだカードを手にとる。とたん、その手がふるえた。カードには、おれの言葉に続けるように、人なつっこい文字でこう書かれていた。

『あたりまえだろ！　byコイチ』

ごめん、コイチ……。

ごめん、ごめん、ごめん、ごめん……何度繰りかえしたって足りやしない。

ばかだった。おれは、ずっと、逃げて逃げて逃げまくって、おびえているだけだった。あいつを信じていれば、あいつの想いとちゃんと向きあっていれば、もっと、もっと早く気づけたはずなのに。

さあ、答えろ、おれは、だれだ。おれは……。

「ばーか、おまえはアサジだろ」

あいつに、頭をゴツンとやられた気がして、おれはうなずく。

そうだ、おれはアサジ。トモローのアサジだ。

「おめでとうございます」

その頭の上から、カピバラ大魔王の声が降ってくる。

──見あげると、憎らしいくらいに福々しいおっさんの笑顔があった。

「たった今、ゾンビの呪いは解けました。いえ、そんな呪いは、最初からどこにもなかったのですよ」

「……え？」

「あなたの顔にさわってみてください」

言われたとおり、おれは、泥だらけの手のひらをほおに当ててみた。ぬるぬると温かいものが指に触れた。

「ははは……なんか……あったかいや」

「あなたが、人間であるしるしですよ。あなたは、生きぞこないでもなければ、生ける屍でもない。あなたが今日まで、泣いたり、笑ったり、怒ったり、迷ったりして重ねてきた時間は、うそでもなければ、にせものでもありません。あなたという人間が、この世界で生きてきた証なのです。あなたは、生まれてからずっと、あたたかい心をもったままの、生きた人間なのですよ」

「本当にいいのか？　おれは……ここで、このまま生きていていいのか？」

おっさんは、それ以上なにも言わない。見ると、缶の中にもどしたはずのメッセージカードを手にとって、にこにこしている。

「あ！　おっさん、いつの間に！」あわてて手を伸ばすと、おっさんは、すっとそのカードを差しだした。「まったく、油断もすきも……え？」

おっさんが、おれの手のひらに乗せたのは、カードの裏だった。

そこには、文字で描かれたおじいさんの絵。〈つるさんはまるまるむし〉――そういや、コイチはこういうのも得意だったんだ――テカテカ光る頭が、やたらと強調されている。しかも、ごていねいに矢印を引っ張り、〃ツル田あさジイ〃と書き添えてあった。

「なんだよ、これ。はは……」

笑いながら、おれは鼻水を垂らした。

「コイチ、てめえ……こんないたずらまでしやがって……言っとくけど、うちはハゲの家系じゃねえぞ……」

泥まみれの鼻水をだらだら垂れながしながら、おれは理解していた。

コイチ、これがおまえが出してくれた答えなんだな……。わかったよ。もう一度、約束する。じいさんになったって、しわくちゃになったって、おれは、これからもずっとおまえの友だちでいる。もちろん、おれはハゲなんかにならないってことも、ちゃんと証明してやるからな。

「どうして夜空は暗いのか――」

また、おっさんのとぼけた声が降ってくる。

「え……それは……宇宙が、膨張してるから……だっけ？」

ほっほっほ、と、もうおなじみになった笑い声。

「夜空が暗くなかったら、いつ夜が明けたのかわからないから、ですよ」

ああ――うん。その答えならナイスだ。悪くない。

「あなたがうたった歌、最後のフレーズ、おぼえていますか」

「ああ……おぼえてる」

さめても夢は　消えはしない
けれど　お早うの朝はくる

おっさんは、空に向かって、ううん、と気持ちよさそうにのびをする。

「さあ、本当の夜明けです」

それからおっさんは、もう一度満面の笑みで、おれを見おろした。

「おはようございます。すばらしい朝ですよ」

おれは、ぼんやりかすみそうになる目を、手の甲でごしごしとこすった。それから、もう一度おっさんの顔を見あげ、しゃがれた声で「おはよう」と言った。

5

いつの間にか、朝陽がすっかり顔を出している。

枯れ枝のすきまから、無数の矢になって光が射しこむ。われ先にと競う子どものように、そこら中から光があふれてくる。空気も、木々も、落ち葉も、掘り起こされた土まで、なにもかもが雲母《きらら》をまき散らしたように輝きだす。

ほんの一時間かそこら前まで、死んだようにしか感じられなかった風景が、今は、まるごとひとつ、大きな生命《いのち》の輝きを放っているみたいだった。

「おれ……生きてるんだな」

「ぼくたちは、みんな生きています。ミミズだって、オケラだって」

おれは、おっさんの言葉のあとにすかさず続けた。

「カバだって、カピバラだって、人間だって、だろ？」

夜の闇をはらって光が生まれる。その光に洗われて、世界も新しく生まれ変わる。

その光の海に、おれは今、立っている。

お早うの朝。おれが、長い間ずっと背を向けてきた光。

「やっぱ、この光は、まだおれにはちょっとまぶしいや……」目を細めながら、おれはつぶやいた。「だいぶ、リハビリが必要かもな」

「そういえば——明日《あした》という字は明るい日とかくのね、という歌がありました」

「なんだ、そりゃ。いくらなんでもそのまんますぎ、っていうか、単純すぎだろ」

「単純でいいのではないですか」

「ま、そうかもな」

ひたいに手を当て、目を細めながら、おれはうなずいた。

「この世界は、気が遠くなるくらい昔から、こんなふうに朝を繰りかえしてきたんだよな……。こうしてると、そんな、当たり前のことにまで、単純に感動したくなってくる」

おっさんも、同じようなポーズをつくりながら「ええ、ほんとうに」とうなずいた。

「でも、そんなふうに繰りかえされてきた日々の中に、一度として同じ朝はなかったにちがいない——ぼくは、そのことのほうに、もっと単純に感動してしまいます」

「ああ、ほんとにそうだな」

正直に告白するとおれは、自分がこんなにも素直になっていることに、一番単純に感動し、驚いていた。これもまた、カピバラの森の魔法ってやつか……。

「なんかおれ、二、三時間したら、またぐずぐずいろんなことを考えてそうだよ」

「それでも、いいではないですか」

「そう、だよな」

結局おれは、また素直にうなずいた。

おれが今日まで、泣いたり、笑ったり、怒ったり、迷ったりして重ねてきた時間は、うそでもなければ、にせものでもない——さっき、おっさんはそう言った。

昨日とはまるでちがう自分になりました——そんな、つまらない見栄を張る必要はない。こんなおれだけど、なにしろ二十年もつきあってきたのだ。突然すっぱり切りはなして、赤の他人でござい、なんて言えるほど、おれという人間は都合よくできちゃいない。

ころんで、膝をすりむき、かさぶたができて、新しい皮ができる——この朝陽が、おれの中のなにかを、そんなふうにほんのちょっと変えてくれればいい。そして、これから何千回も繰りかえしていく朝の中で、ちょっとずつ、新しいおれに生まれ変わっていけたら、それでいい。

「これから——どうなさるおつもりですか」

おっさんに問われるまでもなく、おれの気持ちは決まっていた。

「コイチに、ちゃんと会いにいこうと思う。このタイムカプセルを持って」

おれは、きれいに掘りだされた缶を見おろした。

「そうですね、そうしてあげてください」

いっしょにのぞきこんだおっさんが、缶の中のボールに触れながら、にっこり笑う。

「二人の約束を、立派に未来へと届けてくれた、すばらしいタイムカプセルですからね」

「ああ、おれの未来《あした》まで、ちゃんと届けてくれた」

コイチの両親とは、あれ以来一度も会っていない。コイチが亡くなったあとひっそりと店をたたみ、またどこかへ越していってしまったきり、消息も聞いていない。でも、その後の住所をたどることは、きっとできるはずだ。いや、しなきゃいけない。おれの復活後、最初の仕事だ。

　きっと、あいつはこう言うだろうな。〝おっせえよ、アサジ〟と。

　わかってる。反論の余地なんてない。とどのつまり、おれは、ぜんぶコイチのせいにして、いろんなことから逃げてきたんだものな。それに気づくのに、八年もかかった。いくらなんでも遅すぎだ。

「おっさんにはマジで世話になっちゃったな。サンキュ」

　おれは、おっさんにまっすぐ頭をさげた。素直な気持ちの締めくくりだ。

「どういたしまして。ぼくもカピバラの魔物から、無事、もとの王子の姿にもどることができました。これも、あなたのおかげです」

「……は？」

　この期《ご》に及んでも、このおっさんの言動は、謎のカピバラ星団から届く怪しい波動のように、おれの予想のはるか斜め上を飛びまわっている。

「王子って……やっぱり、あんた、イノブータン王国の姻戚《いんせき》かなにかなのか？」

「ほっほっほ。イノブータン王国の皆さんとは、たいへん懇意にさせていただいております」

　ほんとかよ……。

「だいたい、前後左右どっから見ても、おっさん、カピバラの魔物だったときとぜんぜん変わってないぞ。王子さまじゃなくて、呼ばれて飛びでる〝なんとか大魔王〟とかのまちがいじゃないのか？」

「失敬ですね。おっさんでも〝なんとか大魔王〟でもありません。王子さまです。あなたこそ、薩摩の黒豚みたいに顔を真っ黒にして、ほかの動物のことをとやかく言えませんよ」

「え？　あ？」

　おれは、あわてて手を顔にやる。そうだ、確かに今おれの顔は、泥と涙が混じりあってぐちゃぐちゃのはず。とても人前には出せない、妖怪・泥田坊《どろたぼう》のような状態になっているのだ。

「いや、でも、これは、おっさんが顔にさわれって……つまり、その……ああ！　もういいや。とにかく、王子さまには感謝してるよ、ほんとに」

「ほっほ。苦しゅうないです」

　げ……いきなり、増長してやがる。

「たまには、どろんこや草や葉っぱにまみれてみるのも、悪いことではないですよ。だって、トモジさん、あなたは、動物関係の勉強をなさっているのでしょう？」

「え？　なんでそれを――」

「だって、動物のことにおくわしいし、専門的な知識もお持ちです。哺乳綱なんて言いかたは、単に動物が好き、というだけでは、なかなか出てこないものですよ」

「そうか。やっぱ、おっさんはすげえな」

　今度こそ、本当におれは白旗をあげた。

「おれ、獣医大で勉強してる。ブクが死んで、コイチとひと晩明かしたあと、考えて決めたんだ。いつか動物の生命《いのち》を助ける仕事をしようって。でも、それを打ちあける前に、あいつは死んじまった。ふぬけになったおれは、それでも、あいつに言えなかった約束だけは果たしたい、それだけがおれにできることだと思ったから、動物の勉強だけは続けてきたんだよ」

「やはり、そうでしたか」

「だけど、今の今まで、ずっとおれは迷ってた。あと半年もすりゃ三年生だろ。自分の進路について腹をくくらなきゃいけない、そうわかっていても、自分がなにをしたいのか、なにをどうすればいいのか、答えが出せないままだった。だって、そうだろう？　自分が生きているのか死んでいるのかわからない、そんなやつに、ほかの動物の生命を救えるわけがない。おれには、生命を扱う資格なんかもともとない——心のどこかで、ずっとそう思ってきたんだ」

おれは、鼻の頭をこりこりとかいた。

「でも、もう決めたよ。コイチに、言えないままだった約束をちゃんと伝える。おれは、獣医になる。もう一度、本気で最初から勉強しなおす。もちろん、だれかのためじゃない。おれが決めたんだ、おれ自身の〝あした〟のために」

おっさんが、思いきり目を細めて、ぱちぱちと拍手をした。

「あ、おい、よせよ。そういう恥ずかしいことは」

「いえいえ、クロブタ大王の第一声、しっかりと胸に刻みました」

「な⁉　だ、だれがクロブタ大王だって⁉」

「ほっほ。メルヒェンなジョークですよ、アミーゴ」

「ちょっと待った！　いつおれが、カピバラ大魔王と仲間に――」

「さて、と……。お腹《なか》もすいてまいりましたし、ぼくはそろそろ〝小さな星〟に帰ります。それでは、ごきげんよう。アディオス！　アスタ・ルエゴ！」

「星の王子さまだったのかよ！」

　いや、あいさつがスペイン語って時点で、すでににせものだろ……。

　いかがわしさ満点の自称〝王子さま〟は、ふたたびパンツのゴムウェストをくいっと腹の上に引っぱりあげると、外見からは想像のつかない身軽さで、落ち葉の海をものともせず小走りに遠ざかる。

「あ、ちょ、ちょっと」

　おれの声に、おっさんは、急ブレーキを踏むように立ちどまり、くるっとこちらを向いた。

「な、おっさん。今日のことは、おれたちだけの新しい秘密にしようぜ」

「ええ。今日、カピバラの森で起こった大切なことは、ぼくたち三人だけの秘密にいたしましょう」

　おっさんは、昔はやったおもちゃの〝うなずきん〟みたいにニッコリうなずいた。

「合い言葉は、友の誓い――キエテ、コシ、キレキレテ。そしてこれは、その約束のしるしです」

そう言いながら、パーカのポケットから抜きだした手を、顔の横にかかげる。そこには、見おぼえのある軟式ボールが握られていた。

へ……？　あわてて缶を見ると、あるはずのボールがしっかりと消えている。

「な、なんてことしやがるんだ！」

「ほっほっほ。大事な宝物から目を離してはいけませんよ。ほいりゃ！」

サンダーバキュームボール⁉　無駄にマニアックなフォームから、おっさんがボールをぐいっと放り投げる。

ボールは、青く澄みはじめた空に大きな白い弧を描いて、おれの手の中へまっすぐ飛びこんだ。

すぱん、という小気味いい音。ちっぽけなボールから伝わる、ずっしりとした重さ。古いゴムの不思議なぬくもり。土と草のにおい。じんじんと手のひらに広がる痛み。

なんだよ、おい。ぜんぶ、ちゃんとおぼえてるじゃないか。

〝ナイスキャッチ〟

あいつの笑い声を聞いた気がした。

どのくらいの間、そうして突ったっていたのだろう。はっとして顔をあげ、あたりを見わたしたとき、もうとっくにおっさんの姿はなかった。

ほんと、最後の最後まで、不思議なおっさんだったな……。

ああいうおとなもいるんだな。認識をあらたにしたというか、おれの中で時代がひとつパラダイム・シフトしたというか――いや、さすがにそれは、大げさだけど。

妖精、魔物、宇宙人。どれでもあって、どれでもない。王子さまは却下として……やっぱ、通りすがりの魔法使い、ってことにしておくのが一番無難かも。

そういえば、最後になんて言ってたっけ？　アスタ・ルエゴ――また今度、か。

そうだな。あのおっさんのことだ、また、なんの前ぶれもなく、ひょいと現れたりすることがあるかもしれない。今度は、「ぼくは名探偵です」なんてことをノホホンと言いながら。

アスタ・ルエゴ、さよなら、お節介なインチキ魔法使い。

そして――キエテ、コシ、キレキレテ――また会おうぜ、アミーゴ。

いつか、この林が消えて、きれいな家が建ち並んで、ここに林があったことさえ知らない人たちが暮らす町になっても、おれは、カピバラの森で起こったカバさん事件を忘れないだろう。十月の朝、ひねくれ者のゾンビが、怪しい魔物のおっさんと出くわして生まれ変わった、ぜんぜんファンタジックじゃないおとぎ話を。

そう、これは、おれとコイチと、そしておっさんの三人だけが共有する、新しい秘密の物語だ。

きっとおれは、人生の節目で立ちどまるたび、今日のことを、何度も繰りかえしコイチと語りあっていくのだろう。迷惑な〝死体〟との遭遇、宝さがし、変てこりんな呪文、未来《あした》を運んできたタイムカプセル、おれ自身のための新しい約束、クロブタ大王とカピバラ大魔王とが結んだ友の誓い……その一つひとつを、まるで今日のことのように思いかえしては、ふたりして笑いあうのだろう。

……さて、と。じゃあ、そろそろおれも行くとしよう。

どっちへ？　まあ、いいじゃないか。

大きな深呼吸をひとつして、おれは、光のほうへ、最初の一歩を踏みだした。

さらにひと粒、ひまわりの種

からんらん——軽やかなカウベルの音《ね》を朝の空気に響かせ、ドアが開いた。

「ただいまです〜」

「ただいまです〜、じゃありませんよ。朝からどこをほっつき歩いて——」

二本の指を角のように突きたて、振りむいた三吉菊野《みよしきくの》は、そのまま絶句した。

「ブエノス・ディアース！　コモエスタ、さんきちさん」

「ちょ……ちょっと、どうしたんですか、それ」

陽向万象《ひなたまんぞう》は、にこにこと出窓に歩みより、かかえていた花の鉢を置いた。

「ほら、この赤い花、かわいいでしょう？　千日小坊《せんにちこぼう》、っていうんですよ。朝早くにお店を開けているお花屋さんで見つけて、ついつい買ってしまいました」

「千切りゴボウなんてどうでもいいです！　そういうことをきいてるんじゃなくて！　いったい、なにをしてきたんですか！　上着もズボンも枯れ葉だらけじゃないですか！」

陽向氏は、パーカの裾を持ちあげ、おや、ほんとですねえ、と頭をかいた。

「いやあ。なにしろ、ついさっきまで、森の妖精をしてたものですからねえ」

菊野は、三日分くらいの頭痛が、アフリカゾウの行進のように襲ってくるのを感じた。平日の朝だっていうのに、この人、どこでどんな悪ガキと遊んできたんだろう。

「あ！　先生、葉っぱを落とすなら、そこではたかないで！　外に出てやってください！　あーあ……もう……せっかく気分がいいから、さっき掃除したばっかりなのに……」

陽向氏のはらい落とした葉っぱで、もののみごとに秋の風情をかもしだしたフローリングの床に目を落とし、菊野は、もう一度「あーあ」と嘆いた。めったにない善行が、たった一瞬にして灰燼《かいじん》へと帰してしまうなんて……。

しかし、陽向氏は、そんな菊野の悲哀とは好対照に、えらくご満悦のようすである。

「そういえば、さんきちさん、今日はとても早いのですね」

「いつも重役出勤してるみたいな言いかた、しないでください。まあ、ふだんよりかなり早くきたのは確かですけどね。ところが、先生はどこを見わたしてもいないし、玄関はあけっぱなしだし、なにごとが起こったのかと思いましたよ」

でもまあ、先生のことだから、その辺をほっつき歩いてるのだろう、と、さして心配もせず、することもないので掃除にいそしんでいた、というのが真相であった。要するに、こういうときの陽向氏は、そのうち勝手に帰ってくる糸の切れた凧みたいなもの、と菊野は割りきっているのである。

「こういうときだけは、先生にせめてケータイくらいは持ってもらいたいなあ、って思うんですけど」

「うーん、そうすると、いよいよぼくは、ケータイ探偵ってことになってしまいますねえ」

「それを言ったら、日本中の探偵、ほとんど全員がケータイ探偵ですって……。ていうか、スマホ探偵?」

この探偵事務所では、日夜飽きもせず、こうした不毛なやりとりが交わされているのであった。

「ご心配をおかけしてしまって、申しわけなかったです。つばきが丘の先の林まで、朝の散歩に行っていたのです。のんびり寄り道をしながら帰ってきたものですから、時間がかかってしまいました」

「つばきが丘!? めちゃめちゃ遠いじゃないですか。しかも、造成地の先でしょ、その林って。ふつうに歩いて、小一時間かかりますよ」

菊野の感覚からすると、もはやそれは散歩ではない。完全にハイキングかピクニックだ。出不精のくせに、なんでこの先生、ときどきびっくりするくらいアクティブになるのだろう……。

「いったい、何時ごろ出かけたんですか」

「四時すぎくらいですかねえ」

「よ、四時⁉　まだ真夜中じゃないですか！　そんな時間にピクニックに出かけたんですか。いくらなんでももの好きすぎますよ。どこぞの高校行事じゃあるまいし」

「ピクニックでもないし、真夜中でもないですよ。新聞屋さんも、牛乳屋さんも、朝早いお仕事の方は、もう皆さん、とっくに働いている時間です」

そうかもしれないけど、少なくともわたしは、まだ白川夜船の上で櫂《かい》をこいでるよ……。

自慢ではないが、堅気の会社員をやめてから、陽の出とともに目を覚まして動きだすという、生理学的にもっとも正しい、自然のリズムそのままの生活が、すっかり身についている菊野であった。おかげで、勤め人時代とくらべ、自分でもビックリするくらいに肌つやがいい。

「実は、ついつい夜を明かしてしまい、かえって目も冴えてしまったので、気分転換に新鮮なフィトンチッドを吸おうと、少しばかり遠出をしてみたのです」

「おおかた、読書の秋だっていうんで、ミステリイの積《つ》ん読《どく》解消にでもいそしんでたんでしょう」

「いえ、どちらかといえば、芸術の秋にちなんで、創作活動のほうに――」

「……つまり、プラモ作りに没頭していた、と」

菊野は、大げさな手振りであきれてみせた。

「まあ、それはいいです。昨日今日《きのうきょう》はじまった話じゃないし、先生の趣味にまで今さら口を突っこむつもりはありませんよ。酔狂な夜明け前の散歩にも、文句を言う筋合いはないです。でもねえ、せめて戸締まりくらいは、ちゃんとしていったらどうなんですか。不用心にもほどがありますよ」

「ほっほっほ。まあ、いいではないですか」

「いいではないですか、って……もしかして、いつもこんな調子で鍵もかけずに出かけてるんですか？　あきれた……。探偵事務所が空き巣に入られでもしたら、それこそ冗談にもなりませんよ。わざわざ世間のもの笑いになりたいんですか」

それよりも前に、泥棒にこの部屋をまるまる見られてしまった時点で、すでに赤っ恥だ、というのが、菊野のいつわらざる本音であった。

「空き巣にとられるようなものも、ないと思いますけどねぇ」

「ああ、そうなんですか」と言いながら、菊野は部屋を見まわした。「わたしとしては、もの好きな泥棒さんが、ここに並んでるゲルググくんやザブングルくんやライジンオーくんやザンブロンゾさんやシオマネキングさんやペガッサ星人さんやキングジョーさんを、もし残らず持っていってくれるのなら、喜んで熨斗《のし》をつけてさしあげたいと思いますが、よろしゅうございますか？」

「ううん……それはちょっと、却下であります、隊長」

「でしょう？　だったら、せめて出かけるときの戸締まりくらいは忘れないでください」

なんでこんなことを、雇い主である四十すぎたおじさん（しかも正真正銘の名探偵）に言わなきゃいけないのだろうか。ちょっとだけ悲しくなる菊野である。

「でも、朝の散歩はやっぱりいいものですよ。早起きは三文の得、とはよく言ったものですね」

「早起きじゃなくて、夜明かしじゃないですか」

菊野は、ついつい言わずもがなの半畳《はんじょう》を口にしてしまう。

「あ――そういえば、もどってらしたときから、ずいぶんとごきげんのようでしたね、先生」

すると陽向氏は、その言葉を待っていたかのように、むふふ、と笑った。

「わかりましたか？　実は今日は、〝おはよう記念日〟なのです」

「は？　なんですか、それは。いつできたんです、そんな記念日」

「今朝《けさ》、カピバラの森で決まりました」

「ああ、そうですか」

……かぴぱら？の森ってなんですか、なんて、きいたら負けだ、と思う菊野だった。

「詳細は秘密ですが、概要だけ、そっと申しあげますと、あしたを失《な》くしたゾンビの呪いが解けて、カピバラの魔物の呪いも同時に解けて王子となり、いっしょに〝おはよう〟のあいさつをかわしあったという、ひと言で言えば、とても心あたたまるおめでたい日なのですよ」

「もう、それだけ聞けば、充分です」

菊野は、今度こそ冗談抜きで頭が痛くなってきた。妖精ときて、今度はゾンビ、魔物、しまいには王子ときた。あなたは、空想大好き少女のアン・シャーリーですか、と言いたくなる。

「で、ついでに、きらめきの湖で永久《とわ》の誓いでもかわしてきたんですか？」

「いえ、そのかわり、きらめきの落ち葉の海で、キャッチボールをしてきました」

「はあ……それはそれは」

ええ、きいてしまったわたしがバカでした、はい……。菊野は、身につかない反省を繰りかえす。

「ところで、その王子がだれかは、きいていただけないのでしょうか」

「残念ながら、王子なら『アイスクリームのうた』だけで充分間にあってます。そもそも、王さまとか王子さまとか、その手の人種にあんまり興味がありませんので。王子駅の近くに住んでる知りあいならいますけどね。ちなみに、こう見えても、さくら新道《しんみち》界隈にはちょっとくわしいです」

「そうではなく、星の王子さまの話なのですが」

「日本で、星の王子さまと呼んでいいのは、先代の三遊亭円楽師匠だけでしょう」

「いや、ですから、サン＝テグジュペリの……」

「ああ、砂漠に不時着した間抜けなパイロットが、謎の小惑星から飛来した小生意気なヒト型エイリアンと接近遭遇して、よくわからん会話をする話——」

「な、なんということを……」

陽向氏は、酸欠におちいった金魚のように口をぱくぱくさせた。

「も、もしかして、なにか、ほかのお話と勘ちがいされているのではないですか。いや、きっとそうですよ」

「あ、やっぱり。わたしもそう思いました」

菊野は、口もとだけで、は、は、は、と笑った。

「ぼくが言おうとしたのは、つまり、その、ぼくの役まわりというのが——」

「なあんだ、それならわかりますよ。ええと、珍獣ヒナゴン。ふっふ、どうです、当たりでしょう」

「また珍獣ですか……。確かにコビトカバ扱いもされましたが……なにゆえに〝ヒナゴン〟なのでしょうか」

「決まってるじゃないですか。陽向《ひなた》だからヒナゴン。実にわかりやすいでしょ？　なんだか響きがマスコットっぽくて、かわいいと思いませんか」

「え？　そ、そうですねえ。珍獣というより、怪獣に一歩近づいたというか……」

陽向氏は、返答に詰まって、なんだかゴニョゴニョ口ごもる。それを見て、菊野は、口の両端がにんまりとゆるむのを、こらえきれなくなる。

「あ、そうだ！　これからは先生のこと、ヒナゴン、って呼んじゃおうかなあ、っと。わあ、なんか、すっごくいいかも。ね？　ヒ、ナ、ゴン」

「そ、それはちょっと、ゆるしてほしいのです」

「あれれ？　人のことは〝さんきち〟とか呼んでおいて、それはないんじゃないかなあ」

「え、いや、しかし、この場合は、だから、どう言ったらいいものか」

菊野は、ふっと表情を解き、今度こそ本気で、あはは、と笑った。

「やだなあ、冗談ですよ、先生。本気で困った顔しないでください」

たまに先生をからかうと、どうしてこんなに楽しくなってしまうのだろう。いけないなあ、と思いながら、どうしても悪のりをやめられない菊野なのであった。

一方の陽向氏は、さっきまでの元気が空気穴から抜けでてしまったみたいに、ちょっとションボリしている。あ……ちょっと調子に乗りすぎたかな、と菊野は（少しだけ）反省する。

「そういえば――残念なことに、今朝行ったその林が、開発で消えてしまうそうなのです」

陽向氏は、ぽつりともらした。

「ああ、ちらっとそんなことを聞いた気がしますね」

「またひとつ、ぼくの憩いの場所がなくなってしまいます。さびしいですねえ……」

「なにをおっしゃってるんです。先生のいるところ、どこだって憩いの場所みたいなものでしょう」

菊野とすれば、これは、いじわるというより、ほぼいつわりのない本音である。

「さんきちさん……ぼくは、あなたを含めた世間の皆さんから、いったい、どういう人間と思われているのでしょうか」

「おっと……なにを言いだすのかと思えば、そんなことですか」

菊野は、ほっと息をつきながら苦笑するという、なかなかに複雑な芸当をやってのけた。

「そんなの、決まってるじゃないですか。天下にとどろく名探偵、陽向万象ですよ」

それから、と菊野は、右手の人さし指を立てた。

「わたしが、この世界でだれよりも尊敬する、大切な先生です」

どうです、ちゃんと言いましたよ――菊野は、だれにも聞こえない声でそっとつけ加える。こんなときでなきゃ絶対口にしない、これこそ、ほんとの大サーヴィスですからね。

さて、陽向氏はというと、今落ちこんだカラスがなんとやら、の見本みたいに、ふたつのほおを、にへらっとゆるめている。

ほーんと、煮ても焼いても食えないくせに、こういうところだけは、単純明快というか、わかりやすい人なのよねえ、と菊野はふたたび苦笑した。

その陽向氏が、ほわわわ、と大きなあくびをした。

「さすがに眠くなってきました。そのソファで、ちょっと休ませていただきます」

「わかりました。ただし、その前に――」

菊野は、台所の隅からホウキとチリトリをとりだし、にっこりとほほえんだ。

「自分が落とされた枯れ葉を、きれいに掃除してからお休みくださいね、先生。ちなみに、魔法の使用は禁止です」

「それなら、心配は無用です」

素直にホウキを受けとりながら、先生は笑った。

「実はさっき、魔導書一冊分の魔法力を遣い果たしてしまったのですよ」

「それは、それは……お気の毒さまですねえ。魔導書だけに、〝まーどうしよう〟」そう言ってから、菊野は、にやりと笑う。「――なあんてことを、わたしに言わせたいんでしょうけど、残念ながら、その手には乗りませんよ」

ちょっと得意げな菊野を前にして、陽向氏は「いやあ、見ぬかれてしまいましたねえ」

と、うれしそうに頭をかく。

……それから、ふと思いたったように両手でホウキを握った陽向氏は、脇をきゅっと締め、そのまま前方にホウキを突きだした。剣法でいうところの中段のかまえである。

「ど、どうしたんですか、先生、急に」

「さんきちさん、いざ、尋常《じんじょう》に勝負であります」

「え？　しょ、勝負って、いきなり、しょんな」

あわてすぎて、菊野は、舌までもつれた。もしかして先生、さっきいじわるしたこと、まだ根にもってるのかしらん……菊野がいぶかった瞬間、陽向氏の顔が、また、ふにっとゆるんだ。

「今日の午後、久々にひと勝負いかがでしょうか――ということです」

「ああ、なんだ。その勝負ですか」

菊野は、ふう、と胸をなでおろし、床に置かれていたチリトリをとると、それを盾のようにすっとかまえた。そのまま、陽向氏に向かって、最高のほほえみを返す。

「デュエリスト三吉菊野、その勝負、もとより望むところです」

「では、おはよう記念日カップ、といたします。報酬は――」

「いつもどおりということで、よろしいかと」

もしだれかが外からのぞきこんだら、いいおとなが、ホウキとチリトリをかまえあって、いったいなにをやってるんだか、とあきれかえるところだろう。

そういえば――と、菊野は思いおこしていた。小学生のころ、掃除の時間になると、必ずこうやってふざけあう男子がいたっけなあ。横目で見ながら〝あーあ、ガキはいやだねえ〟なんて、鼻で笑っていたけれど、今にして思えばあれは、五、六年生にもなって、平気でそういうことのできる男子が、ただただうらやましかったのだ。

菊野は、ふむ、と言ってチリトリを見つめた。

「先生、いっしょに掃除しましょうか」

「はい？」きょとんとした顔で、陽向氏が目をしばたたいた。

「そんなに意外そうな顔、しないでください。だって、ひとりよりもふたりでやったほうが、さっさと終わるじゃないですか」

——そのかわり、と菊野は、また人さし指を立てた。

「今日の午後は、いっさいハンディなし、真っ向勝負といきましょう」

「ラジャー！です」

陽向氏は、ほっほっほ、と肩をゆらしてうなずいた。

その肩越しにのぞく出窓の陽だまりを、菊野はちらりと見た。季節の鉢植えが並ぶその脇を占拠して、プラスチックのビグ・ザムくんやジオングくん、ブリキのロビー・ザ・ロボットさんが、気持ちよさげに朝の日光浴としゃれこんでいる。

あの特等席を、モビルなんとか・・・・ごときに好き勝手させておくなんて、もったいなさすぎる。よし、掃除が終わったら、わたしもあそこでひなたぼっこだ。さぼりじゃないぞ、先生だってひと休みするんだし、午後の決戦のためには、わたしもまずしっかりと英気を養わなくっちゃ。

そう思いながら、菊野の心は、早くも出窓で過ごすしあわせな時間へと飛んでいた。

陽向氏は、ホウキを床に向けながら、また大きく、ほわわ、とあくびをした。

「——おや？」

木の葉にまじって床に転がっていたドングリを、ひょいと拾いあげた陽向氏は、にこっと笑って、それをポケットにしまった。

それから陽向氏もまた、出窓に目をやり、そうだ、掃除が終わったら、千日小坊にちゃんと水をあげておこう、と考えた。そして、なぜだか夢見ごこちでその出窓をながめている菊野にほほえみを向けたあとで、ゆっくり部屋をながめ、小さな声で「ただいま、です。ぼくの小さな星」とつぶやいた。

空からまっすぐに訪れる陽射しは、どこまでも透明でやさしい。

すべて世は、こともなし——平和な秋の一日は、まだはじまったばかりである。

歌詞の引用は、谷川俊太郎作詞・小室等作曲『お早うの朝』
アン真理子作詞・中川克彦作曲『悲しみは駈け足でやってくる』

第四話　魔　法——たんぽぽ公園のアリス

1

「あそこでこう逃げて、それからあのルークをああしていれば……」

買い物かごをかかえ、ぶつぶつと独り言《ひとりごと》ちながら、夕暮れ間近の商店街を歩く女。

表情はうつろ、足どりも、ふらふらとよろついておぼつかない。

かたわらを行く人から見たら、ただの危ない女にしか見えないだろう。

海棠《かいどう》の雨に濡れたるはかなき風情《ふぜい》、秋の日のもの思いを胸に抱き、憂いに沈むうら若き乙女——などと、だれも思ってくれないことだけは確かだ。

ぐす……やっぱりビショップなんて大っきらいだ……。

さかのぼること三日前。忘れもしない、その日は〈チェスの日〉だった。

べつに、きっちりとそんな日を決めているわけではない。月に一度か二度、先生が「さて、さんきちさん、今日の午後いかがですか」と言ったら、それが〈チェスの日〉なのである。

たいがいのことは先生にかなわないわたしだが、なにを隠そう、チェスにだけはそれなりの自信がある。もとをたどれば、わたしのチェス歴は、小学校のころ、たまたま図書館で読んだ『パイナップルみたい』という昔のマンガ（この町の図書館は、なぜか、規模の割に妙なマンガの蔵書が充実しているのだ）に端を発している。つまり、年季だけは入っているのである。

そして、これまでの勝負は、六戦して三勝三敗。

先月の勝負は、大逆転の末、薄氷の勝利。ついに通算成績をタイにもちこんだ。

そしてあの日、先生が「久々にひと勝負、いかがでしょうか」と笑いかけてきたとき、わたしの瞳は、ア・バオア・クーでアムロ・レイに挑む、シャア・アズナブルことキャスバル・レム・ダイクンのようにきらりと光った（こんな妙なたとえができるようになったのも、ひとえに先生のおかげである）。

さんきち（こんなふざけた呼び名にすっかりなじんでしまったのも、ひとえに先生のおかげである）こと、わたくし三吉菊野の心は、火と燃えた。

ついにきた。悲願のチェス戦勝ち越しの野望を達成する日が。

そう、わたしはずっと待ちつづけていたのだ。歴史に名を刻む、天下分け目のトラファルガーともなるべき運命の日の到来を。

我《われ》、今こそひまわり探偵局の覇者《はしゃ》とならん――燃えさかる思いを胸に秘めながら、わたしは、エルメスのララァのようにニッコリとほほえみを返した。

「その勝負、もとより望むところですわ。おほほほほ」（実際に、おほほほほ、などと笑ったわけではないのだが、気分としては、まさに、おほほほほ、だったのである）「カパブランカの再来と言われた華麗な駒の舞い、今日こそご覧に入れましょう」

こうして（よくわからない成りゆきにより）おはよう記念日カップと銘打たれた、チェス勝負の火ぶたは切って落とされたのであった。

だが、熱くたぎるわたしの野望は、一時間二十三分であえなくついえた。一敗地にまみれ、三吉菊野の生涯に、輝かしき月桂樹の誉《ほま》れを冠するはずだった栄光のメモリアルデイは、もろくも、悔恨と屈辱の日へ暗転した。

炎のごとき決意は、そのまま燃えつきて、真っ白な灰になった。

こうして歩いていても、チェックメイトの瞬間の先生の勝ち誇った顔が、脳裏をかすめては去り、また現れる——まるで、消しても消してもワイパーの向こうに浮かびあがる、呪われた顔のように。

「やあ、勝ってしまいましたねえ、さんきちさん。ふぉっふぉっふぉ」

侵略宇宙人みたいな怪しい笑いを部屋中に響き渡らせ、盤上にウミウシのごとくつっぷすわたしを睥睨《へいげい》したその丸顔は、まさしく邪悪なムーミンパパであった。

先生は、さらに憎らしい顔でこう言った。

「そういえば、さんきちさん、ジャガイモが切れてましたねえ」

いつからか、チェスに負けた人間は、勝者が指定した日の夕食を自分でつくっておごる、という妙なルールができていた。これも、先生が勝手に決めたようなものだが、先生の手料理が食べられる、という実にせこい理由でそれに乗ってしまったわたしも、情けないといえば情けない。

しかし、わたしが負ければ、(当たり前だが)先生が指定した日の夕食をつくらなければいけなくなる。そして、わたしが他人《ひと》さまに胸を張って食べさせることのできる料理というと、カレーライスくらいしかないのだった。

いや、たかがカレーとばかにするなかれ。

わたしのつくるカレーは、ハウスのこくまろカレー〈マイルドブレンド甘口〉に、S&Bのゴールデンカレー〈辛口〉のルウを四分の一とカレーの王子さま〈顆粒タイプ〉大さじ二杯を加えた、オリジナル・ブレンドのヴェリ・ヴェリ・スペシャルなカレーなのである。無論、門外不出、秘中の秘である〈黄金のブレンド〉ともいうべきこの配合は、一朝一夕の工夫によってもたらされたものではない。

種を明かすとこれは、ハウスのバーモントカレー〈甘口〉とグリコのワンタッチカレー〈中辛〉を半分ずつ使ってカレーをつくっていた母のテクニックを盗み（弟子が、師匠の秘技をこっそり盗んで継承するというアレだ）わたしなりの改良を加えたものなのだ。なお、決め手であるカレーの王子さまをセレクトするにあたっては、あるマイフェヴァリットなマンガ（あえてタイトルは伏せたい）から、強いサジェスチョンを得ていることを付記しておこう。

基本的に、事務所内にある食材は、自由に使っていいことになっているから、わたしはこれもフルに活用する。遠慮などしてはいけない。手もとにある素材をとことん活かしてこその達人である。事務所の台所や冷蔵庫を見わたせば、そこはすでに食材の宝庫——料理人の創造意欲をかきたててやまない食のワンダランドなのだ。

ケチャップ、醤油、味噌、インスタントコーヒー、牛乳、クリープ、蜂蜜、上白糖、練乳、だしの素、そばつゆ、がらスープ、豆板醤《とうばんじゃん》、コチュジャン、チリソース、どろソース、オイスターソース、バジルソース、固形コンソメ、トマトジュース、バルサミコ、みりん、ヨーグルト、リンゴジャム、バナナ、板チョコ、パルメザンチーズ、マヨネーズ、カルピス、焼肉のたれ、ぽん酢、練りわさび、ニョクマム、ナンプラー、和がらし、キムチの素、マスタード、おろしショウガ、塩レモン、魚粉、タバスコ、ラー油、マー油、鷹の爪……などなど――その日の気分に合わせて三、四種類、隠し味に放りこむ。そう、同じ味は二度とつくらない。これぞ、アグレッシブかつチャレンジングな職人魂《スピリット》だ。

事務所の台所には、見たことも聞いたこともない調味料や香辛料がたくさん置いてあったりするので、これがまた、あくなき探求心と料理人魂に火をつけてくれる。

一度だけ、キャビアの缶詰を見つけてカレーに使ったら（残念ながら成功作とは言いがたかった）、それから高級食材はこっそりべつの場所に隠されているようなのが、ちょっとばかり悔しいのだが。

とにもかくにも、わたしのカレーは、母子二代、三十年余にわたるたゆまぬ研究がたどりついた、他の追随をゆるさない究極&至高のゲージュツ作品なのだ。人呼んで――今のところ、わたし以外にだれも呼んでいないが――気分は本格、夢色カレー☆菊野スペシャル。

どなたにも「おあがりよ」と自信をもって差しだしたい、そしていつか、あの大いなる美食倶楽部主宰者、海原雄山に「帰るぞ！　中川！」と叫ばせてみたい、まさに夢色《ドリーミイ》な逸品である。

ええと……自慢は、このくらいにしておこう（自慢なのか、という疑問は禁句だ）。

そんなわけで、わたしがカレーしかつくらない（つくれない）ことを知っている先生は、自分では絶対にカレーをつくらない。「月に一度は、さんきちさんのびっくり箱カレーが食べられますからねえ、ほっほっほ」と、こうである。

それに対し「びっくり箱カレーじゃなくて、気分は本格、夢色カレー☆菊野スペシャルです！」とはまだ言えない、ちょっぴりシャイなわたしなのだった。

で、前記の「ジャガイモが切れてましたねえ」発言へとつながるのである。

「ご安心ください、ハンサングンさま、じゃなくて先生。今日の料理は、舌平目のムニエル・プロヴァンス風と牛フィレ肉のポワレ・赤ワインソース、オマール海老のサラダ・レフォール風味ソースです」

たまにはそのくらいのことを言いかえしてみたいが、そんな料理は見たことすらない身とあっては、いかんともしがたい。だいたい、わたしがジャガイモの入らないカレーなど断じてゆるせない人間であることも、先生にはしっかりと見ぬかれていた。

それになんてったって、日本人なら、ここぞってときのごちそうは、やっぱりカレーライスだよね。うん。

2

だが、そのときのわたしはまだ、自分を待ち受ける真の試練を知らない哀れな子ヒツジちゃんだった。

今思えば、先生がいつもの三倍増しくらいのにこやかな笑顔をもう一度近づけてきたとき、もっと警戒すべきだったのである。しかし、その余裕をわたしに与えてくれるほど、先生は慈悲深くもやさしくもなかった。

そう、陸《おか》に打ちあげられた瀕死のウミウシ状態のわたしに、先生は、情け容赦のないとどめの一槌を振りおろしたのだ。鬼、いや、悪魔の所業である。

「今回のお料理は、三日後の木曜日の夜、ということでお願いいたします」

「はいはい……かしこまりました」顔もあげずに答えるわたし。

「それにしても、今日は、実に気持ちのいい、熱のこもった一戦でした」

そりゃあ、どんな勝負だって、勝てば気持ちいいに決まってますよ……。

「こういう戦いには、いつもとちがう特別な趣向があってしかるべきだと思うのです」

は？　何を言っているのだ、この人は……といぶかりながら、わたしはついうっかりその言葉に乗ってしまった。

「なんですか、その特別な趣向って」

「じゃあん！　これです」

待ってました、とばかりに先生が広げたのは、カラフルな文字とイラストがおどる一枚のチラシだった。

〝夢のスイーツフェスタ――お菓子なワンダーランドへようこそ！〟

開催は今度の日曜、場所は運動公園のイヴェント広場。和洋問わず地域のお菓子屋さんが結集、自慢のお菓子が一堂に会するという。新作お菓子のお披露目やこの日しか食べられないスペシャルなスイーツも多数——なるほど、先生にとってはまさに真昼の夢、桃源郷めぐりのようなイヴェントだ。

「これがなんだっていうんです」

「だって、想像してみてくださいい。見わたすかぎり、どこまでも続くお菓子のお花畑。そのお菓子を日がな一日、思う存分食べ放題なんですよ」

「それ、食べ放題じゃないですってば。いったい、いくらお金がかかると——」そこまで言って、わたしははっとした。「まさか、それをわたしにおごれと……」

目の前のムーミン魔人が、一日好きなだけお菓子を食べつづけたら、果たしてどれだけの出費に——考えかけ、わたしはあわてて頭を振った。だめだ、菊野。想像しちゃいけない。

「いやいやいや、行くなら先生のお金で、山盛りホールケーキでもバケツプリンでもジャンボまんじゅうでも、どうぞ好きなだけ食べてきてくださいませ」

「人聞きが悪いですねえ。まるでぼくが、さんきちさんにたかろうとしてるみたいじゃないですか。ここからが楽しい提案なのに」

先生は、ほ、ほ、ほ、と不気味に笑った。背中をぞくぞくと悪寒が走りぬける。

もはや聞くまでもなく、楽しいのはあなただけと断言できます——そんな、わたしの心のツッコミなど意に介する様子もなく、先生は「知りたいですか、そうですか」と勝手にうなずく。

「ずばり、ここでさんきちさんにクイズをお出しします」

クイズ——かつてこの言葉が、これほどまでに不吉な呪わしさを帯びて、この世界に響きわたったことがあっただろうか。いや、ない。

わたしは、アリジゴクの巣にずるずると滑りおちていく自分の姿を思いうかべながら、

「はあ……」とため息をついた。もはや、あらがう術はなし。自分の思いつきにここまで浮きたっている先生をとめられる人間など、この世には存在しない。

「で……そのクイズに正解すると、なにかいいことがあるんですか？」

「もちろん。ウルトラハイパースペシャルな特典をご用意しておりますよ」

にっこりほほえんだあと先生は、楽しそうに言い添えるのを忘れなかった。

「でも、それがなにかは、ヒ・ミ・ツ、です」

あははは……。そうですか、ヒ・ミ・ツ、ですか。

「じゃあ、念のために聞きますけど、正解できなかったときは——」

「はい、あくまで万が一ということですが、そのときは、さんきちさんのご好意に甘えさせていただきたいと」

このときとばかりに先生は、夢のスイーツフェスタのチラシをもう一度かかげた。

それ、ご好意とは言いませんから！　つうか、甘えるな！　……と言いかえすだけのライフポイントは、もうわたしの中になかった。

今思えば、「ひと勝負、いかがでしょうか」と先生が笑いかけてきたとき、すべてのたくらみは、すでにはじまっていたのだ。わたしは、うかうかとそれにはまった。ああ、なんてことだろう。かわいそうなわたしの駒たち。最初から、この血塗られた罠に向かって、

死の行軍をしていたなんて……。

盤外に倒れたルークやポーンが、無言のままわたしの抜け作ぶりを責めていた。ごめんね、みんな。わたしがアンポンタンだったばかりに……。

「どうぞ、そのクイズというのを出してください」

わたしは、精一杯の虚勢を張ってそう言った。たとえなにが待っていようと、むなしく万骨を枯らした無能の将がとるべき道は、もはやそこにしかないのだ。

「ある偉大なSF作家が、その作中でこんな指摘をしています。アリスには不思議な省略がある、と」

え？　それがクイズ？　ぽかんとして顔をあげると、「まあまあ、あせらない」とでも言うように、先生のつぶらな目がきゅっとすぼまった。

「その〝アリス〟がなにをさすのか。そこは、特段大きなひねりがあるわけではありませんから、申しあげてもよろしいかと思います。それは、ルイス・キャロルの『鏡の国のアリス』です」

「ええと……つまり、その偉大な作家さんが言ってる『鏡の国のアリス』の中の〝不思議な省略〟を当てろ、ってことですか？」

「はい、ご明察のとおりです」

「あ、それなら……ええと、ちょっと待ってもらえますか」

わたしは、頭に手をやり、記憶の引き出しを必死にかきまわした。そう、宮地さんからの依頼を解決したとき、先生とわたしは、何度となく『鏡の国のアリス』をめぐってやりとりをした。そのことは、わたしの心に不思議な想いの種をまいた。

わたしは、中学生のころに読んだきりだったふたつの『アリス』を読みなおした。それから、興味を惹かれるままに書籍や資料をあさり、ルイス・キャロルと『アリス』をめぐる様々なことを知ることになったのだ。

「それって、カツラをかぶったスズメバチのことじゃないですか」

先生の目が、一瞬でくるっとひとまわり大きくなった。

「ほほぉ。よくご存じですねぇ」

先生に感心され、「あ、いや、それほどのことは」と答えながら、すでにちょっとだけ得意になっているわたしだった。

「『鏡の国のアリス』には、当初、カツラをかぶったスズメバチとアリスがやりとりするシークエンスがありました。でも、挿絵を担当したジョン・テニエルから意見があったりして、最終的にはこの部分を削除したんです。その詳細は長らく不明でしたが、一九七〇年代に、削除部分を含むゲラ刷りが発見されて話題になりました。ほどなく日本語に翻訳されて、本にもなってます」

「トレビアン!」ぱちぱちぱち、と先生が拍手する。「さんきちさんが、そこまで勉強なさっていたとは。いやあ、おそれいりました」

「いえ、それほどのことは――まあ、ありますけど。なんたって、天下のスーパー探偵助手、三吉菊野ですから。これくらいは余裕シャキシャキですよ。は、は、は」

「でも、残念でしたね。答えはそれじゃありません」

「ええ!?」栄光の時間は一瞬で終わり、わたしはふたたび千尋の谷底へと転がり落ちた。

「そ、そんなあ……」

「というわけで、『鏡の国のアリス』からいったいなにが省かれているのか、それをさがしだしていただくのが、ミッション1《ワン》、〈鏡の国をさがせ！〉です」

「でも先生、省かれてる──つまり、ないものをさがすって、そもそも変じゃないですか」

いちゃもんは承知のうえで、わたしは、せめてもの抵抗を試みる。

「なるほど、おっしゃるとおりですねえ。でもそこは、このクイズの第二ステップ、ミッション2《ツー》と関係するのです」

は？　第二……ステップ？？　ミッションツー？？？

「ええと……第二がどうとか、おっしゃってる意味がぜんぜんわかんないんですが」

「実は、『鏡の国のアリス』を読みかえしているうちに、気づいたのですよ。省かれている、と指摘されていた〝それ〟が、ちゃんと作品の中に存在していることに。それを見つけてもらうのが、ミッション2、〈なくてもさがせ！〉です」

つまり……あるはずのものがないけど、そのないはずのものがあるからさがせってこと？　なにがなにやら、考えれば考えるほど、頭の中がこんがらがっていく。

「カンベンしてくださいよ、先生。そんなズンドコベロンチョを捕まえるような問題、わたしにわかるはずないじゃないですか」

「そこは、ルイス・キャロルの詩になぞらえて、スナークを捕まえるような、とでも言ったほうがナイスじゃないでしょうか」

「こんなときにまで、人の言葉にいちいち赤ペン入れないでください」

「ほ、ほ、ほ。でも、ご安心を。これは、そんな謎の未確認生物みたいなクイズじゃありません。ひねりも引っかけもパズルも暗号もなし。素直に作品を読んで、素直に考えれば答えにたどりつける。たったそれだけの簡単なお仕事です」

その言いかた、思いっきり怪しいんですけど……。

「じゃあ……しつこく聞きますけど、これ、わたしにもちゃんと解けるんですよね」

「もちろんです」

「確か、ルイス・キャロルの『アリス』には、原形になったお話や小さな子ども向けに書きなおした話がありましたよね。実はそっちに答えがある、なんてことは……」

「『地下の国のアリス』と『子供部屋のアリス』ですね。少なくとも、今回のクイズのためにそれらを読む必要はありません」

「『アリス』の原書を読まなきゃわからないとか、あの不思議な詩の中に答えが隠れてるとか、作品以外のところに答えがあるとか、いろんな資料にあたらなきゃいけないとか、先生並みの知識が必要とか、そんなこともないんですよね」

「ご安心ください。もっとはっきり言えば、答えは、純粋に『鏡の国のアリス』一作の中にあります。詩を解読するような作業も必要ありません」

ううん、とうなったあと、わたしは、ものすごくいやな予感に襲われた。いい予感は当たったためしがないのに、悪い予感だけは、なぜかそのとおりに実現する。わたしの人生の大法則だ。

先生はさっき、ミッション2とは言ったが、これが最後のミッションだとは言わなかった。

「まさかとは思いますが、まだミッション3《スリー》があるとか、言わないですよね」

先生が「おお！」と声をあげる。「なんでわかったんですか！　もしや、新たな認識力の拡大⁉」

ああ……やっぱり。なんでいやな予感なんかしちゃうんだ、わたしのバカ……。

「ここって、探偵が助手をいたぶって楽しむ、超ブラック探偵局ですか……」

「残業、パワハラ、ノルマなし、お昼寝＆おやつ付きでそこまで言われるのは、ちょっと心外です」

さっきからずっと、容赦なくパワハラを受けつづけてる気がするんですけど……。

「じゃあ……そのミッション3とかいうのを、とっとと言ってくださいよ」

なげやりにそう言うと、先生は「では、とっとと申しあげます」とうなずいた。「この部屋に、クイズの答えとぴったり重なるものがあります。ずばり、そのあるものを見つけだしてください。それがラストミッション、〈探偵局をさがせ！〉です」

その場でぐるっと首をめぐらせて、わたしは「あは……あはは……」と力なく笑った。

「この部屋に、どんだけ先生の持ちこんだガラクタグッズがあると思ってるんですか！『ウォーリーをさがせ！』より、数十倍難易度高いじゃないですか！」

「相変わらず、ガラクタとかひどい言いようですねえ」先生が、ちょっとだけ悲しそうな顔になる。「でも、これはまあ、ゆで卵一個サーヴィスとかデザート食べ放題くらいのチョイ足しイヴェントですよ。それほど大仰に考えないでください」

ゆで卵一個とデザート食べ放題のたとえがぜんぜん釣りあってないし、だいたいデザート食べ放題をチョイ足しとは言わないし、結局食べ放題かい！って言いたいし、もうどこをどうツッコんだらいいのかわからない……。

「で、解答のタイムリミットは……」

「料理の日と同じ、三日後ということで」

「ああ！　そんなのぜったいに無理ですよ！」わたしは頭をぶんぶん振った。「こんな謎のクイズ、たった三日でわたしに解けるはずありません！」

「そもそも、クイズは謎ですからねえ」

「だから、そういうところで茶化さないでくださいよ！」

「だいじょうぶ、あなたになら解けます」

そういう無責任なひと言、なんの救いにもなりませんから……。

「さんきちさんは、やればできる子ですよ。それに、男子三日会わざれば刮目して見よ、というじゃありませんか」

「男子じゃありません！」

条件反射でツッコみながら、なぜかだんだん涙目になる。

「だって……わたし、バカなんですよ」

「おやおや、妙に弱気ですねえ。スーパー探偵助手じゃなかったんですか」

「それは……そうなんですけど……」

それはつまり、スーパーな探偵の助手をやっているという意味であって、わたしがスーパーな探偵助手だってことじゃないんです……ぐす。

「どうしたんです。いつものさんきちさんらしくないじゃないですか」

このダメダメなヘタレ状態が、わたし本来の平常モードなんですよ――そう申したてたいが、それもまた相当に情けない。ていうか、なんでそんなに楽しそうなの、先生。助手の心探偵知らず、とはまさしくこのことか……。

「さてさて、帽子の手品から最後にいったいなにが飛びだすか――それは、そのときまでのお楽しみ、というところでしょか」

その朗らかすぎる笑顔に、ようやくムカムカと腹が立ってくる。

「……クイズを出すほうは、お気楽でいいですよね。せめて、もう少し建設的な手助けをしてもらえませんか」

「そうですねえ……。もし行くべき道がどこにも見つからず、迷子になったと思ったときは、通りすがりのエイリアンに相談されることをおすすめします」

ああ、そうですか……よくわかりました。

「ついでに、エイリアンのお知り合いでも紹介していただけると、すごく助かるんですけど」

「なるほど。ではご紹介しましょうか」

「いえ……やっぱり遠慮します」

だってこのお方、暗黒宇宙あたりから、ニャラルトなんとかみたいな怖いものをほんとに連れてきそうなんだもの。

……そういえば、『帽子の手品』っていうSFの短編があったような。作者は思いだせないけど、すごく怖い話だったことだけは、なんとなくおぼえてる……。

「しかたありません。では、超特大出血サーヴィスのヒントをさしあげましょう」

先生は、もったいぶった口調で、明らかにこのときのために用意していたとおぼしき一冊の本をとりだした。わたしは、身を乗り出してその本のタイトルを確かめた。

「『ジャングルの国のアリス』?」。

作者は……メアリー・H・ブラッドリー。聞いたことのない名だ。

だいたい、『鏡の国のアリス』以外の『アリス』は読む必要がないと断言したばかりなのに、ヒントの本がやっぱり『アリス』ってどういうこと? ただでさえ混乱してる頭が、さらに混乱する。

「結局……新たなアリスが召喚されたってことですか」

「はい、ぼくのとっておきの秘蔵っ子です」とうなずき、先生は本をチェス盤の上に置いた。「ジェイムズ・ティプトリー・ジュニアというSF作家を知っていますか」

またSF?と思いながら考えこむ。濫読、雑読をもって任じるわたしだが、SF小説をある程度集中的に読んだのは、ちょうど家を出て一人暮らしをはじめたころ、十代後半のごく一時期だけだ。それも、古本屋のSF文庫本コーナーに立ちよっては、なんとなくおもしろそうな本を適当に選んで読むという、およそ系統的とはいえない、勘と気分にまかせた読書だった。

そのいい加減な読書の記憶の中に「ティプトリー」という名前が、確かにあった。その記憶は、木の枝に引っかけたまま放棄して、ずっと忘れていた風船に似ていた。

「『たったひとつの冴えたやりかた』……」

たまたま平棚にあったその本をわたしが手にとった、たったひとつの理由。今もはっきりと思いだせる。カヴァーのイラストが、大好きな川原由美子先生だった。本当にそれだけだった。

「ああ、ご存じだったんですね」

「読んだことがあるのは、その本、いえ、正確にはその短編だけです」

「いかがでしたか、その作品は」

「それは——うまくいえません」わたしは、かぶりを振った。「おぼえているのは、十代の終わりに読むような小説じゃなかった、ということです」

それから、この作者の作品は、本当にひとつも読んでいない。

先生は、無言でうなずいてから、わたしにたずねた。

「ジェイムズ・ティプトリー・ジュニアが、女性作家であることはご存じでしたか？」

「あ」とわたしは声をあげた。「そうか、確かにジェイムズって男性の名前ですよね」

驚いたようにわたしを見る先生の顔には、「こいつ、何を今さら、そんな当たり前のことを言ってるんだ」という文字が浮かんでいた。

「でも……どうしてだろう。読んでる間ずっと、何の疑問もなく同性の作家さんだと思ってました」

「さんきちさんは、ときどき予想外のびっくり爆弾を投げてよこしますねえ」

「なんですか、それ。人を爆弾魔みたいに……」

「ほっほっほ」

ひときわ愉快そうに、先生は笑った。

「話を戻しましょう。ジェイムズ・ティプトリー・ジュニア——彼女の本名は、アリス・ブラッドリー・シェルドンというのですよ」

「え——」盤上に置かれた本を見つめなおす。「じゃあ、このアリスって……」

「はい。アリス・ブラッドリーは、幼かったころ、高名な探検家と文筆家だった両親とともに、アフリカの奥地を旅しています。この本は、アリスのお母さんが娘の視点で執筆した旅行記なのです」

「そのとき、その……アリスは何歳だったんですか」

「第一章に、アリスが船上で六歳の誕生日を迎える場面があります」

「六歳——」

六歳の少女が、両親の本格的な探検旅行につき添ってアフリカを旅した。彼女にとってそれは、どんな旅だったのだろう。彼女はそこでどんな風景を見たのだろう。

「あの、それで……この本の中に、さっきのクイズのヒントがあるんですか？」

「はい。いざというときは、このアリスが、きっとさんきちさんを導いてくれるはずです」

だったら、今すぐ答えを教えてよ——心の声で、本の表紙に話しかけてみる。もちろん、何も答えてはくれない。

まるで、ラビュリントスに放りこまれた無力な生贄《いけにえ》の心境だ。どこをどう進んでも、その先には、舌なめずりしたミノタウロスが待っている。アリアドネの糸もイカロスの羽根も、いまだこの手にはない。

禍々《まがまが》しきミノタウロス——というより、やっぱり福々しいムーミンパパにしか見えない先生は、パーティーの到来を待ちきれない子どもみたいに「いやあ、三日後が楽しみですねえ」と目をきらきらさせた。

「あ、もちろん、三日後とは言わず、答えがわかったら、いつでも言ってきていただいてかまいませんよ」

「いえ、そんなご配慮はいただかなくてもけっこうです」

「ほっほっほ。では、そろそろお茶の時間にいたしましょうか」

鼻歌とともに、先生のまん丸な背中が遠ざかっていく。この瞬間、突然タイムリープ能力に目覚めて、気がついたら三時間前だった、なんてことが起こらないかしらん……などと、しょうもない妄想が脳裏をよぎる。

けれど、ときを置いて漂ってきたのは、ラベンダーならぬ、ジャスミンティーとマーマレードの甘い香りだった……。

それから、ひとりぼっちで森をさまようかわいそうなアリスのように、途方に暮れたまままむなしく時間を浪費しつづけたわたしに、ようやく光明らしきものが見えたのは、昨夜のことだった。

3

わたしは、アパートでちゃぶ台の上にポケットチェスを開き、一昨日《おととい》の棋譜をぼんやりと思いだしながら、駒を動かしていた。「ああ……ここでビショップにしてやられたんだ」盤上の再現といっしょに、忘れかけていた悔しさまでがよみがえってくる。

そもそも、チェスをはじめたころ、まず頭に浮かんだ疑問が、馬や兵隊はわかるけど、なんでお坊さんがいるんだろう、ということだった。別に回復魔法とか使ってくれるわけじゃないし……。

ひたすら斜めに切りこんでくる荒くれ坊主。

「ヴァン・ダインの『僧正殺人事件』の〝僧正〟も、ビショップのことだったんだっけ……」なんてことまで思いだす。要するに、ビショップはアブナイ奴なのだ。

そう、あのときこのビショップさえいなければ――。

そこまで考えたとき、何かが前頭葉の隅っこでピカリとまたたいた。

食べかけていた海苔おかきをウーロン茶で飲みくだし、足もとに投げだしていた古い文庫本の『鏡の国のアリス』を開いて、大あわてで全編に目を通す。

「そうか……。ビショップだ。ビショップがいないんだ」

『鏡の国のアリス』は、チェスをモチーフにしたお話だ。物語全編を、チェスの駒の動きに沿って説明することができる。当然、そこには様々な駒が登場する。キング、クイーン、ナイト、ルーク、ポーン……でも、ビショップにだけは言及がない。

テニエルの挿絵には、ビショップらしき駒も描かれている。しかし、肝心の物語には、ビショップがまったく登場しないのだ。ルークだって名前が出てくるだけみたいなものだし、単にビショップを登場させる場面を思いつかなかっただけかもしれない。その分をテニエルの挿絵で埋めあわせた、とも考えられる。それを〝不思議な省略〟とまで言っていいのかどうか。

だが、本の冒頭にかかげられた、物語のスタート時点の駒配置を示したチェス盤にも、ビショップだけが描かれていない。やはり『鏡の国のアリス』は、ビショップ不在の物語なのだ。

それが第一ステップの答え？　きっとそうだ。

だが──不在であるはずのそれが物語にちゃんと存在する。先生はそう言った。それはつまり『鏡の国のアリス』のどこかに、ビショップが登場しているということだ。

わたしの思考は、そこでぱったりととまった。

だって、『鏡の国のアリス』にはビショップの登場場面がないことを、今この目で確かめたばかりなのだ。今度は、それをひっくりかえさなきゃいけない。どうしたら、そんなとができるんだろう。

先生がくれた唯一の手がかり、『ジャングルの国のアリス』。もちろん、がんばってひとおり読んだ。六歳の少女のアフリカ冒険記。おもしろかった。大名行列みたいな探検行、当時の欧米人の狩猟や自然保護に関する考えかた、すべてが初めて知ることばかりで、どんどん引きこまれた。そして、いろいろなことを考えさせられた。

それから、アリスがその後たどった人生、母親との確執、作家ジェイムズ・ティプトリー・ジュニアとして得た名声、みずから選んだその結末。初めて彼女の小説を読んだときには知らなかった、多くのことを知った。

それでも……わたしは思いたかった。この本には、彼女が一番幸福だった時代が奇跡のように綴じこまれている――ルイス・キャロルが残した『アリス』もまた、そうであったように。そう、まちがいなく『ジャングルの国のアリス』は、『不思議の国――』や『鏡の国――』とつながっている、もうひとつの『アリス』の物語なのだ。

が――本来の目的であるクイズのヒントには、まるで思いあたらない。

さがすべきものがわかった今、もしかしたら、これまで見えなかったヒントが見えてくるかもしれない。そう思いなおし、やはり投げだしたままになっていた『ジャングルの国のアリス』を拾いあげる。

一字一句だって見のがさない。そんな思いで、お菓子のかけらを探すグレーテルみたいに、もう一度、そこにあるはずのなにかを必死に追い求める。

そして――いつしかわたしは、くるくる巻き毛のおしゃまなアリスといっしょに、アフリカの草原を駆けまわっていた。

アリスは、チンパンジーに教えてもらったダンスをおどりながら大はしゃぎだ。

「今日はスナークを捕まえにいこうよ！」

わたしの前でくるりとまわって、アリスが大きな目を輝かせた。わたしは、きょとんとして立ちどまる。

「え？　スナーク……？　ねえ、アリス。アフリカにそんな動物はいないよ」

「なに言ってるの？　わたしたち、スナークを捕まえにアフリカまできたんだよ！」

あれ？　そうだったっけ。

いつの間にかアリスは、右手に巨大なフォーク、そして左手にはやっぱり巨大なロリポップ・キャンディの棒を握っている。

「スナークはね、甘いものが大好きなの。それに、すっごくかわいいんだよ。あ、ほら、見て！　あそこにいる！」

ぴょんぴょんおどるように走りながら、アリスが指をさす。

その指の先で、オヤジ顔のまん丸い怪物が「ふぉっふぉっふぉ」と不気味なうめき声をあげていた。

「アリス！　行っちゃダメ！　あれは、かわいい動物なんかじゃないよ！」

叫びながらアリスを追いかける。でも、アリスの背中はどんどん遠ざかっていく。

「とまって！　アリス！　だってあれは、ヒナゴ――」

そう言いかけたとき、悪魔の一撃がわたしの脳天を撃った。

そのまま世界は暗転し、わたしは漆黒の闇へと転がり堕ちていった。楽しそうにはしゃぎつづけるアリスの声を、かすかに聞きながら……。

どこかで鳥の鳴き声がする。少しずつ光が射すように、意識を覆っていた霧がはらわれいく。頭のてっぺんに、ずきずきとうずくような痛みがあった。まさか、あの悪魔の一撃は、夢じゃなかったのか……。

ゆっくりと目を開き、縮こまっていたからだをその場で伸ばそうとして、ごつ、という鈍い音とともにふたたび謎の一撃をくらう。「いたたたた」と頭をかかえながら、わたしは、ようやく自分がどんな状況に置かれているのかを理解した。

中途半端にカーテンを開いた窓から射しこむ白い光と、いまだにとれない煙草のにおいは、ここがわたしの部屋で、今が朝であることを告げていた。そう、寝ぼけまなこで頭を壁にぶつけたわたしは、結局そのまま眠りこんでしまったのだ。

顔をあげると、左の頬が乾いたよだれでごわごわしていた。見わたした部屋は、いつもの四畳半。くすんだモルタル壁、ちらかった本、安物の折りたたみ式ちゃぶ台。その上には駒が出しっぱなしのポータブルチェス盤、紙パックのウーロン茶、おかきを盛った菓子鉢、文庫本が一冊と開いたままのハードカバーが一冊。

ああ、なんてことだろう……。結局なにもわからなかった。いや、わかっていることがひとつだけあった。

そう、それは——ついにその日がきてしまった、ということだった。

4

とりあえず、いつもどおりに出勤したわたしだが、心ここにあらず、なにをするにも、いつも以上に身が入らない。片づけ仕事で適当にごまかしているうちに、時間だけがむなしく過ぎていく。

先生は、今日も夜ふかしをしたのか、ときおり「ふわわ……」とあくびをしながら通りすぎるだけで、わたしが惚《ほう》けていてもなにも言わない。どうせあと何時間かの命なんだから、それまでは好きにさせておいてやろうという憐れみなのか。わたしがすでにドナドナの子ウシ状態なのを見てとって、生殺しで放置しておくのが一番楽しいとでも思っているのか。

いけないとはわかっていても、へたに無為な時間がある分、どんどんネガティブ思考の無限ループ――悪魔のらせんにからめ捕られていく。ネガティブ王選手権があったら、関東ブロック代表くらいにはなれるかも……なんて考えたあとで、その野望の微妙な小ささにまた落ちこむ。

いかん、もはや完全に、砂漠の遭難者だ……そう思ったとき、ふ、となにかが頭の隅をよぎった。だが、はっとして顔をあげたときには、その〝なにか〟は、もうどこかに消えうせていた。要は、がっかり感が増しただけ……。

そして――出窓の特等席に寄りかかり、完璧なドナドナモードになっていたわたしの頭上で、モーモーモーモーという間抜けな声が響いた。

ハト時計ならぬウシ時計。小窓からウシが顔を出し、モーモー鳴いて、「モー〇時だよぉ」と教えてくれる、実にふざけた代物だ。いったいどこでこういうけったいな道具を見つけてくるのか、一度先生にきいてみたい。

午後四時――もう買い物に行く時間だ。つまりは、万事休す……。

わたしは、読みさしのマンガ本『どんぶり委員長』をパタンと閉じた。あ、いや、『どんぶり委員長』はあくまで気分転換の息抜きで、さっきまではちゃんと『ジャングルの国のアリス』を読んでいたのだ。なにひとつ進展はなかったが……。

いずれにしても、是非におよばず――タイムアップだ。今わたしがなすべきは、商店街に行ってジャガイモを買ってくること。クイズは、もういい。それより、とびっきりおいしいカレーをつくらなきゃ、三吉菊野の名がすたる。わたしは、すべてを思いきるように、「さて、行きますか」と腰をあげたのだった。

そして今――生活費のやりくりに疲れて面《おも》やつれした主婦のように、疲労困憊《こんぱい》、尾羽《おは》打ち枯らし、肩を落としながら、とぼとぼと商店街をふらつくわたしがいた。

眼鏡がくもっているのは、出がけに横着してレンズを拭き忘れてきたから、だけではないだろう。

商店のガラス扉の前で、ふと足をとめる。そこに映っているのは、うつろな目をした寝癖頭の女だった。花のかんばせと呼ぶにはほど遠く、二十代のピチピチ女子にあるまじきやつれっぷり。その姿に向かって、ふっとため息をつきながらつぶやく──あんた、背中が煤《すす》けてるぜ……。

ああ、よりにもよって、なんで今日なんだろう。だって、今日はわたしの──
わたしは、あわてて首を振った。いけない、それ以上考えたら、悲しすぎて立ちなおれなくなる。

駅前商店街の喧騒が、不意を突いたように耳へ飛びこんできた。その瞬間、ぽんとひとつ手をたたいたみたいに、目の前の世界の色が少しだけ変わった。

私鉄の各駅停車しかとまらない小さな駅を中心としたこの町では、昔からの個人商店が元気にがんばっていた。そのシンボルが、駅前のはなまる商店街だ。

その商店街が一番賑わうこの時間。入り口に立てば、もうそれだけで心が浮きたってくる。新宿あたりの息が詰まるような雑踏とはちがう、夕暮れのにおいや色とひとつになった、さざめきあうような活気。その活気に身をまかせ、ゆっくりとさざめきの一部になる、だれでもない自分になれる瞬間が、わたしはとても好きなのだ。

両肩にのっていた重いものを振りはらうように、大きくひとつ深呼吸をする。チェスに負けた悔しさも、いつの間にか「まあ、いいや」という気分に変わっていく。

単純系と笑わば笑え。そういえば、はなまるカード（この商店街のお買い物カードだ）のポイントが、もうすぐ千点になるんじゃなかったっけ。しかも今日は、ポイント二倍の木曜市だ。うわあ、千点たまったら、なにに換えてもらおうかなあっと。

現金なもので、気が軽くなったとたん、妙な歌が口をついて出た。

君も　猫も　みんな
みんな好きだよね　カレーライスが

わたしがカレーをつくっていると、ソファでくつろいでいる先生がやおらこれを歌いだすので、いつのまにかおぼえてしまったのだ。タイトルが、まんま『カレーライス』だというのだから、身もふたもないことこの上ない。実際には、このあとに〈ばかだな　ばかだな　ついでに自分の手も切って〉とかいう、おだやかでない歌詞が続くので「人が野菜を切ってるときに、いやがらせみたいな歌、うたわないでください！」と文句をつけることになるのだが。

さてさて、商店街を包むにぎわいの中から、ひときわ明るい「へい、いらっしゃい！　秋ナスのとびきりいいのが入ったよ！」という声が響いてきた。

声の先にあるのが、めざす青果店「新鮮やさいの店　八百柾《やおまさ》」だ。

八百柾の〈柾〉は、先代の名前、柾次郎《まさじろう》さんからとったもの。いつでもおなじみさんでにぎわっている、この商店街の顔というべきお店だ。実際、ここで売っている、看板どおりの安くて新鮮な野菜を食べたら、スーパーなんかでパック詰めになっている野菜を買う気にはなれない。

そして、聞こえてきた声の主が、店を切り盛りする奥さん、乃木《のぎ》圭子さんだ。

元気で快活。まさに、八百屋の女将《おかみ》さんになるために生まれてきたような人である。

一度そう言ったら、「失礼しちゃうね。わたしはこれでも、児童劇団で天才子役って言われて、アイドル・デビュー寸前までいったんだよ」と切りかえされた。すかさずそこに、旦那さんの「要はダイコンだったんだろ?」という、ナイスすぎるツッコミが入り、そのあとは、楽しい夫婦げんかタイムになってしまったため、どこまでほんとの話だったのかはわからないけれど。

その圭子さんが、わたしの姿に気づく。

「おや、さんちゃん、いい日にきたね！　ニンジン、タマネギ、ジャガイモ、ぜーんぶ大安売りでそろえてあるよ！」

わたしは、あははは、と苦笑する。

ちなみに、先生が人前で「さんきちさん」を連呼するので、今じゃわたしはこの辺で、すっかり「さんちゃん」呼ばわりである。もういいんですけどね。

「あ……い、いらっしゃい」

圭子さんのうしろから、おずおずと声をかけてきたのは、この家の末っ子、槙耶《しんや》くん。今、中学二年生である。わたしとは、「さんちゃん」「しんちゃん」と呼びあう仲。本当の弟のように思えてしまうかわいい存在だ。

「あ、しんちゃん、今日も手伝ってるんだ、えらいぞ」

「あ……ありがとうございます」

しんちゃん、〈八百柾〉と大きく文字の入った前掛けをつまんでもじもじする。

うーん、かわいい、と本気で〈お姉さま〉な気分になってしまうわたし。

「こら、しん、なんだい、そのお礼は！　まったく、八百屋のせがれが中学生にもなって、お客さんにお礼もまともにできないなんて……母ちゃん、情けなくって涙が出てくるよ」

しんちゃん、黙ったままうなだれている。

しんちゃんは、読書が大好きという、おとなしくてやさしい少年だ。店の忙しいときには、こうして手伝いもちゃんとする。とてもいい子なのである。

だが、ご両親にとっては、しんちゃんのおとなしすぎるところが、ちょっと頼りないようなのだ。しょっちゅう「こら、しん、もっとしゃっきりしな！」と言っている。それでも、ご両親がこの心やさしい少年をだれよりも溺愛し、自慢の種にしていることは、隠しようもなかったが。

「まあまあ、圭子さん、こうやってお店も手伝ってるんだし」

「それがねえ、さんちゃん。この子、今日はどうもおかしいんだよ。学校から帰ってきたときから、うすらぼけーっとしちゃってさ。さっきも釣り銭をまちがえそうになるし」

「え⁉　そりゃあ大変だ。圭子さんならともかく、しんちゃんがお釣りをまちがえるなんて」

「ちょっと、さんちゃん」圭子さんは、じろりとわたしをにらんだ。

「ははは。冗談ですってば。それより、しんちゃん、もしかしたら、どこか具合が悪いんじゃないの？　だいじょうぶ？」

しんちゃんは、あわてて首を振った。

「あ……ううん、そんなんじゃないから。だいじょうぶ」

「自慢じゃないけどね、さんちゃん。自分の子どもの具合が悪いかどうかくらい、ぱっと見てわかるよ。おおかた、恋わずらいかなんかじゃないのかね」

そう言って、圭子さんは笑った。

だが、そのとたん、しんちゃんは沸騰したみたいに顔を紅くしてうつむいた。

あ、やばい、やばいよ、圭子さん……。

圭子さんも、そのことにすぐさま気づいた。

あわてながら、なんとかその場をとり繕おうとする。

「と、とにかくね、八百屋のせがれなんだから、店に出たらしゃきっと――」

いつものしんちゃんなら、「やめてよお」と言って頭をかく台詞。

だが、今日のしんちゃんはちがった。

「そうさ！　ぼくは八百屋のせがれだよ！　ダサくてかっこ悪い、ハタケのイモノスケだよ！」

瞬間、圭子さんの顔が青ざめた。

驚いたお客さんたちも、いっせいにしんちゃんのほうを見る。

しんちゃんは、はっとして顔をあげた。

「ご……ごめん！」

前掛けをかなぐり捨て、通りに飛びだしていくしんちゃん。

「あ、し……しん！　待ちな！」

泣きそうな顔でおろおろする圭子さん。どんなときにも決して動じることがない、安心じるしのかたまりみたいな彼女の、こんな狼狽を見るのは初めてだ。

ここはもう、正義のスーパー探偵助手、三吉菊野が出ばるっきゃない。

「圭子さん、わたしにまかせて！」

にっこり笑い、持っていた買い物かごを圭子さんにあずける。

「加速装置、リミッター解除！　ターゲット、ロックオン！」

言うより早くわたしは、しんちゃんのうしろ姿めがけ、まっしぐらに駆けだした。

5

「かつて、超高校級のバンビちゃんと異名をとった……三吉菊野の……カモシカのような……ぜえぜえ……俊足を……振りきろうだなんて……まだまだ……十年早い……わよ……ぜえぜえ……ま、スポーツの秋にふさわしい……ぜえぜえ……気持ちのいい汗を……かかせてもらったわ……もう少しで……超神速の縮地《しゅくち》と……ぜえぜえ……禁断のハイパークロックアップを……使うところだった……は……はは……はあはあ」

眼鏡をはずし、ひたいから噴きあがってだらだら流れる汗を、途中でもらったコスプレ喫茶の宣伝ティッシュでぬぐいながら、あくまでおとなの余裕を見せつつ、わたしはそう言った。

ったく、十年ぶりに全力疾走なんてものをしちゃったじゃないの。この子には、もう少し歳上の人間に対する気遣《きづか》いというものを教えてあげなきゃいけないわ……。

商店街から道を二本ほど入ったところにある〈たんぽぽ公園〉。町の中心にほど近く、散歩や買い物のついでに立ちよって足を休める人も多い、市民の憩いの場だ。

そしてここは、小さな子どものための児童遊具が集められた一角。

わたしたちの目の前にあるのは、親水《しんすい》広場のアニマル噴水。あちこちに動物のオブジェを配したかわいらしい噴水だ。夏ともなれば、水を浴びながら大はしゃぎする子どもたちの歓声が一日中あふれかえる。そんなこの町のオアシスも、今は人影もなく、西日のなごりを水面《みなも》に映しながらひっそりと静まっていた。

遊び相手のいない動物たちも、ぼんやりと薄暮に沈んで、どことなく寂しそうに見える。商店街から少しはずれただけとは思えない静けさ。ちょうど人の姿がとだえる時間のすきまに、すっぽりと入りこんでしまった感じだ。

わたしは、「よっこらせ」と、ふたつ並んだブランコのひとつに腰をおろした。

親水広場を取りかこむなだらかな丘とあずまや、その向こうに、あかね色に輝く空との境界を区切って、切り絵細工のような街並みがのぞいている。

しんちゃんも、ためらいながら、わたしの横のブランコに座った。

たぶん、十数年ぶりかで座ったブランコは、驚くほど小さかった。腰かける板と地面の間も、せいぜい二十センチくらい。こどものころは、ブランコに立ち乗りして思いっきり身体を振ると、そのまま空まで飛んでいけそうな気がしたのに……。

なんとなく、もうここはあなたの場所じゃないよ、と言われているみたいだ。

おっと、ノスタルジックな感傷に浸ってる場合じゃないな。

わたしは、ちらりと横を見た。しんちゃんは、さっきからずっと黙ったまま、長く伸びた影の先を見つめている。悔しいことに、ぜんぜん息は切れていない。

「話せることでいいから、話してごらん」

わたしが声をかけると、しんちゃんは、こくりとうなずいた。そして、ぽつりぽつりと、でも、懸命に言葉をさがすようにして話をはじめた。

「……新学期になると、いろんな委員を選ぶでしょ？」

「ああ、うん」

そういえば、そんなことがあったっけなあ……と、これまた懐かしく思う。

「しんちゃんは、さしずめ図書委員だね」

「当たり」

しんちゃんは、ブランコをきいっと揺らしながら、はにかむように笑った。

「ああいうのって、黙ってるといつの間にか、なりたくない委員を押しつけられちゃうからね。だから、自分で立候補したんだ」

「さすが、しんちゃん」

「どうせ男子で図書委員に立候補するやつなんて、ぼくくらいだろう、と思ったたし」

「それで、晴れて図書委員になったわけだ」

「うん……図書委員っていっても週一回、当番の日の昼と放課後、貸し出し・返却の受付と本の整理をすればいいだけなんだけどね」

「しんちゃんなんて、他の図書委員から頼まれると、平気で当番の代わりを引き受けちゃうほうなんじゃないの」

「うん、当たり。だいたい当番じゃなくても、放課後は図書室に顔出すからさ。そうすると『お願い、今日当番頼むよ』っておがまれちゃうんだ」

またまたはにかむしんちゃん。きっとこんなふうに、ちょっとはにかみながら「うん、いいよ」なんて、うれしそうに引き受けちゃうんだろうなあ。まったくもって、この子は。

「バカね」

「うん……八神さんにもそう言われた」

「八神さん？」

しんちゃんは、はっとしたあと、また「うん……」と小さくうなずいた。

「同じ図書委員の八神若桜《わかさ》さん。委員は、各クラス男女ひとりずつだから……」

「あ、つまり女子の図書委員ってことね。同じクラスの」

ふうん……どうやらちょっとだけ核心に近づいてきたみたいだぞ。

「うん……でも、図書委員になるまでは口をきいたこともなかったんだ。一年のときはクラスちがったし。八神さんは、ぼくのことなんて、それまで名前もおぼえてないと思ってた」

「つまり、しんちゃんは、八神さんのこと知ってたってこと？」

「え？」しんちゃん、一瞬とまどう。「……彼女、勉強もスポーツも得意だし、いつも行事とかの中心になってたから、クラスはちがっても名前と顔は知ってたよ」

「でもって、明るくて気さくで、けっこうかわいくて、男の子にも人気がある」

まるで、見てきたようなことを言ってみる。

しんちゃん、口を開いたまま、目をぱちくり。

「それだけじゃなく、女の子にも人気があるとか」

「あの……さんちゃん、八神さんのことを知ってるの？」

「菊野さんの千里眼にかかったら、わからないことなどないのよ」

説得力があるのかどうかはともかく、とりあえず胸を張って言いきる。実際は、ただの当てずっぽうだけど……。それにしても、やっぱりクラスにひとりくらいはいるんだよなあ。勉強もスポーツもできて、おまけに性格もいいという子が。

〈女の子の人気〉うんぬんは、完全にわたしの勘。しんちゃんが好きになるとすれば、たとえば見た目だけで男子の人気が高い、というような子じゃなくて、男子からも女子からも同じように好かれて信頼を得るような、へだてのない女の子なのでは、と思ったのだ。

女子の場合、優等生というだけで同性に嫌われるケースも多い。女の子が同性を見る目には、嫉妬ややっかみという陰湿な要素も加わるから、ほとんど理不尽といっていいくらいの厳しさがある。女子校生活六年の実体験者であるわたしが言うのだからまちがいない（一応申し添えておくと、『ごきげんよう』なんて呼びあうようなお嬢様学校ではありませんでした、念のため）。

だが、その人気もしっかり得ているとなれば、これはもう無敵のパターンである。たぶん、ほんとにいい子なのだろう。

まあ、わたしだって気だてのよさでは負けないつもりだ。残念ながら、若さという点では一歩か二歩譲るが、そのかわり、おとなの魅力では圧勝である。

……って、見たこともない女子中学生を相手に張りあってどうするんだ。

「つまりは、あこがれの女の子、ってやつだ」

「え、それは……」

また顔を紅くして、言葉に詰まるしんちゃん。さすがに、ちょっと言いかたがいじわるすぎたかな。

でも、次の瞬間しんちゃんは、かすかに笑ってかぶりを振った。

「でも、ぼくは……彼女のこと、そんなふうに意識したことはなかったと思うよ」

「え？　そうなの」

「だって……八神さんは、ぼくなんかにはまるで縁のない、意識するとかしないとかいう以前の存在だったんだもの」

わたしは、はっとしてしんちゃんを見た。ずっと昔聞いた、だれかの言葉を思い出したのだ。

〝手が届くと思うから、人は焦がれる。手が届くと思わなければ、なにかにあこがれることも、人を好きになることもない。それはとても静かな世界なんだ……〟

しんちゃんみたいな子から、そんな哀しい言葉を聞きたくなかった。わたしは、とっさの言葉が返せず、ただ笑ってやりすごすしかなかった。

「あのねえ、縁がないとか住む世界がちがうとか、封建時代の人じゃないんだからさ」

「住む世界がちがう、とまでは言ってないんだけど……」

「ああ、そうか、ごめんごめん。でも、言ってることは同じようなもんだよ」

「そうかな……そうかもしんない」

「こら！　そんなに簡単に納得しないの！」

あはは、と頭に手をやり、しんちゃんは笑った。

はあ、とため息をひとつついて、わたしも笑う。

「ほんとに、この子はもう……」

結局なんだかんだいっても、このかわいい笑顔に勝てないんだよな、わたし。

「……だからさ、八神さんが図書委員に立候補したときは、ちょっとびっくりした」

そりゃあ、そうだろう。大げさに言えば、ある日突然女神さまが、ご用件うかがいでお茶の間にやってきたようなものだ。

もちろん八神さんは、願望や妄想が呼び出した女神さまなんかじゃないし、実在するかわいい中学生の女の子なわけだけれど、しんちゃんの言う〝ちょっとびっくり〟を分析すると、要するにそのくらいのサプライズだったのではないか、と推察されるわけだ。

「それで、最初の委員会のあと『どうして図書委員になんかなったの？』ってきいたら、『本が好きだからに決まってるじゃない。乃木くんはちがうの？』ってすたすた先に行っちゃった。そのとき八神さん、なんだか怒ったような顔してて……」

「ふうん……じゃあ、図書委員になってからも、そんなに親しく話すようになったわけじゃないんだ」

「カウンターの受付がいっしょになったときとか、話すようにはなったけど、そんなには……」

そうだろうなあ、どう見てもそういうところ、奥手だもの、しんちゃん。

「それで、一ヶ月くらい経ってからかな、図書室に行ったら、いつもみたいに当番の代わり頼まれちゃって……そしたら、返却本の整理が全然できてなくて。閉館したあと、しょうがない、やるか、って思ったら、そばに八神さんが立ってた」

そのときの、しんちゃんの驚いた顔が目に浮かぶようだ。

「八神さん、『じゃ、いっしょに整理しよっか』って声かけてくれて、ぼく、あわてて首を振って『いいよ、頼まれたのぼくだから』って言ったんだけど、『しょうがないでしょ、おんなじクラスの図書委員なんだもの』って笑いながら、さっさと作業をはじめちゃったんだ」

「ふんふん、それから？」

「八神さん、ぼくのほうに振りかえって、ちょっとだけいつもより怖い顔で『たまには、ことわりなさい』って」

「しんちゃんは、なんて答えたの？」

「『でも、ぼく、本が好きだからいいんだ』って」

さもありなん。わたしは、思わず、ぷぷっと笑った。

「それで、彼女、こう言ったわけだ――『バカね』」

しんちゃんは、頭をかきながら、うん、とうなずいた。

「でも、八神さん、それに続けてこう言った。『でもさ、ひとりで片づけをするより、ふたりでやったほうが早いし、ずっと楽しいでしょ?』って」

はははは、やるな、八神さん。

「で、ふたり仲良く本の整理をしたと」

「あ……ええと……」しんちゃんの顔が、またまた少し紅くなる。「べつに、そんな……仲良くってわけじゃ……」

ううん……なんというか、純情も、ここまで度が過ぎるとちょっと考えものだ。これじゃあほんとに、いたいけな少年をいたぶって楽しんでいる、いじわるなオバサンではないですか。

「はいはい、もうわかったから。それで? そのあとどうしたの?」

「片づけがほとんど終わって、ほっとひと息ついたとき、八神さん、ぼくの顔を見て言ったんだ。『ねえ、乃木くん。本が好きなのはいいけどさ、ちょっとひどいんじゃない?』って」

「ひどい?」

「うん。ぼくもなんのことかわからなくて、どういうこと?ってきいてみた。そしたら八神さん、またちょっと怒ったような顔で『だって、委員会の顔合わせで、乃木くん、わたしになんて言ったかおぼえてる? はじめまして、どうぞよろしく、って言ったんだよ』

……」

「そりゃ、確かにいくらなんでもひどいよ、しんちゃん。クラスメイトなのに……」

「だって、ほんとにそれまで口をきいたことなかったし……ほかにどう言えばいいかなんてわからなかったし」

確かにしんちゃんらしい。ものすごくしんちゃんらしいけど……。

「で、彼女にそう説明したの？」

「うん。そしたら、八神さん、『口はきいたことないかもしれないけど……わたしだって一年のときから、週に何度も図書室に通ってるんだよ。わたしは、いつも乃木くんが熱心に本を読んでるの知ってたよ。おんなじ机に座って本を読んだこともあるよ！』って……」

わたしは、とうとうこらえきれずに吹きだした。

「そりゃ……あはは……しんちゃんが悪い。まちがいなく、問答無用で……ひいひい……しんちゃんが、ぜーんぶ悪いぞ……ぜえぜえ」

しんちゃん、さすがにむっとする。

「もちろん、ちゃんと気づいてたよ。気づかないわけないじゃないか」

わたしは、まだひくひくする腹筋を押さえて、はあ、とひと息。

「そうか、クラスはちがっても彼女の名前と顔は知ってた、って、さっきはっきり言ってたもんね」

その彼女が、足しげく図書室に通《かよ》えば、気づきたくなくたって気づくはずである。

「バカね。やっぱりそのころから、彼女のことが気になってたんじゃないの」

「もう、あんまりバカバカ言わないでよ」

しんちゃんは、ほっぺたをぷくっとふくらませて抗議の意志をしめした。それがまた、なんとも言えずかわいかったりする。

「でも……ほんとはちょっとちがうんだよ」

「え？　どういうこと？」

「八神さんのこと知ったのは、彼女が目立つ女の子だったからじゃなくて……ぼくが借りる本の貸し出しカードに、いつも彼女の名前があって……それが不思議で、どんな女の子なんだろうって、ずっと気になってたんだ……」

なんたるちや……。わたしは、人さし指をこめかみに当てて目を伏せ、さっきよりもさらに深く、はあ、と息をついた。

「ねえ、もう一度だけ言っていい？」

「うん、いいよ」

しんちゃんは、素直にうなずいた。

「ほんとに……バカね」

できることなら、その言葉にこめた、わたしのあらんかぎりの愛情を、しんちゃんがちゃんと受けとめてくれますように。

「それで、どうしたの？　八神さんにすぐ謝ったの？」

「うん。『ごめん！』って思いっきり頭をさげた」

「そしたら？」

「顔あげたら、八神さん、まだ怒った顔してるんだ。あわててもう一度頭をさげたら、本の表紙で頭をポンと叩かれて……それで、ゆっくり顔をあげたら、八神さん、急にくすっと笑って『じゃあ、このあと、帰りにアイスをおごってくれたら、ゆるしてあげる』って……」

6

会話がとぎれると、沈黙のかわりに、あたり一面の草むらから、りりり、りりり、と虫のすだく音が響いてくる。ときおり、公園通りを行き来する自転車のベルの音や、遠くを通りすぎる電車の、ガタンゴトンというレールの響きがそれに重なって、世界をつつむオレンジ色の光に溶けていく。

確か、『十月はたそがれの国』っていう本があったたな。ブラッドベリだっけ……。

食べごろの柿みたいにとろんとした夕陽が、公園の木々の向こうに沈みかけていた。いつの間にかすっかり日が短くなったんだなあ、とあらためて実感する。そして、街並みの陰にみるみる隠れていく夕陽の、なんというせわしなさ。こういうの、なんて言ったっけ……ええと……秋の日は芋づる式……ちょっとちがうかもしれない。

なにも変わらないような毎日の繰りかえしの中で、気がつけば、こんなふうに、いろんなことがどんどん変化しつづけている。

ぼおっとしていると、秋どころか、あっという間に冬の声が聞こえてきそう。見えない手に背中を押されているようで、理由《わけ》もなくあせってしまう。

「……それからだよ。八神さんと話をするようになったのは。八神さん、ものすごくいろんなこと知ってて、話も上手なんだ。それに、ほんとに本が好きなんだよ。びっくりするくらい、たくさん本を読んでるんだ」

「でも、それなら、しんちゃんだって負けてないじゃない」

「うん……でも、ぼくは本が好きってだけで……彼女みたいに、自分が好きな本のどこがいいのかとか、どんなところで感動したのかとか、ぜんぜんうまく説明できないし……八神さんが本の話をするとね、その本を今すぐ読みたくなっちゃうんだ。八神さんが、その本をすごく好きだっていうのがね、ちゃんと伝わってくるんだよ」

「ふむふむ。たとえば？」

「この前、話してくれたのはね……町の図書館で、とってもいいマンガを見つけたんだって。昔のマンガらしいんだけど、〈ねこ〉っていう市松人形が出てくる不思議なお話で……」

「ちょっと待って……内田善美の『草迷宮《そうめいきゅう》』じゃない？」

「うん、そうだよ。へえ……すごいなあ」

「ま、亀の甲より年の功、ってやつよ」

自分で言ってしまってなんだが、ものすごくいやなたとえだよ、それ。

「タイトルが気になって読みはじめたら、想像していたのとはちょっとちがったけど、すてきなマンガでびっくりしちゃったんだって。『絵もお話もすごくきれいなんだ。人形の〈ねこ〉がほんとにかわいいんだよ』って」

大好きな本の話をする八神さんとその話を一生懸命に聞いているしんちゃん。そのときのふたりを思いうかべるだけで、本当に楽しくなってくる。

……わたしにも、そんなふうに、大好きな本を夢中で読んだころがあったかな。ページを開くたびに新しい冒険《どきどき》が待っている――一冊の本が、魔法の王国への地図だったころ……。

以前、たまたま読んだ小説に、こんな一節があった。

一日中お気に入りの本を抱きしめ、空想で胸をいっぱいにしたあの王国は、もうどこにもない。本が好きで好きで、ただそれだけでこの世界に入ったはずなのに、気がつけば、一番しあわせな本の読み方さえわからなくなってしまった。

たぶん、王国は消えたわけではない。ただ人は、いつの間にか、その王国へのたどりつきかたや入り口の見つけかたを忘れてしまうだけなのだ。

そして今、わたしの前には、その王国の子どもたちがいる。

正直にいえば、こんなまっすぐな子どもたちの世界に、わたしなんかが割って入っていいのか――そう思いながら、おじゃま虫を承知でしんちゃんと話をしてきた。

でも、まぶしいような彼らの時間に触れていると、もしかしたら、わたしにもまだ、この子どもたちといっしょに、破れかけた王国への地図を広げることがゆるされているのかもしれない——そんなふうに信じてみたくなる。

「それでさ——友だちとおしゃべりしてるときの八神さんだって、もちろん楽しそうなんだけど、そんなふうに本の話をしてるときの八神さんは、もっと、ぜんぜんちがうんだ。目がね、なにかにワクワクしてるみたいに、きらきら輝いてるんだよ」

しんちゃん……きみは気づいてないかもしれないけどさ、今、一生懸命八神さんの話をしてるしんちゃんの瞳も、きれいにきらきらと輝いてるんだよ。

「それなのに、ぼくがまともに話せる話題といったら、野菜のことだけだし……」

「それって、八百柾のダイコンが特売だよ、とか、そんな話じゃないわよね」

しんちゃんは、まさかあ、と笑った。

「ダイコンは、春から夏に出まわるものと、秋から冬に出まわるものでは、種類も向いてる料理もちがうんだよ、とか、野菜を長もちさせる方法はそれぞれにちがうから、なんでも冷蔵庫に入れればいいってわけじゃないんだよ、とか、タマネギはくっつけておくと特に傷みやすいから、ストッキングなんかに小分けして保存するといいよ、とか、あとは……トマトのきれいな湯むきのしかたとか、タケノコの上手なゆでかたとか、新鮮なキャベツの見分けかたとか……そんなことだよ」

おいおい、大して変わらんと思うぞ。だいたい、中学生が、気になる女の子にタケノコのゆでかたやキャベツの見分けかたを教えてどうするの。いや、ものすごくしんちゃんらしいとは思うんだけどね。あるいは「将来いいお婿さんになるよ」という、長い生涯設計まで見すえた、なかなか意味深なアピールといえなくもないかも……。

というか、しんちゃん、ほんとにいろいろ野菜の勉強してるんだな。当たり前といえば当たり前かもしれないけど……でも、なんだかうれしくなるよ。

「八神さん、そんな話でも楽しそうに聞いてくれるからさ、もしかしてけっこう喜んでくれてるのかな、なんて思ってたんだ」

「あのさ、今聞いたかぎりでは、八神さんって、ほんとにいい子だよね。けど、いっしょにいたくもない相手と長々おしゃべりしたり、つまらない話を聞いて、おもしろいふりをするような女の子じゃないと思うんだけどな」

「うん……ぼくだってそう思ってた。そう思ってたけど……」

「なにかあったの？」

「今日、ぼくたちほんとの図書当番だったんだ。いっしょに返却本の整理をしながら、八神さん、今日もすごく楽しそうに本の話してくれた」

「今日は、どんな本の話？」

「小川洋子さんって知ってる？」

「おう、知らいでか」

「前から八神さんが好きな作家さんだって言ってたんだけど、ずっと読んでなかった『猫を抱いて象と泳ぐ』っていう本が、とてもよかったんだって。それで、読んでみたいな、って言ったら、『ぜったいおすすめだから、今度必ず持ってくるよ！』って言ってくれて」

小川洋子さんか……。実に由緒正しい、文学少女かくあるべしというセレクトではないか。正統なる文学少女は、まちがっても『どんぶり委員長』をおすすめしたりはしないのである。

「そのときだった。クラスの男子が、部活帰りに図書室をのぞきながら『なんだよ、こんなところでデートか？』ってからかったんだ」

困ったもんだね。やっぱり、いまだにいるんだよなあ。中学二年にもなってオムツの取れないこういうガキンチョが。

「しかも、そいつ、図書室に入ってきて、『お前ら、やたらと最近仲がいいみたいだけど、つきあってんのかよ』ってからんできた。『なあ、八神。お前、こんな芋にいちゃんのどこがいいんだ』って」

なに寝言ぬかしやがる。てめえこそ、おしりの生っちろい、すっとこどっこいのアスパラ野郎じゃねえか、と、見たこともない相手に、意味不明の怒りがふつふつと沸きあがってくる。

「黙ってたら、そいつ、ますます調子に乗って。『いいよなあ、乃木は。俺も、図書委員になっときゃよかったな』って言いながら、近づいてきたんだ。自分でも気がつかないうちに、ぼくは叫んでた。『そんなんじゃないよ！　ぼくたち、ぜんぜんそんなんじゃないんだ！　ぼくは、彼女のことなんて――』って……」

きっと、二度と口にしたくなかったはずのその言葉を、しんちゃんは、苦しみもがくようにして吐きだした

「そのあとで、はっとして八神さんを見た。彼女、ぼくをぐっとにらんでた。それから

『わたしだって、こんなハタケイモノスケなんか！」って叫んで……八神さんは、図書室から出ていった」

アスパラ野郎が、白けきって出ていったあと、しんちゃんは、呆然としながらひとりで残りの片づけをし、ふと気づくと、抜け殻のセミみたいになって家に帰りついていた。

――これが、わたしが八百柾でしんちゃんに会うまでの経緯のすべてだった。

7

それにしても、どっぷり青春してくれちゃってるなあ。

思い起こせば、わたしにもこんな、ガーナチョコレートみたいに甘くてほろ苦い、ちょっぴり胸キュンな青春の日々があったんだよな……。唐突にトリップしてみたけれど、どう記憶をたどっても、胸のすきまを空っ風が吹きすさぶばかり。ダシをとりきった昆布みたいな青春しか浮かんでこない……。

ま、いいけどさ。どうせわたし、中高一貫の女子校だったし……泣くもんか、ぐす。

うん？　いつもの三吉菊野らしくない？　いやいや、秋の日の夕暮れには、わたしだってそれなりに、ちょっぴりおセンチ系というか哀愁モードに浸ってみたりするのですよ。

「秋深し……」

ぽつ、とつぶやいてみた。

「秋深し、ふかしておいしいおイモかな」

?《ハテナ》を両目に張りつけて、しんちゃんがわたしを見ている。

「ええと……イマイチ……イマニ、だったかも」

わたしは、鼻の脇をポリポリと小指でかいた。

「それにしてもさ、しょうがないなあ、そいつも……しんちゃんも」

しんちゃん、ブランコをぎいっと鳴らしてうつむいた。

「お母さんに、あんな言いかたをしていい理由は、なにもないよ」

「わかってるよ。帰ったら、ちゃんと謝る。ぼく、自分が八百屋の息子でいやだ、なんて思ったこと、一度もないよ。朝から晩まで一生懸命働いてる父さんや母さんにいつも感謝してるし、すごく誇りに思ってるんだ」

心の中で、くすっと笑う。安心して、しんちゃん。この町で、八百柾に通う人なら、だれだってちゃんとそのことを知ってるよ。でも、今の言葉を圭子さんにそのまま伝えたら、感激のあまりめまいを起こして倒れちゃうかもしれないな。

「お店のこととか、父さんや母さんのことで変なこと言われたら、そいつのこと絶対ゆるさないよ。この野郎って思う。でも……八神さんにあんなふうに言われたら……彼女も、あんなふうに思ってたんだ、って考えたら、それがすごくショックで……」

「もう……ほんとに、しょうがないなあ」

わたしは、はあ、とため息をついた。

「彼女が、きみのことをばかにしてたって、本気でそう思ってるの？」

「ぼくは……」必死に言葉をさがすように、しんちゃんの唇がかすかに震える。

「いい？　大切なことなんて、そんなにいくつもないんだよ。だから、何度もきかないよ。しんちゃんは、八神さんのこと、好きなの？」

「……え？」

しんちゃんは、大きく開いた目でわたしを見た。薄闇の中でも、顔が耳もとまで紅く染まっているのがわかる。

「あ……ぼく……あの……」

「何度もきかないって言ったよね。しゃっきり答えなさい。しんちゃんは、八神さんのことをどう思ってるの？　どうなの？　好きなんでしょう？」

「……うん」

しんちゃんは、こくりとうなずいた。

「だったら、なんで彼女のこと信じないの？」

「でも……」

影の中へ沈みこむように、しんちゃんはふたたび黙りこむ。

数秒後、絞りだすような小さな声が、ようやくしんちゃんの口からこぼれた。

「ぼくなんて……なにひとつとりえがないし」

わたしは、正面の夕闇を見つめながら、祈るような思いで言った。

「――そんな哀しいことを言わないで」

「……え？」

「他人よりなにが優れているとか、なにが劣っているとか、勝ちとか負けとか、そんなことで自分と他人《ひと》の値打ちをはかって決めてしまう、そんな哀しい人に、しんちゃんはならないで」

おもちゃのようなブランコを、少しだけ揺らす。ラベンダー色の空と、あんず色に染まった雲と、明かりをともした街並みとが、いっしょに揺れた。

「わたしは――自信満々で他人《ひと》の痛みや悲しみがわからない人より、ちょっと頼りなくても、やさしくて思いやりのあるしんちゃんが好きだよ」

はっとしたように、わたしを見るしんちゃん。

「どうかな？　おねえさまからコクられた気分は」

「え……だって、それは……」

「こらこら、マジで口ごもるな。冗談でも〝うれしい〟くらい言いなさい。失礼だぞ」

わたしは、指先でしんちゃんのひたいをちょん、とつついた。

「でもさ……うじうじしているだけの今のしんちゃんは、あんまり好きじゃないよ」

しんちゃんの顔から表情が消えた。強く歯をかみしめているのだろう、口もとが少しゆがむ。うなだれまいとして、懸命にこらえているのがわかる。ごめんね、しんちゃん。ひどいこと言って。わたし、こんな偉そうなことを言える人間じゃない。でも、お願いだから耐えて。

「ねえ、教えて。しんちゃんは、八神さんが勉強できるとか、スポーツが得意とか、見た目がかわいいとか、そんなことで彼女を好きになったの？」

しんちゃんは、大きくかぶりを振った。

「ううん！　そんなんじゃない」

「だったら、どうして、しんちゃんが好きになった八神さんを信じないの？　彼女が、きみをばかにするようなこと言うはずがないって、どうして信じてあげないの？」

「でも、ぼくが先にひどいこと言っちゃったから……」

「そんなのはね、今すぐ猛ダッシュして謝りにいけばいいの。しんちゃんにその気があるのならね。どう？　彼女ともう一度、仲なおりしたいんでしょ？」

「……うん……でも、ゆるしてくれるかな」

「だから、それは、わたしにきくことじゃない！」

しんちゃんは、びくっとして背筋を伸ばした。

「もう一回だけ、きくよ。しんちゃんは、八神さんが好きなの？」

「ぼくは……」

くっとわたしを見たしんちゃんは、大きく息を吸い、決意したように叫んだ。

「ぼくは、八神若桜さんが好きだ！　大好きなんだ！」

言わせておいてなんだが、今度は、自分が告白されているみたいでどきっとした。

この心境ってなんだろう。姉？　母？　ううむ。

「ちゃんと言えるじゃない……バカね」

正直、なんかさ、まぶしすぎるよ。マジでせつなくなってくる。よくよく考えてみたら、わたしは、もうこの子の二倍近く生きちゃってるんだよな。

わたしが思春期真っ盛り、おでこのにきびと胸のふくらみをセットで気にしはじめたころに、しんちゃんは、オギャーと泣きながら、この世界に「はじめまして」のあいさつをしたんだもの。そりゃ、骨の髄まですれっからしになるはずだよ……なんて。

こらこら、ひとり勝手にやさぐれてどうするんだ。

べつに人生の先輩面をする必要なんかない。ほめられるような生きかたをしてきたわけでもない。それでも、ちょっとだけ早くこの世界に生まれ落ちて、わたしという人間を生きてきたその時間の分、わたし・だ・け・がこの子に話してあげられることも、きっとあるはず。だから、全力疾走までして追いかけてきたんだ。そうでしょ、三吉菊野。

8

「しんちゃんにばかり話をさせちゃったから、ちょっとだけ、わたしの話をしようか」

「さんちゃんの？」

「そう……あんまり胸のときめかないおとぎ話。影の国に行った女の話よ」

不思議そうな顔で、わたしを見るしんちゃん。

「——なあんてね」とわたしは笑った。「しんちゃん、チェンジリングって知ってる？」

「ううん、知らない」

しんちゃんは、首を振った。

「妖精や魔物が、自分の子どもと人間の子どもを、夜中にそっと取り替えてしまうの。人間の親は、そうと知らずに魔物の子を育てる……そういう西洋の伝承よ。言わば、人間と魔物との間の継子《まま こ》。ちょっとちがうけど、〝鬼子〟っていう言葉になんとなくニュアンスが近いかもしれない。中学のころ、たまたま読んだ妖精物語みたいな本で知ったんだ。大江健三郎さんに『取り替え子　チェンジリング』っていう小説があるんだけど、それを知ったのは、つい最近」

しんちゃんは、わたしの突拍子もない話に、少しとまどった様子を見せながら、それでも目をそらすことなく耳をかたむけている。

「こう見えても、わたし、絵に描いたような優等生だったんだ。人の先頭に立つとか目立つわけじゃなかったけど、家でも学校でも、典型的な手のかからない子だった。それが——あるちょっとしたことがきっかけで、ぜんぶウソだって思うようになってしまった」

「ウソ？」

「お芝居、っていったほうがいいかな。親や教師や友達の前で楽しそうに笑っている〝よい子〟のわたしは、にせもの。本当のわたしは、醜いできそこないで、三吉菊野という人間の〝ふり〟を上手に演じているだけ。……たぶん親にそんなこと言ったら、怒るよりも前に泣きだしたと思う。しんちゃんのことを、どうこういう資格なんてないよね。ほんとにひどい話だもん」

「そんな……こと……」

しんちゃんは、眉をゆがめ、とても悲しそうな目でわたしを見た。

ありがと、しんちゃん。やっぱりきみは、とてもやさしい子だね。

ほんとにバカだったんだな……あのころのわたし。今なら、こんなにはっきりわかる人のやさしさに、まるで気づこうとしなかった。あらゆることにおびえ、目をそらしつづけていた。

「笑っちゃう話だけどさ、一時は、冗談ぬきで鏡を見ることができなかったんだよ」

そこに本当の自分の素顔――グロテスクにゆがんだ怪物の顔が映りこんでいたら……そう思うと、街のショーウィンドウをのぞきこむことさえ怖かったのだ。

「そこまでひどかったのは、高校卒業までの一、二年だったけど、そのころに撮った写真を見るのは、今でもつらいよ……。もともと写真そのものがあまり好きじゃないんだけどね。写真って、感情や想いや記憶まで、セットになって焼きついているものだから。……それに、自分ができそこないのにせものだっていう気持ちは、そうそう簡単には消えてくれなかったんだ」

高校卒業と同時にひとり暮らしをはじめたのも、本当はその苦しさから逃げだしたかったからだ。でも、そんなことで〝わたし〟は、わたしを解放してはくれなかった。

「大学に入ってからも、社会に出てからも、ちょっと押せば、どこからでもにじみ出てくる膿《うみ》みたいに、わたしはその苦しさを、ずうっと心の中に引きずりつづけてた」

そんな自分をさらすことにまたおびえ、肩を怒らせ、全身のとげを逆立てて、触れてくるものすべてをことごとく傷つけ、そのたびに自分自身が切りきざまれ、傷を負い、また膿を流してのたうつ。そんなことばかり、何度も何度も繰りかえしてきた。

「結局それは、自分をまわりとは少しだけちがう存在だって思いたい、自分という存在をだれかに認めてもらいたいっていう心の、裏がえしになった叫びだったんだ。……そのことに気づいたのは、恥ずかしながら、これまた、ほんとについ最近になってからだよ」

そう……自分がなぜ生まれたのか、どうしてここにいるのか、そのわけを知りたかった。それが意味のあることだと、だれかに言ってもらいたかった。ここにいてもいいんだよと、だれかに笑ってもらいたかった。わたしという人間がゆるされる場所をさがしていた。ずっと、ずっと、長い間……。

わたしは、一番星でもさがすように空を見あげ、表情をゆるめる。

「自分は、特別な存在でもなんでもない。それでもいい。それでもやっぱり、わたしは、だれでもない、たったひとりのわたしなんだ——そう思えたとき、ちょっとだけ心が楽になった。それから、少しずつだけど、今まで見ることのできなかったもの、見ようとしなかったもの——この世界の醜さと美しさ、残酷さとやさしさ、人の弱さと強さ、悲しみと喜び、苦しみと希望、変わるものと変わらないもの——そのどれからも目をそらさないで、向きあっていけるようになったんだよ。そして……信じてもいいのかな、と思った。わたしにも、この世界を愛することができる、って。この世界で、わたしもまた、変わっていくことができるんだ、って。少しだけ髪を切るように、ゆっくりと歩くように、歌をうたうように」

「それは……陽向先生に逢ってから？」

「そう、正解——ていうか、だれにだってわかっちゃうよね」

わたしは、あはは、と笑った。

「二十六にもなって言うことじゃないかもしれないけどさ、今から思えば、先生にめぐり逢う前のわたしは、鬼子どころか、この世界の歩きかたさえろくにまだ知らない、よちよちはいはいの赤ん坊みたいなものだったんだ」

「……先生って、やっぱりすごい人なんだね」

「うん、すごい人だよ」

ぜんぜんそうは見えないけど——出かかった言葉を、あわてて喉の奥に押しもどす。

「もし先生に出逢ってなかったら、今ごろわたし、どこでどうしてたんだろうな……って、ときどき考えるよ。麻丘めぐみの『芽ばえ』じゃないけどね」

ちなみに、わたしがこんな古いアイドル・ソングを知っているのは、ベスト盤CD集を宝物にしているくらいの筒美京平ファンだからである。

「ま、今のところ、やっとこさ自分の足で立ちあがった、アルプスのクララちゃんがいいとこだけど」

足もとに目をやり、地面の感触を確かめるみたいに、軽く土を蹴る。

「ほんと言うとね、最近やっと、自称・第一助手の〝自称〟だけは取れたかなあ、なんて思えるようになったくらいで、先生については、まだまだ知らないこと、不思議なことばっかなんだ。たとえるなら、服を着てのんきに町を歩いてるUMAって感じかな」

「ユーマ？」

首を、ほとんど四十五度にかしげるしんちゃん。

「Unidentified Mysterious Animal——謎の未確認動物。幻の珍獣、ヒナゴン」

「ええ？　ひどいなあ」と言いながら、しんちゃんも笑いをこらえる。

「ははは。でも、先生のことは、言葉にできないくらい尊敬してる。それは、ほんと」

「大丈夫。さんちゃんを見てれば、そのこと、ちゃんとわかるよ」

「おっと、うれしいことを言ってくれるじゃない。ま、ちゃんと知りもしないのに、なんで尊敬できるんだ、って言われたら困るけどね。でもさ、実はよくは知らないんだけど、すごい、ってことだけは、なんとなくわかるものってあるよね。たとえば……お菓子のモンドセレクション金賞とか」

やっと出てきた例がそれなのかい、三吉菊野。おまえの中での先生は、結局お菓子と同じあつかいなのか。いやいや、もちろんそんなことはない……はずなんだけど。

「どういえばいいんだろう。わたしにとっての先生は……そうね……名探偵、というより、魔法使いの師匠っていったほうがいいのかな」

「魔法使い？」

「うん。まあ、本人は、星の王子さまとかなんとか、のたまわってるけどね」

くすっと笑ってから、わたしは「あ」と声を漏らした。星の王子さま……もしかしても しかすると……。

「どうしたの？」と首をかしげたしんちゃんに、あわてて「ううん、なんでもない。めんごめんご」とあやまる。

「あ、ほら、先生ってさ、魔法使いが着てるだぶだぶのローブとか、すごく似あいそうでしょ」

それは、なかばとっさに出た冗談――でもわたしは、たったの半年あまりで、ほんとにいろんな魔法を先生から教えてもらった。ほんの少し人にやさしくなれる魔法、ちょっとだけ心が空に近づく魔法、くすんだ世界にふわっと光がともる魔法……。

そして、先生からは、こんな〝おまじないの言葉〟も教わった。


だいじょうぶ、当たりはひとつだけじゃない。前後賞も組ちがいもある。


「なんですか、それは」と笑ったのが、半年前。気がつけばそれも、わたしのマイ・フェヴァリット・フレーズ。だって、それがうそじゃないってこと、知ってるから。どんな大当たりよりも、もっとすてきな前後賞や組ちがいが、この世界にはある。

「今はまだ、先生の魔法に夢中になっているだけの日々。修行といったって、畳水練《たたみすいれん》の域にもなってないけどさ。板場に立つ日はまだまだ遠い、ってところ」

……って、月の法善寺横町かいな、こいさん、なんかまちごうとるで、と、しんちゃんには絶対わからないセルフ・ツッコミを入れる。

「でも、偉大な魔法使いの不肖の弟子としては、ホウキのダンスは無理でも、いつか、人の心にそっとひまわりの種をまくような、そんな魔法を使えるようになれたら、って思ってる」

それが、わたしの魔法――さんきちアンダンテ《歩くように》・カンタービレ《歌うように》。

「いつかその魔法、見せてくれる？」

「もちのろん、よ」

わたしは、Vサインを出して、にかっと笑った。

わたしには、人助けなんてたいそうなことはできない。それでもいい。わたしは、もう決めたのだから。自分の魔法を信じよう。だれかのために泣いたり、笑ったり、〝いっしょにいよう〟って言える人になろう。それを、わたしの最初の小さな魔法にしようと。

不意に吹いた風の思わぬ冷たさに、ぶるっと震える。どうやら、日の翳《かげ》りとともに、あたりの空気が一気に冷えこんできたようだ。

周囲は、黄昏どころか、いつしか宵闇という感じになっている。空には、消えゆく火のようにかすかな光が淡く残るだけだ。……と思ったら、公園の灯《あか》りが、目の前でいっせいに点《とも》った。暗く沈んでいた風景が、まるで手品のようにふわりと浮かびあがる。

そうか、こんなところにもまだ魔法が残ってたんだ……なんて、恥ずかしげもなく思ったりして。

ふうむ……どうやら、わたしの中の眠れるポテンシャルを解き放つときがきちゃったみたい。ここはひとつ、レッツラゴーと気合いを入れてみますか。

「話をちゃんと聞いてくれたしんちゃんに大サーヴィスしちゃうね。三吉菊野提供の〈お野菜、ちょっといい話〉。作家の泉鏡花は、生では絶対食べ物を口にできない人で、ダイコンおろしも煮こんでから食べたんだって。ね？　八神さんにこの話を教えてあげたら、喜ぶと思わない？」

「――え？」

しんちゃんは、なんでそんなこと言いだすの？という顔で、首を曲げた。

「それにしてもさ、八神さんって、ほんとに本が好きというか、おませさんだよね」

いわゆる思春期にさしかかるころ、同年代の男子に比べると、女子は百倍くらいのスピードでおとなになる。今年中学生になったわたしの姪っ子も、ごたぶんにもれず急におしゃまになって、今じゃありがたいことに、ファッションのアドヴァイスなんてことまでしてくれる。どうやら彼女は、わたしのことを、かなり本気で〝こりゃなんとかしなきゃ〟と思っているらしいのだ。

「キク姉《ねえ》は、素材はそれなりにいいんだからさあ」なんて小生意気なことを言われる分にはまだいいのだが、「このままじゃ、だれもお嫁にもらってくれないよ」なんて小姑《こじゅうと》みたいなことを、この前までランドセルしょってた女の子から言われた日には、さすがに少しばかりやるせなくなってくる。

ちなみに、彼女が愛読している小中学生向けのファッション雑誌をこっそり読んだら「夏のさわやかスクール・メイク」なんてのが、かわいい女の子のモデルさんを使って、ことこまかに載っているのでビックリした。「体育の前後の日焼け対策&スキンケア」なんて、わたしゃそんなもの気にしたこともなかったぞ。なにしろ、初めて塗るリップクリームにどきどきしてたもんな……あ、いや、それはともかく。

「だってさ、中学二年生で、泉鏡花を愛読してる子なんて、そんなにはいないんじゃないかな」

しんちゃんは、ますますきょとんとした。

「な、なんでそんなことがわかるの？ 確かに、八神さん、泉鏡花が好きだってぼくに話してくれたことがあるけど……ぼく、そのこと、さんちゃんに話したっけ？」

「だから、魔法よ。ま・ほ・う」

わたしは、くすりと笑った。

「愛ある者に、魔力は宿る」

「魔法……？」

そう――きっとこれが、わたしの最初の魔法。三吉菊野流、たったひとつの冴えたやりかた。だから、信じなさい。

「思いだしてみて。八神さん、『草迷宮』っていうマンガの話をしんちゃんにしたって言ったよね」

「あ、うん……」

「タイトルが気になって読みはじめたけど、内容は想像とちがってた――そう言ったんでしょう？ どういうことかわかる？」

「どういうことか、って言われても……」

「八神さんは、『草迷宮』というタイトルに関して、なんらかの予備知識を持っていた――一番素直に考えるなら、同じタイトルのべつの本を知ってたってこと。もうわかったかな？ そう、泉鏡花に、字はそのままで『草迷宮《くさめいきゅう》』という小説があるの」

これは、当てずっぽうじゃない。十ン年前、図書館に置かれていたその本を、おんなじ理由で〝見つけた〟女の子が、もうひとりいたのだから。

しんちゃんは、まだよく飲みこめない顔で、わたしを見ている。

「八神さんは、小川洋子さんの小説が好きなんでしょう？　小川さんは、泉鏡花文学賞という賞をもらってるし、彼女が編んだ短編のアンソロジーには、たしか泉鏡花の作品も入ってたはず」

「そうなんだ……」

わたしを見るしんちゃんのまなざしに、少しだけ尊敬の念がこもる。

「それで、八神さんは〝泉鏡花ってどんな作家なんだろう〟という興味をいだいた。そして、実際にいろいろ作品を読んでみる――それは、すごく自然なことだったんじゃないかな」

これには得心してくれたのか、黙ってうなずくしんちゃん。

「いい？　これは、菊野さんからの大事なアドヴァイスだからね。よおく聞きなさい。好きな女の子に関することは、もっとちゃんと勉強しておかなきゃダメ。『畠芋之助《はたけいものすけ》』っていうのはね、泉鏡花が、デビューしたてのころに使ったペンネームなの」

「あ……」と言って口を開いたきり、しんちゃん、言葉が続かない。

「よっぽど鏡花を好きでなきゃ、そんなことふつうは知らないわよね。で、八神さんは、ほんとに鏡花が好きなんだ、って思ったわけ。いかがかな、菊野さんの名推理は」

放心したような表情で、しんちゃんはもう一度うなずいた。

「しんちゃんに、あんな言われかたして、八神さんだって怒った――というより、きっと悲しかったと思う。でもね、きみをバカにする気持ちなんて、ぜんぜんなかったんだよ。たぶん、きみに話した『草迷宮』のことがまだ頭にあったし、その場をなんとかごまかすため、お節介野郎が言った『芋にいちゃん』に引っかけて、『畠芋之助』って言いかたを思いついたんだ」

　口を真一文字に結び、わたしを見つめるしんちゃん。その目が大きく見開かれた。

「自分が好きな作家の名前を、悪口で使ったりするわけないよね？　ほかのだれにどう思われてもいい、でも、きみにだけはちゃんとわかってほしい——そんな小さな祈りを、彼女は、とっさのうちに『畠芋之助』という言葉にこめたんだよ。八神さんって、すごく頭がよくて繊細な子だと思う。そう、きみが思ってるとおりの子だよ」

「それじゃ……それなのに、ぼくは……」

　しんちゃんは、何度も頭を振った。自分を責めるみたいに。

「自分をいじめてる場合じゃないよ。ねえ、しんちゃん、もっと自分に自信をもって。芋でけっこう、時代は〝芋〟だと思いなさい。『ドラえもん』のしずかちゃんの大好物だって、焼き芋なんだぞ。芋之助、いいじゃない。芋にいちゃん、いいじゃない。民俗学の大家、柳田国男先生だって『いもの力は偉大なり』って言ってるんだぞ」

……こら、調子に乗って、中学生にいい加減な知識を吹きこむんじゃありません。

「少しばかし冴えなくたって、他人《ひと》よりちょっと不器用だって、そんなのどうってことないじゃない。人は見た目が九割？　はん！　ちゃんちゃらおかしいね。世の中には、九割より大切な一割があるんだ。しんちゃん、どうせなら、世界で一番の芋にいちゃんになってやろうよ」

しんちゃんは、ゆっくり顔をあげた。わたしは、そのひたいをもう一度指でつつく。

「それって、けっこうかっこいいよ」

しんちゃんの目に、ちょっとだけ輝きがもどる。

「はい！　うだうだするのはここまで！」

わたしは、ぱん！とひとつ、手をたたいた。

「きみがすべきことはただひとつ！　わかるね！」

「あ、うん！」

だが、しんちゃんは、すぐに肩を落とした。

「でも、今からじゃ……」

わたしは、かりかりと頭をかいた。

「ああ！　ほんとに手がかかるったらありゃしない！　いい？　これが最後よ。わたしがとっておきの千里眼を使ってあげるから」

「千里眼？　冗談じゃなかったの？」

「わたしは、先生とちがって冗談はきらいなの。それにね、なんたってここは、たんぽぽ公園。最高のパワースポットなんだから」

「ほんと？」

「ふっふっふ。知らぬとあらば教えて進ぜよう。たんぽぽにはね、神のお告げ、愛の信託という花言葉があるのだよ」

「……⁉」

あわててなにか言おうとするしんちゃんの口を、わたしは指ですっと押さえた。

「いい？　静かにしてね。むにゃむにゃむにゃ……」

目を閉じ、心眼で世界を見わたすように顔を空へと向ける。

「見えてきたわ。女の子……あれは、学校の制服かな。ブルーのブレザーに、赤いリボンタイ……背は百五十五センチ、ってところかしら……手に一冊の本を持ってる……前さがりのセミショート・ボブが、キュートな感じでよく似あってるわ……くりくりした目がとても印象的……でも、きりっと締まった口もとは、意志が強そうな感じ……うーん、これは怒らせたらちょっと手厳しそうね」

わたしは、ぱっと目を開いてしんちゃんを見た。

しんちゃんは、ぽかんと口をあけたまま瞬きもせず、わたしの顔を見ている。

「すごい……なんで、八神さんのこと、そんなにわかるの？」

ちっちっち、と立てた指を振る。

「こんなこと、菊野さんにかかったら朝飯前よ。それと、ちょっと前から、今わたしが千里眼で見た姿と瓜ふたつの女の子が、公園の入り口に立ってるのよね。たぶん、偶然だとは思うけど」

「――え⁉」

あわてて、入り口のほうに目を向けるしんちゃん。

小さな人影が、一瞬、門柱の向こうに消えて、また現れた。鏡の国に初めて降り立ったアリスのように、少しとまどいながら、でも、まっすぐなまなざしをこちらに向けている。手にしている本は、きっと『猫を抱いて象と泳ぐ』だ。

しんちゃん、また耳たぶまで真っ赤に染まる。

さてさて。自暴自棄になったしんちゃんが、妙な年上の女にたぶらかされてるんじゃないか、なんてよけいな心配を彼女にかけちゃいけないな。

「さあ、もうこれ以上言わせない！　いいね」

しんちゃんは、大きくうなずいた。

よし、もうだいじょうぶ。だって、きみの想いは、とっくに空を飛んでいるのだから。あとはただ、その想いに向かって、大きくジャンプするだけ。

「そうそう、今度八神さんに、〝ぼくが芋之助なら、きみは桃太郎じゃない？〟って言ってごらん」

「桃太郎……？」

「むふふふ。実はね、泉鏡花先生と大恋愛の末めでたく結婚した奥さまの、まだ芸者さんだったときの名前が〝桃太郎〟なんだよね」

「な⁉ な、なに言ってるの、さんちゃん！」

しんちゃん、またしてもというか、予想どおりの瞬間沸騰ゆでだこモード。

「あははは、ごめん、ごめん。しんちゃんにはまだ、この手のジョークは早すぎたか」

「……ちょっとひどいよ、さんちゃん」

本気で抗議するしんちゃんに、わたしは手を合わせて「ごめん、悪かったよー」と謝る。

すまん、しんちゃん。からかいすぎました。ついつい、アスパラ野郎と同レヴェルになっちゃったけど、ゆるしてね。いわゆるひとつのオバサン的やっかみです。

「あ、そうだ。最後にほんとのオマケ。内田善美なら、『空の色ににている』がオススメ。町の図書館にあるはずだから、ぜひさがしてみて。——以上、オバサンから彼女への伝言。よろしく！」

読んだら、きっと驚くよ。まるで、自分たちのことみたいだって。

「あ、うん。わかった。『空の色ににている』、だね」

そう答えたあと、しんちゃんはちょっと黙りこんで、わたしを見た。

「ん？　どうした？」

「……ありがとう、さんちゃん」

「やだな、なに水くさいこと言ってんの」

こちらこそありがとう、だよ。しんちゃん。こんなすてきな場面に出逢わせてくれて。

わたしの初めてのへたくそな魔法は、ちゃんときみの笑顔になってくれたかな。

「そんなこといいから！　さあ、行くのだ！　少年！」

「……うん！」

しんちゃんは、ブランコの上にすっくと立ちあがり、そのままの勢いで反動をつけた。

ブランコが、振り子のように大きく揺れる。しんちゃんの足が、力強く板を蹴りあげる。

「飛べ！！」

わたしが叫ぶより速く、羽ばたくように高く弧を描いて——少年は、空に飛んだ。

〈三吉菊野による最終確認情報〉八神さんは、笑うとえくぼがかわいい。以上。

9

しんちゃんたちを見送って、わたしは、ふう、と大きく息を吐いた。全身の力が一気に抜ける。なんというか、失敗のゆるされないミッションを完了して、ようやく解放された気分。

そういえば、結局解決できないままのミッションもあったけど、もういいかな、という心境になっていた。だって、今日の三吉菊野は、ほんとうによくがんばった。それで充分ではないか。

ふっと思いだす。『猫を抱いて象と泳ぐ』——それは、チェスの物語だった。

ネコ、チェス、ゾウ——ああ、みっつとも『鏡の国のアリス』に登場するんだ。

そう考えたとき、背中で不意に、ざざぁ、という大きな音がした。振りむいたわたしは、思わず「あ！」と声を漏らした。

噴きあがった噴水のしぶきが、外灯の光を受けて、きらきらと輝きながら舞い落ちてくる。動物たちのオブジェが、楽しそうにその輝きをあびている。

まるで光の雨。わたしだけのためにだれかが残してくれた、とっておきの魔法。

舞い散るしぶきを見つめながら、わたしは、もう一度「あ！」と声をあげた。

先生――わたし、わかっちゃいました。、
やっと見つけた答えをなくしたりしないように、わたしは、自分の胸を両腕でぎゅっと抱きしめた。よし、だいじょうぶ。さあ、急いで探偵局に帰ろう。

そのときになって、わたしはハタと気づく。両手が妙に軽い。その理由をようやく思いだす。買い物かごを圭子さんにあずけたままだったのだ。

そういえば、買い物もまだこれからだった。しかたない、商店街にもどるとしますか……。圭子さんには、ちゃんと任務報告もしとかないといけないし。

そこまで考えて、「ああ、そうだ」と声が出た。切れかけていた福神漬けも買って帰らなくちゃ。忘れないように、手のひらに指で「ふくじんづけ」と書いて、わたしはゆっくりと歩きだした。

＊　＊　＊　＊　＊　＊　＊　＊　＊　＊　＊　＊　＊　＊　＊

「ただ今もどりましたあ」

からころかろん、と軽快にカウベルを鳴らして玄関を開く。

「お帰りなさい。遅かったですねえ」

言いかけてわたしを見た先生の両目が、月夜の猫みたいに丸くなってかたまった。

無理もない。買い物かごと、べつにかかえた大きな紙袋からのぞいているのは、どちらも、あふれんばかりのジャガイモの山なのだ。

「どうしたのですか。いったい」

「知らないんですか？　ジャガイモは、水気の多い春の新ジャガよりも、これからがほんとうにおいしい季節なんですよ」

「いや、それは知ってますが……」

めったなことでは動じない先生が、さすがにたじろいでいる。ちょっとだけ痛快なり。

「もしかして、はなまるポイント千点をぜんぶジャガイモに換えてしまったのですか」

うげ、ちゃんとチェックしてたのか、この人……。

「まさか。いくらなんでもそんなことしませんよ」

そう、このジャガイモはすべて、八百柾の圭子さんからお礼として押しつけられた、じゃなくて、いただいたものなのである。

「実はですね、今日は、ジャガイモ記念日なんです」

「なんと……わたしとしたことが知りませんでした。いつごろ決まったのでしょう？」

「三十分ほど前、〈たんぽぽ公園〉で決まりました」

「はあ……知らなくて当然でした。ほかほかの記念日なのですね」

「はい。ほかほかのほっくほくです」

キッチンカウンターに、どかっと袋を置き、わたしは、むふふふふ、と笑った。

「あ、そうだ。福神漬けもちゃあんと買ってきましたからね。ご安心くださいませ」

さて、と。……では、カレーにとりかかる前に、さくっとミッションをクリアするとしますか。

わたしは、ずかずかと壁際に向かった。ずらりと並んだガラクタ——もとい、おもちゃやグッズを見わたし、持ちあげたのは最前列にあったガネーシャの置物。だが、先生が「ほほう」という顔でこちらを見ているのを確かめたわたしは、にっこりほほえんでガネーシャをもとに戻した。九十度まわれ右をして次にわたしがめざしたのは、いつもの特等席がある出窓、色とりどりの花を咲かせる季節の鉢植えだ。

「ブラボー」

いつかの先生を気どってから、迷うことなく手を伸ばす。つかみあげたのは——千日小坊の針の脇にちょこんと置かれていたゾウさんのじょうろ。水の注ぎ口になっている長い鼻の先に、なにかが差しこまれていた。そこから、糸が一本ぴろんと飛びでている。

さあ、先生、これで本当にミッション・コンプリートです。

糸の端をつまんでゆっくり引き出す。糸には、等間隔で小さな布が巻きついていた。するすると糸が伸びるごとにその布がほどけて、かわいい万国旗みたいになる。

まるで、どこかの公国のお姫様みたいな気分——なんぞにひたる間もなく、それぞれの小旗に絵や文字が書かれていることに気づいた。最初に現れたのは手描《が》きの花丸。次にちらりと見えた文字は〝お〟。わたしは思わず「お?」という間抜けな声を出した。

糸が伸びきったところで、それぞれの小旗にかかれた文字をたどる。

おめでとうございます!

パチパチパチ、という音に振りむくと、先生が、まん丸い顔からこぼれんばかりの笑顔で拍手をしていた。

はははは……そうですか、これがウルトラハイパースペシャルな特典ですか。

ま、どうせそんなこったろうと思ってましたけどね。

それにしても、よくやったよ、三吉菊野。おまえはよくやった……。

わたしは、自分にそっとねぎらいの声をかけながら、カレーづくりに奮戦すべくキッチンへ向かったのだった。


「ではでは、とりかかりましょうか。今日は、ジャガイモごろんごろんの〈夢色カレー☆菊野スペシャル・ハイパーG《ゴールド》〉ですよ～」

ついに〈夢色カレー☆菊野スペシャル〉を、グレードアップして公言してしまったわたし（決してやけっぱちではない）。さあ、やるぞ、と気合いを入れなおし、シャツの両袖をまくりあげた。

「今日は、ポテトとルッコラのあったかサラダも特別大サーヴィスで添えちゃいますね。あ、残りのジャガイモは、がんがん先生の料理に使ってください。粉ふきイモ、ポテトコロッケ、肉ジャガ、スペイン風オムレツ、ジャガバタ、ジャーマンポテト、イモの煮っ転がし、ポテトグラタン、ジャガイモのマリネ、ポトフ、ビシソワーズ……もう、なんだってつくり放題ですからね～」

「さんきちさん、やっぱり帰ってきてからごきげんがよろしいですねえ」

「翼を見たんですよ」

冗談まじりに答えるつもりが、自分でも思わぬ言葉を返していた。

そう……あの瞬間、確かに見たのだ。まだ小さいけれど、とても美しい真っ白な翼が、最後の夕映えを受けて力強く空に羽ばたくのを……。

先生は、さすがにきょとんとしている。

「翼？　あの……ジャガイモと翼と、どういう――」

「ないしょ、です」

わたしは、ぺろっと舌を出した。

「むう……秘密の記念日なのですか」

しょんぼりとジャガイモの山を見つめる先生。

「代わりに、といってはなんですが、〝我らがスーパー探偵助手は、いかにして今回のむちゃぶりミッションを達成したか〟を、そろそろ聞かせていただけるとうれしいのですが」

うわ、この人、自分で「むちゃぶりミッション」とか言っちゃってるよ……。

「そうですね。うまく説明できるか自信ないですけど……」とうなずきながら、ついでに釘を刺すのも忘れない。「その代わり、先生もジャガイモの皮むきと面とり、ちゃんと手伝ってくださいよ」

「アイアイサーです！」

どさくさに紛れて、先生に料理を手伝わせる。こういうとき、なぜだか先生はやたらと素直なのだ。先生の操縦は、魔法でホウキを動かすよりも楽チンかも。

「まず……最初のミッション、『鏡の国のアリス』から省略されているもの――その答えは、チェスのビショップです。それは、だいじょうぶですよね？」

間、髪を容れずに、先生は「はい」と答えた。

今さらながらではあるけれど、それでも、ほっと胸をなでおろす。もしそれがちがってたら、このあとまるでお話にならないもの……。

「でも、いないはずのビショップは、ちゃんと『鏡の国のアリス』に存在する。それを見つけなさい、と先生はおっしゃった。いるのに見えない、ステルス搭載みたいなビショップ。そんなものをさがせと言われても、もちろん、おいそれと見つかるはずがありません。正直、ほんの数時間か前までのわたしは、万策尽きた状態で、ギブアップを覚悟していました。でも、突然ぱっと視界が開けるみたいに、わたしは答えを手に入れてしまったんです。そのきっかけになってくれたのは、小川洋子さんの『猫を抱いて象と泳ぐ』でした」

先生が「あ、しまった」という表情を顔に浮かべる。

「ないしょにしてたのに、なんでその本の存在に気づいちゃったんだぁ、って今思ってるでしょう、先生」

「今日のさんきちさんは、なんでもお見とおしで怖いです……」

「ふ、ふ、ふ。なにしろ、スーパー千里眼を獲得してしまいましたからね」

「お、恐ろしい……」と、かなり本気っぽく身震いする先生。「あ、でも、ちゃんと出血大サーヴィスのヒントを教えてあげたではないですか」

「もしかして『ジャングルの国のアリス』のことですか？　でも、あの本を何度読んでも、いったいなにがヒントなのか、さっぱりわかりませんでしたよ」

「え？　そんなはずはありません。だって——」

「ええ、もちろん」

わたしは、先生にみなまで言わせなかった。

「今ならわかります。ヒント——というより、答えそのものが、これ以上ないくらいにあっけらかんと、しかも、この本の一番最初にあったんです」

わたしは、作業をとめて手をぬぐい、部屋から『ジャングルの国のアリス』をとってきた。本を開き、タイトルページをめくる。現れたのは一枚の写真。大きな帽子をかぶったかわいらしい女の子が、草原《くさはら》で子ゾウの背にまたがっている。まるでおとぎ話の世界から抜けだしてきたみたいな写真。

「そうです。答えは、ゾウでした」

10

「ビショップは、不思議な駒です」

ジャガイモの皮むきを再開しながら、わたしはつぶやいた。

「白マスに置かれたビショップは、その役目を終えるまでの生涯を白マスの上でまっとうします。黒マスのビショップもまたしかりです。ひとり我が道を行く孤高の賢者——この駒にそんなイメージを寄せてしまうのは、きっとわたしだけではないでしょう」

ムカついたときには、つい〝アブナイあらくれ坊主〟なんて言っちゃいますが……。

「でも、ビショップという名は、僧侶の帽子をかぶったような形からの命名で、あくまでも英国流の呼称にすぎません。国や遊びかたによってさまざまな名を与えられたこの駒の原型は、実はゾウなんです。今も、フェアリーチェス——妖精のチェスと呼ばれる変則チェスでは、アルフィル、あるいはエレファント——つまり、ゾウという名をもつ駒が使用されます」

先生は、次の言葉を待つように、黙って聞いている。ブッダにレクチャーなのは承知のうえだけど、それでもやっぱり、ほんの少しだけ緊張が背中を走る。

「『鏡の国のアリス』に、ゾウが登場する場面があるでしょうか。そう、あります。アリスが、花の間を妖精みたいにせっせと動きまわるゾウと遭遇する場面です」

「つまり——」先生は、ゆっくりと間を置き、言葉を継いだ。「そのゾウこそが、ビショップだと？」

「はい、そうです」力をこめてうなずく。「でも、わたしが胸を張って言えるのは、あくまで、クイズの答えとしてなら、ということです。ルイス・キャロルが、果たしてあのゾウにビショップという意味を隠したのかどうか、そこから先の謎解きは、私の手にはあまります」

「そういう素直なところが、さんきちさんのいいところですね」

思わず「ふひぇ⁉」と変な声が出てしまう。十年以上さかのぼっても「素直」なんて言われた記憶はどこにもない。しかも、ほかならぬ先生にそれを言われるなんて。

「当然、こちらも正直に申しあげねばなりません。ぼくにもわからない、と」

今度は、その言葉にびっくりしてしまう。先生にもわからないことなんてあるの？

「『アリス』をめぐる膨大な言説の中で、だれかがもう、そのことに触れていたとしてもおかしくない。もしかしたら、すでに解決済みの話なのかもしれません。でも、不精者のぼくは、そうした言及をまだ見つけていないのです」

「そんなの、重要じゃないと思うんですけど」と、わたしは口をはさんだ。「だれにも教えられずそれに気づいたのなら、それはやっぱり〝発見〟じゃないですか」

ひとさし指を立てながら、にっこり笑う。

「これ、先生の教えですよ」

先生が目を見張り、それからひたいに手をぱちんと当てた。

「いやいや、これはまいりました」

「それに——」軽くウィンクして、わたしは言いそえた。「そういう新しい発見がいつも待っているから、本を読むのってやめられないんです」

それは、うそいつわりのない、心からの言葉だった。わたしは、この数日間、そういう驚きに満ちた冒険を、たくさんの本といっしょに続けてきたのだ。

「今日のさんきちさんには、本当におどろかされますねえ」

先生にそう言われて、うれしくないはずはない。でも、「今日の」というフレーズが、ちょっとだけ気にかかる。まるでふだんのわたしが、どうしようもないダメ人間みたいじゃないですか……。

そんなどうでもいい葛藤と関係なく、先生は言葉を続ける。

「ビショップがゾウに由来する駒だということは、チェスプレイヤーなら、だれもが早い時期に聞きおぼえる初歩的なうんちくでしょう」

ああ、そうか。先生が「あなたなら解ける」と言ったのは、このクイズがチェスにちなむものだったからだ。

チェスプレイヤー、なんて名乗るのもおこがましい。わたしは、チェスの世界の片隅に、肩をすぼめて座らせてもらっている程度の人間にすぎないけれど、それでも、ビショップがゾウに由来する駒だってことくらいは知っている。

それが、今回のクイズの大前提だった。

本当にこれは、わたしのために用意されたクイズだったのだ。……とはいえ、そこにたどりつくまでに、とんでもない苦労とまわり道をしてしまいましたけど……。

「ルイス・キャロルは、チェスのルールや特徴を、実に自由自在なやりかたで『鏡の国——』の物語に織りこんでいます。その彼が、チェスと無関係にゾウを登場させたりするだろうか。それは、ずっと以前からぼくの中にある小さな疑問です」

先生は、そこで小さく息をつき、目を細めた。

「とはいえ、もし今目の前にドッドソン先生がいたとして、『本当のところどうなんでしょうか?』とたずねてみたところで、きっと先生は『べつに意味なんてないよ』と笑うだけでしょう。『そうやって、すぐに意味がどうとか考えちゃうのが、きみたちの悪い癖だよ』と」

「あ、でもあの場面って、わたしも不思議だなあって思ってたんです」

ふたたび、口をはさむわたし。

「だって、アリスが素通りして終わっちゃうじゃないですか」

先生も、大きくうなずく。

「おっしゃるとおりですね。ゾウの登場場面でなにが起こるか。なにも起こりません。アリスは、あれこれ言いわけをして、ゾウとの接触を避けてしまう。そして『またあとで会いにいける』というアリスの言葉とは裏腹に、ふたたび物語の中にゾウが現れることはありません。相当の『アリス』好きでも、この場面を心にとめる人は、そんなにいないんじゃないでしょうか。なにしろ、ハンプティ・ダンプティやトゥイードゥルダム&トゥイードゥルディといったスーパースター、奇妙きてれつな人物や生き物たちが、次々に現れてはアリスと愉快なやりとりを繰り広げるこの物語にあって、ゾウが登場する場面には、読者に強烈な印象を残すものがありません。アリスをさっさと先に進ませるためのワンポイントトリリーフみたいな場面。そんなふうに流し読みしても、たぶん、なんの支障もないでしょう」

でも、だからこそ不思議な、割りきれない余韻があの場面には残る。少なくとも、わたしにとってはそういう場面だ。

「『鏡の国のアリス』は、どんな解釈も飲みこむ、まさに魔法の鏡のようなお話です。でもぼくは、アリスという少女が、みずからの進みゆきをひとつひとつ選びとっていく、選択と成長の物語だということをまず感じます。それは、『鏡の国――』が、決別の物語であることも意味するはずです」

決別、という言葉の寂しさが、そっとわたしの肩に触れた。

「鏡の国のチェスゲームに参戦したばかりのアリスは、ゾウとの遭遇により、最初の決断を迫られます。チェスには、パスという選択肢がありません。ゾウの姿はまだ遠い。いわば、第一種接近遭遇です。ゾウに近づくべきか否《いな》か。結局アリスは、ゾウと接触せず、ポーンに与えられた第一手の特権を行使して、二歩先に進むことを選びます。そして、そのままゾウは、『アリス』の物語世界から永遠に退場するのです」

そうなのだ。特に活躍の機会を与えられることもなく、今度こそ本当に、ゾウは、鏡の国の物語から消えてしまう。

「ぼくたちは、ひとつひとつ扉を開くようにして、まだ見ぬ新しい世界へと進んでいく。たぶん、人はそれを〝成長〟と呼ぶのでしょう。けれどそのとき、あり得たかもしれない別の未来への扉が、だれにも気づかれないまま、ひっそりと閉じられる。アリスの旅は、自身の物語をみずから選びとって進んでいく成長の旅です。それは、無邪気な少女時代に別れを告げる旅であると同時に、起こり得たかもしれない可能性の扉をその手で封印していく、二重の意味での決別の旅なのです」

そんなふうに「アリス」を読んだことはなかったな……。けれど、「アリス」を閉じたとき、いつも胸に残る、あの不思議な余韻、その先にある秘密に、初めてこつんと突き当たったような気もした。

「ゾウとはなにものか――考えこむほどの意味なんて、もしかしたら、本当にないのかもしれませんね」わたしは、ふっとつぶやいた。「起こったかもしれない、でも起こらなかった物語。だれの目に触れることもなく閉じられていく、そういう物語を、ルイス・キャロルは、アリスの冒険の片隅にそっと置いておきたかったんじゃないでしょうか」

そう言ったあとで、わたしは「なあんて」と舌を出した。「……結局これも、わたしの勝手な解釈ですよね」

わたしを見る先生の両目が、心なしかうるうるしている。

「ど、どうしたんですか」

「いやあ、ある日突然、我が子のとんでもない成長を目の当たりにして、うれしさよりも寂しさに襲われる――そんなときのお父さんの心境というのは、こういうものなんだなって思ったら、ついしんみりしてしまって……」

「もう！　変なこと言わないでくださいよ！　いつ先生の娘になったんですか！」

だいたい、ムーミンパパの子どもといったら、ずばり、ムーミンではないか。

「心境の話なんですから、なにもそんなに目くじらたてなくたっていいじゃないですか。内心の自由ですよ」

「だったら、内心のまま、しまいっぱなしにしといてください」

「えー、冷たいなあ。ついこの間までお風呂にいっしょに入ってたのにぃ……」

「入ってませんから！　それに、わたしが父と風呂に入っていたのは、小学校三年生のときまでです！」

いやいや、なに言ってるんだ。ちゃんと落ちつけ、わたし。

だいたい、カレーづくりがぜんぜん進まない。このままでは、下ごしらえだけでひと晩かかってしまう。

「先生！　皮むきが終わってないじゃないですか！　さぼらないでください！」

「はいはい」

ピーラーを持つ手をあわてて動かしはじめる先生。わたしはわたしで、面とりの終わったジャガイモを水にさらし、ニンジンの乱切りにとりかかる。

「あ、そうだ」包丁に手をやりながら、顔だけを先生に向ける。「先生からは、もうひとつ、大事なヒントをもらってたんですよね」

「おや、なんのことでしょう」

「行くべき道が見つからなくて迷子になったときは、通りすがりのエイリアンに相談してみなさい、っていう言葉です。先生、あの日の朝、わたしがふざけて星の王子さまを〝エイリアン〟呼ばわりしたこと、忘れてなかったんですね」

より正確を期すなら、きっちりお返しをされた、ってことだと思うけど……。

「つまり、先生は、砂漠に不時着した飛行士のように、星の王子さまと話をしてごらん、って言われたんです。その前には〝帽子の手品〟ともおっしゃいました。では、もし星の王子さまに帽子のことをたずねとしたら、なんて答えるでしょう」

そのときわたしが思いうかべていたのは、もちろん、世界中の子どもたちが知っているあの絵だ。

「決まってますよね。王子さまなら、きっとこう言ってくれるはずです。それは帽子じゃなくて、ゾウを飲みこんだウワバミだよ、って」

手品の答え――帽子＝ウワバミの中にあるもの、それもまたゾウだった。

先生のにこやかな顔は、この〝答え〟がまちがっていないことを告げている。

こんなにたくさん先生が散りばめてくれたヒント。それなのに、わたしときたら、そのすべてをまるで理解しないままギブアップしていたかもしれない。いや、ギブアップしかけていたのだ、〈たんぽぽ公園〉の冒険に向かうまでは。

「それにしても、よくぞ、あのゾウさんのじょうろにたどりつきましたね」

先生が、肝心なことを忘れていた、というようにつぶやいた。その言葉に、結局またわたしは、包丁をもつ手をとめる。

「それはですね……。どう説明したらいいのかな。あ、ほら、『鏡の国――』のゾウは、花の蜜を吸っている。きっとだれもがそう思いこんでますよね」

「はい。おそらくそうだと思います」

「でも、それって、ゾウが花の間を動きまわっている姿が、遠目にそう見えたってだけなんです。結局アリスは、その真偽をたしかめていません。もしかしたらゾウは、長い鼻を使って、花に水をあげていたのかもしれないぞ――なんてふと考えたら、そういえば、この探偵局にもそんなゾウがいたな、って気づいたんです。花の間をせっせとめぐりながら、水をあげているゾウ。そうです。それが、あのゾウさんのじょうろだったんです」

その答えを教えてくれたのは、〈たんぽぽ公園〉のアニマル噴水だ。

光の雨をまきちらす噴水に心を奪われたわたしの目に、次に飛びこんできたのは、噴水のまんなかで、気持ちよさそうに水を噴きあげているゾウさんだった。

そのとき、本当にすべてがつながった。

『鏡の国のアリス』、『ジャングルの国のアリス』、『猫を抱いて象と泳ぐ』、『星の王子さま』――すべてが輪になり、その中心でゾウがダンスをおどっていた。

次の瞬間、わたしの頭にはもう、ゾウさんのじょうろが思いうかんでいたのだ。

「いや、おみそれいたしました。ここまで完璧に答えにたどりついてしまうとは――」

そこまで言って、先生は、ごくん、と言葉を飲みこんだ。

「もしかしなくても、その続きは、思ってもいなかった、ですか」

先生は、あわてたように、ぶるんぶるんと首を振った。

「なにをおっしゃいますやら。さんきちさんに楽しんでいただきたくて一生懸命に考えたクイズですよ」

「今日のわたしは、スーパー千里眼だってことを忘れてもらっちゃ困りますよ。どうせそのうち『先生～、お願いです。助けて～』とか言って、泣きついてくると高をくくってたんでしょう」

そして、思わせぶりなヒントを小出しにしながら、バカな弟子をいたぶるだけいたぶり、最後は、力つきて降参してきた弟子に「さんきちさんには、少しハードルが高すぎましたかねえ」などと上から目線の憫笑をあびせ、日曜日は意気揚々とケーキざんまい。きっとそんな算段だったのだろう。

おまけに、まかりまちがってゾウという答えにたどりついたときのための引っかけも、先生はしっかり用意していた。わざとらしく、いつもより手前に置かれたガネーシャの置物。それを手にしたとき、先生の顔に浮かんでいる「してやったり」というほくそ笑みが、わたしには手にとるようにわかった。

たぶん今、先生の頭の中の九割九分九厘は、すべてがおじゃんになったがっかり感で占められているにちがいない。

「なにか、ものすごくいやな方向でさんきちさんの思考が急速冷凍されている気がしますが、ぜんぶ誤解ですよ！　まちがっても、がっかりなんかしてませんからね！」

「語るに落ちる、とはまさにこのことですね、先生」

「いや、その、だから」口をもごもごさせていた先生が「あ！」といつもより半オクターブ高い声を発した。

「どうなさったんですか」

「今気づいたのですが、花の中で鼻を伸ばすゾウってダジャレになっていませんか」

突然、なにを言いだすのかと思えば、それですか……。

「……相当にくだらないダジャレですね」

「はい。相当にくだらないダジャレです」

先生とわたし、大まじめに顔を見あわせる。

あっけなく先に「ぷぷ」と吹きだしてしまったのは、わたしだった。

ほんと、この人にはかなわないな……。

いつだって、こんなふうに振りまわされてばかりで、けれど、そんな先生にあきれたり、怒ったり、笑ったりの毎日に、いつの間にかわたしは、愛しささえ感じてしまっている。

そのとき、わたしはやっと気づいた。

わたしはまだ、本当の答えにたどりついていなかったのだ。

〝答え〟はずっと、わたしのすぐそばにあった。

大きすぎて、ずうずうしすぎて、そこにいるのが当たり前すぎて、見えなくなってしまう——いるのにいない不思議なゾウ。その人をくったゾウは、このお話の最初から、なにくわぬ顔で舞台のまんなかにいた。

ああ、それにしても、つくづくわたしってアンポンタンだ。

いつでもそうだった。一番大事なことに気づくのは、きまって最後。いっそ気づかなきゃよかったのに、と頭をかかえたことも一度や二度じゃない。でも、今は言える。ちゃんと気づいたのなら、それでいいじゃん。気づかないまま終わってしまうより、ずっといい。

本当の〝答え〟は、今、目の前でのほほんと笑っていた。

そう、それは、わたしの名探偵——陽向万象その人。

わたしは、食器棚からプラスチックのデザートフォークをとりだし、先生のほっぺたをちょこんと突いた。

「つかまえましたよ、先生。チェックメイトです」

「やられました。さんきちさんの完全勝利です」

ふたりの笑いといっしょに、先生のほっぺたが、ぽにょん、と揺れた。

最後にひと粒、ひまわりの種

〈夢色カレー☆菊野スペシャル・ハイパーG〉は、我ながら史上最高の出来だった。

わたしと先生は、ジャガイモ尽くしのカレー・ディナーを心ゆくまで堪能した。

「とにもかくにも今回は、本気になってチェスに勝った甲斐《かい》がありました」

え？　すっかり幸せ気分に浸っていたわたしは、先生のそのひと言でかたまった。

「本気になって、って……それ、いつもは本気じゃないってことですか？」

「さあ、どうでしょう。ふぉっふぉっふぉ。まあ、そんなことはどうでもいいではないですか。おいしいカレーが食べられれば」

ほんと、煮ても焼いても食えないんだから。もしや、次回のための陽動作戦かもしれない。ま、半分はハッタリだと思って、聞きながしておこう。

食器を片づけ、腹ごなしも兼ねて軽く洗い物をする。ふだんは必ずといっていいほど横からちょっかいを出してくる先生が、今日はやってこない。これはまた、よからぬいたずらを考えているにちがいない。なにをたくらんでるのか知りませんが、そうそういつも、先生の思うツボにはまってばかりの三吉菊野じゃありませんよ。

さあ、こい、と身がまえて部屋に戻ったわたしは、「え?」と声をあげた。

きれいにしたはずのテーブルの上には、ケーキ——それも、フルーツや木の実を彩りよく飾りつけた、見たこともないくらいおいしそうなケーキがあった。

「ど、どうしたんですか、このケーキ」

どこからどう見ても、出来合いの市販ケーキじゃない。……ってことは……まさかこれ、先生のお手製なの? あ……それじゃ、もしかしてもしかすると……。

「あの……先生がずっと夜ふかししてたのって——」

「真夜中につくるケーキというのも、それなりに乙なものですよ。……と言いたいのですが、なかなか納得いくものができずに苦労いたしました。そして今日、パティシエ探偵・陽向万象の会心作、〈秋の実りのにぎやかフルーツケーキ〉がようやく完成した次第です。いやあ、大切な日になんとか間にあって、ほっとしています」

「なんですか、パティシエ探偵って……」ツッコもうとして、言葉が続かない。どうしちゃったんだろう、どんどん目がうるんでくる。「それに……大切な日って……先生……おぼえててくれたんですか。わたしの誕生……」

「実を言うと、ケーキをつくるよりも、まわりの飾りつけにちょうどいい木の実を見つけるのと、ろうそくを二十七本用意するほうに苦労してしまいました」

ほろり、こぼれかけていた涙が、するっと引っこむ。

「ちょ……ちょっと、先生。なんで二十七なんですか！　二十六ですよ、二十六！　勝手に割り増ししないでください！」

ところが先生、どこ吹く風の風馬牛《ふうばぎゅう》といった体《てい》で、しれっとすっとぼけた。

「そうでしたっけ。まあ、いいじゃないですか、四捨五入しちゃえば同じなんだし」

「し、四捨五入!?　なんでアバウトにくるんですか！　そんなことしたら三十……うわあ！　なんてこと言わせるんです！」

「べつに言わせたわけでは——」

「だまらっしゃい！　シャラップ！　ビィ・クワイエット！　だいたい、本気で二十七本、ケーキの上にろうそくを立てる気でいたんですか？　まるっきり、いやがらせじゃないですか！」

　ケーキの表面をぎっしりと埋めつくし、炎を揺らめかせるろうそく——頭の片隅にちらっと思いうかべてみる。誕生祝いというより、完全になにかの供養だ。

「……ていうかサバトですよ、サバト！　ワルプルギスの夜じゃないんだから、人の誕生日に乗じて、黒いヘンなものを呼び出したりしないでください！」

「さすが、さんきちさん。愉快なことを思いつきますねえ」

「愉快じゃないです！　ろうそくによるセクハラ、断固反対！」

「ろうそくによるセクハラ……それって具体的に想像すると、かなり変だぞ。自分で言ってしまってから、そのおかしさに気づき、不覚にもまた吹きだしてしまった。そのはずみに、引っこんでいたはずの涙が、ぽろんぽろんとこぼれ落ちた。

「あれ……あはは、変だな。なんだろう、これ」

だってだって……先生、ずるいよ。ないしょの手づくりケーキなんて、いくら先生でも不意打ちすぎる。もう何年も、この時期にだれかからなにかをしてもらった記憶なんてないのに。

そんなことされたら、〝今さら誕生日なんて……〟と斜《しゃ》にかまえている筋金入りのすれっからしだって、涙のひと粒やふた粒、出てきちゃうに決まってるじゃないですか。たとえ、先生の本心の九十五パーセントくらいは、自分がまっさきにおいしいケーキを食べたい、っていうそれだけの気持ちで占められていたとしても。

唐突に先生が、握っていたフォークをわたしの前にすっと出した。

「では、さんきちさん、バースデイにあたっての新たな誓いなど、どうぞ」

「え？　ああ、そうですね。こほん……どうせならわたしも、世界一アジのある干物系探偵助手になってやろうかと——って、な、なにを言わせるんですか！」

波瀾万丈の冒険も、とりあえずはこれにて大団円、ってことでいいのかな？。

もちろん、あの日チェスで負けた悔しさはそのままだ。

でもまあ、たまには、勝負に負けるのも悪くない……かな。そう、たまには、ね。

でもでも、次の勝負は、ぜったい、ぜーったい勝ちますからね。賀正薪炭《がしょうしんたん》——じゃなくて臥薪嘗胆《がしんしょうたん》、屈辱の燃えかすの中から生まれ変わったフェニックス三吉菊野の底力、見せてさしあげます。お覚悟なさいませ、ですよ、先生。

気がつけば、またあの妙な歌が口をつく。

君も　猫も　僕も　象も
みんな好きだよね　カレーライスが

週末のケーキ三昧《ざんまい》もいいかなあ――なんて、考えはじめたところでまた笑ってしまう。

あーあ、やっぱり、先生の手のひらの上でおどっちゃってるかも。

ま、いいや。それもまた楽しきかな。

まずは、はなまる商店街の素敵なポテトボーイに幸あれ。

そして、（ちょっとだけ）かっこよく魔法デビューしちゃったわたしに、ハッピー・バースデイ。

歌詞の引用は、遠藤賢司作詞・作曲『カレーライス』
小説の引用は、拙著『わだつみの森』
言葉の引用は、清原なつの『ゴジラサンド日和』

本書は、二〇〇六年九月、弊社より発行された単行本『ひまわり探偵局』を大幅に改稿し文庫化したものです。

文芸社文庫

ひまわり探偵局

二〇一七年一月十五日　初版第一刷発行

著　者　濱岡稔
発行者　瓜谷綱延
発行所　株式会社　文芸社
〒一六〇－〇〇二二
東京都新宿区新宿一－一〇－一
電話　〇三－五三六九－三〇六〇（代表）
〇三－五三六九－二二九九（販売）
印刷所　株式会社暁印刷
装幀者　三村淳

ISBN978-4-286-18033-5　JASRAC 出1612936-601